Père et fils

Mickie B. Ashling

PÈRE ET FILS

Mickie B. Ashling

Publié par
DREAMSPINNER PRESS

5032 Capital Circle SW, Suite 2, PMB# 279, Tallahassee, FL 32305-7886 USA
http://www.dreamspinnerpress.com/

Père et fils
Copyright de l'édition française © 2014 Dreamspinner Press.
Titre original: Daddio
© 2012 Mickie B. Ashling.
Traduit de l'anglais par Anne Solo.

Illustration de la couverture :
© 2012 Anne Cain annecain.art@gmail.com.
Conception graphique :
© 2012 Mara McKennen.
Les éléments de la couverture ne sont utilisés qu'à des fins d'illustration et toute personne qui y est représentée est un modèle

Édition imprimée en français : 978-1-63477-099-6
Première édition française en version papier : décembre 2015
Édition ebook en français : 978-1-63216-463-6
Première édition française : octobre 2014
Première édition : juillet 2012

Édité aux Etats-Unis d'Amérique.

Il m'est impossible de remercier tous les lecteurs ayant acheté et écrit un commentaire concernant les deux premiers tomes de cette histoire, *Nouvel horizon* – bientôt traduit en français – et *Le goût du risque*, mais *Père et fils* vous est dédié. Votre fidèle soutien a été pour moi une permanente source d'inspiration, il m'a permis de réaliser un métier que j'aimais tout en vous distrayant.

Une fois encore, je tiens à nommer mon éditrice personnelle et amie, Jeannie, qui consacre tant de son temps à ce que j'écris. Merci, ma très chère. Sans toi, rien ne serait possible.

Enfin, je remercie de tout cœur les membres de mon groupe de lecture qui m'ont accompagnée tout au long du chemin.

I

Luca traversa le tapis au pas de course et se propulsa sur le lit, ce qui réveilla en sursaut Grier et Lil.

— Papa, il neige !

— Super, marmonna Grier.

— Viens ! insista l'enfant, impatient.

Rejetant les couvertures, il secoua aussi le second corps qui gisait bien au chaud en dessous.

— S'il te plaît, papou ?

Lil grommela :

— Bon Dieu de bon Dieu… Je souhaiterais vraiment que ce gosse ne se réveille pas aussi tôt le matin.

Faisant un effort pour se réveiller, il ouvrit un œil et aperçut le visage de Luca, penché sur lui, qui le fixait plein d'espoir.

— Qu'est-ce qui ne va pas, chaton ? s'enquit Lil.

— Il *neize* ! piailla Luca qui, dans son excitation, retombait dans son ancien défaut de prononciation. Il faut qu'on sorte faire des anges de Noël.

Lil n'avait pas du tout envie de se coucher sur le dos sur le sol enneigé et d'agiter les bras pour dessiner des ailes.

— Oh lala, gémit-il avant d'envoyer un coup de coude à Grier. Debout !

— Et toi aussi, répondit Grier d'une voix endormie. Je n'ai pas l'intention de le faire tout seul.

— De faire quoi au juste ?

Tout en parlant, il repoussa à contrecœur la couette et s'assit dans son lit.

— Luca, reprit-il, es-tu au courant que je déteste la neige ?

— Pourquoi ?

— Parce qu'elle est trop froide.

— Elle est froide, mais c'est normal, papou. C'est de la neige !

Lil soupira, résigné.

1

— Je ne suis même pas certain de posséder des gants, grogna-t-il.

Grier releva enfin la tête de son oreiller

— Si. Nous en avons acheté une paire l'autre jour chez L.L. Bean. D'après la pub, ils sont garantis pour te garder les doigts au chaud jusqu'à moins 23.

— Nom de Di… d'un pétard ! J'espère qu'il ne fait pas aussi froid !

— Non, répondit Grier, mais le vent est souvent givrant.

— Charmant. Je te signale que mon sang ne s'est pas encore épaissi. Il n'y a que cinq mois que je vis par ici.

— Il n'y a donc que moi dont le sang bouillonne en permanence depuis lors ?

Lil sourit au beau visage qui se moquait de lui.

— Silence. Des oreilles innocentes nous écoutent.

— Papou ? Alors, tu viens ou quoi ? Tu es prêt ?

— Oh, prêt, ça, c'est sûr, je le suis, ricana Lil, d'un ton plein de sous-entendus.

Grier souleva la couverture pour s'assurer qu'effectivement, Lil était 'prêt'. Croisant le regard de son amant, il lui adressa un clin d'œil complice.

— Luca, va t'habiller. Papou et moi te rejoignons dans une minute.

— Promis ? Vous n'allez pas traîner au lit ?

— À ton avis, il s'inquiète de nous voir traîner ou flirter ?

— Il connaît bien ses deux pères.

— Il est bien trop futé, grogna Grier entre ses dents. C'est promis, Luca. Et maintenant, file.

Une fois l'enfant sorti, Lil se blottit dans la chaleur de la couette, heureux de sentir Grier se presser contre lui.

— Profitons-en encore un moment, chuchota le jeune homme.

— Bien notre chance qu'il neige durant un de nos week-ends avec Luca !

— Tu sais, nous sommes en décembre, signala Grier. Que croyais-tu au juste ? Que nos avertissements concernant les rigueurs de nos hivers, c'était du pipeau ?

— Manifestement, vous ne blaguiez pas, mais je suis un incurable optimiste.

— Tu es adorable, répondit Grier.

Il déposa un chemin de baiser sur la poitrine de Lil avant de glisser plus bas.

— Grier, ne commence pas.

— J'en ai pour une minute.

2

— Et s'il revient ?

— Je serai caché sous les couvertures.

— Tu aimes vivre dangereusement, c'est ça ?

Lil poussa un cri étouffé quand la bouche chaude se referma sur lui d'un mouvement rapide.

— Oh Seigneur ! gémit-il en fermant les yeux.

Il laissa Grier l'emporter vers un endroit brûlant. Il savait ce qui l'attendait hors de l'appartement, mais ça ne suffisait pas à calmer le besoin qu'il avait de Grier. Son attirance avait pris racine au cours d'une visite à Chicago, en août dernier. Comme de nouveaux mariés, le couple ne pouvait s'empêcher de se toucher, de se caresser. Et devait pour ça trouver le moment adéquat, ce qui devenait un gros problème lorsque Luca était avec eux. Grier tenait beaucoup à être un père modèle, ce qui impliquait en partie d'éviter tout ce qui sortait de l'ordinaire. Il voulait que son fils ait la même enfance et les mêmes expériences qu'un autre, élevé dans une famille traditionnelle. Mais il y avait une différence, bien entendu, parce que le père de Luca était gay. Parler à son fils de son orientation sexuelle s'était avéré l'épreuve la plus difficile de sa vie. Il désirait à tout prix être franc après les mensonges dans lesquels il s'était trouvé empêtré depuis la naissance du garçon. Luca avait accepté la révélation sans difficulté, en partie parce qu'il adorait son père. Il aimait aussi Lil, qu'il surnommait affectueusement 'papou'. Pour un enfant de huit ans, que son père partage le lit de papou, c'était sans importance.

Par contre, c'était une tout autre histoire avec la mère de Luca, Jillian. Elle avait très mal pris que le tribunal accorde à Grier un droit de garde partagée, surtout en découvrant que Lil s'installait avec son amant. Furieuse, elle avait protesté avec véhémence, indiquant au juge que Luca serait 'contaminé' en étant élevé par un couple gay. Par chance, sans tenir compte de son vitriol, le magistrat avait maintenu un juste partage des droits parentaux, plus que généreux envers Grier. Il avait quand même fait remarquer à Grier que, étant gay, celui-ci aurait à faire ses preuves plus encore qu'un père ordinaire – et qu'il avait déjà des cartes contre lui. Mais la discussion avait eu lieu en toute intimité, dans l'antichambre du tribunal, une fois le jugement passé.

Au moindre faux pas, Jillian traînerait à nouveau Grier devant le juge afin de le priver de ses droits. Aussi, Grier et Lil s'étaient jusque-là comportés en parents modèles : en présence de l'enfant, ils se restreignaient et se touchaient à peine l'un l'autre. En public, ils gardaient au minimum leurs démonstrations d'affection, se tenant la main, se serrant brièvement l'un contre l'autre, s'embrassant à l'occasion. Chez eux, ils avaient établi des règles très strictes, par exemple, frapper avant d'entrer, ce qui enseignait à Luca de respecter l'espace vital d'un adulte et son droit à l'intimité. Le brusque réveil de ce matin sortait de l'ordinaire, à cause de la chute de neige inattendue. Cependant, Lil prévoyait d'en reparler un peu plus tard. Il ne voulait pas tenir le rôle du méchant beau-père, mais s'il devait faire partie de cette famille, il lui paraissait essentiel d'avoir le droit de donner librement son avis et, à l'occasion, de sévir contre Luca. Lil ne croyait pas aux punitions physiques, Grier non plus, mais s'il y avait un règlement, c'était pour de bonnes raisons, aussi une punition devait être appliquée en cas de transgression.

Depuis qu'il avait quitté San Francisco, son appartement confortable et son existence de célibataire, Lil avait tous les jours à lutter pour sauvegarder sa patience et sa santé mentale. Devenir en un clin d'œil à la fois père et partenaire n'était pas si facile. Certains sujets revenaient *ad nauseam*, en particulier la nécessité d'avoir plus d'espace. Grier avait loué un appartement de deux chambres à Elk Grove Village pour rester à proximité de l'école que fréquentait son fils. Il ne voulait pas que l'enfant ait à subir plus de bouleversements que nécessaire. Malheureusement, l'endroit en question ressemblait bien peu au gigantesque appartement dont Lil avait l'habitude. Son lit lui manquait, tout comme sa cuisine et sa superbe salle de bain. Il en avait assez de se disputer avec Grier, qui refusait de louer plus grand parce qu'il n'en avait pas les moyens. Lil avait de l'argent, beaucoup d'argent, et si déménager en maison pouvait les aider à régler leurs problèmes les plus urgents, dans ce cas Grier n'avait qu'à la boucler et accepter la vérité. Son amant était un homme riche accoutumé à vivre dans l'aisance.

Lil préféra oublier ses pensées négatives et se concentrer sur les délicieuses sensations que lui procurait l'homme créatif caché sous les couvertures. Comme promis, Grier accomplit sa magie et, en quelques minutes, Lil trouva la jouissance dans une brûlante spirale. Chaque mouvement préhensile des muscles savants de cette gorge procurait à Lil des sensations qu'il n'arrivait pas à décrire. Les prouesses au lit de son partenaire compensaient, ô combien, les difficultés que Lil avait à endurer cette situation.

Des coups violents tambourinèrent sur la porte et une petite voix insista pour qu'ils se dépêchent, réussissant à faire abandonner aux deux hommes leur cocon douillet. À contrecœur, ils quittèrent le lit et enfilèrent les épaisseurs de vêtements nécessaires pour survivre à un jour glacial de décembre dans la banlieue de Chicago.

Une fois dans le parking, Lil avait tout du bonhomme Michelin dans son épais anorak en duvet, son pantalon assorti et ses bottes de neige. Il avait la tête recouverte d'un bonnet Polartec en fourrure polaire et portait des lunettes de soleil pour se protéger des violents reflets qui se réverbéraient sur la neige immaculée. En examinant sa belle Mercedes Benz recouverte de poudre blanche, Lil eut un gémissement.

— Encore une raison pour déménager.

Grier lui posa le bras sur l'épaule.

— De quoi parles-tu ?

— Si nous avions une maison, nous aurions aussi un garage qui protégerait nos voitures des éléments déchaînés. Toi et moi n'aurions pas besoin de manier la pelle.

— Si, nous devrions quand même déneiger notre allée.

— Nous pourrions engager quelqu'un.

— Ne sois pas ridicule. Pourquoi payer quelqu'un quand toi et moi sommes capables d'accomplir le travail ?

— Et si je n'en ai pas envie ?

— Ne sois pas aussi chochotte.

Lil fronça les sourcils en jetant un œil noir à Grier, qui lui souriait.

— Je ne suis pas chochotte sous prétexte que je refuse de toucher à la neige.

— Mais si. Les gens ont l'habitude de la neige.

— Ici peut-être, mais moi je connais plutôt le grand soleil.

— Et aussi des tremblements de terre, la sécheresse, et de toute la folie générale de San Francisco.

— Oh, tais-toi.

Grier l'embrassa brièvement avant de lui tendre une grande pelle en plastique.

— Moi aussi je t'aime. Allez, libère ton petit bijou.

— Merde…

Trente-cinq minutes plus tard, la Mercedes était dégagée et le moteur chauffait.

— Pourquoi as-tu démarré ? demanda Grier en ouvrant la portière.

— Je pars à la recherche d'une maison.

Grier s'accrocha à son bras.

— Non, pas question, s'écria-t-il. Nous ne déménagerons pas.

— C'est ce que nous verrons, marmonna Lil.

Il sortit de la voiture, laissant le moteur tourner, et verrouilla la portière avec son trousseau de rechange.

— Nous pouvons au moins regarder ce qu'on nous propose par ici, suggéra-t-il.

— Tu veux vraiment perdre tout le week-end à arpenter les environs et visiter des maisons que nous n'habiterons jamais ?

— Pourquoi es-tu aussi têtu ?

— En ce moment, je ne peux pas payer une maison. Quand j'aurai terminé mes études, quand j'aurai un meilleur boulot, nous en reparlerons.

Grier planta deux doigts dans Sa bouche et siffla pour attirer l'attention de Luca, occupé à bâtir un bonhomme de neige.

L'enfant arriva peu après, essoufflé d'avoir traversé tout le parking en courant. Il avait les joues aussi rouges que des pommes McIntosh et les vêtements couverts de neige, mais il paraissait ravi.

— Je ne veux pas rentrer, protesta-t-il.

— Chaton, tu n'as pas froid ?

— Non, allez viens papou. Il faut faire des anges dans la *neiche*.

— On dit de la neige, Luca, le reprit Lil en insistant sur la prononciation.

Grâce à son orthophoniste, Luca avait fait d'étonnants et rapides progrès, mais il se trompait encore quand il était excité.

L'enfant plissa le front et s'appliqua :

— Neige.

— C'est beaucoup mieux.

— *Ch'il* te plait, est-ce qu'on peut rester dehors ?

Grier tira Lil par la main en disant :

— Viens jouer.

— Non, refusa Lil en secouant la tête.

Sans écouter ses protestations, Grier et Luca l'entraînèrent de l'autre côté du parking. En arrivant sur la pelouse recouverte de neige, Lil riait, ayant oublié son malaise devant la joie évidente qu'éprouvaient les deux hommes de sa vie à se retrouver en plein air. Lil se demanda s'il s'habituerait un jour à un tel climat mais pour le moment, il en savourait encore la nouveauté. Il ramassa une poignée de neige et la tassa sur la forme que Luca avait commencée. Travaillant ensemble, le trio transforma le bonhomme de neige grassouillet et bancal en une haute et solide silhouette.

— Il nous faut une carotte pour le nez et quelque chose pour marquer ses yeux et sa bouche, déclara Luca.

— Je vais aller chercher ce qu'il nous faut, proposa Lil.

Il traversa le parking jusqu'à l'entrée de l'immeuble, s'arrêtant le temps d'éteindre le moteur de sa voiture avec la télécommande qu'il tenait dans la main. Il aurait aimé convaincre Grier d'être raisonnable concernant l'argent, mais son amant était aussi entêté qu'il était fier. Il refusait d'accepter le

6

moindre sou de Lil à part le chèque mensuel correspondant à la moitié du loyer et des dépenses. Et même cet écot avait représenté une bataille mémorable. Grier n'avait cédé qu'en entendant Lil le menacer de remonter dans un avion et de le planter là, sur son cul fabuleux. Malgré tout, Grier insistait pour vivre selon ses moyens. Les remarques acides que lui avait jetées Jillian concernant son riche amant capable de l'entretenir n'avait fait que renforcer sa détermination à demeurer dans leur petit appartement alors que Lil aurait facilement pu payer le double. Lil n'arrivait pas à comprendre ce genre de fierté mais, quelque part, il admirait le besoin qu'éprouvait Grier d'être financièrement indépendant.

En déverrouillant la porte du petit appartement qui représentait son foyer, il trébucha sur Bianca, le chat himalayen qui attendait le retour de Luca. Sébastian, la joie et la fierté de Lil, resta sur le perchoir acheté à la hâte pour fêter son arrivée, un accessoire aussi haut qu'un gratte-ciel et artistiquement décoré de moquette. Si Lil avait espéré ainsi pousser son hautain félin à mieux accepter sa nouvelle 'sœur' c'était un échec : le chat gardait ses distances, se demandant probablement quand son maître finirait par reprendre ses esprits en même temps que l'avion en direction de San Francisco, afin de retrouver leur confortable appartement qui donnait sur la baie.

Bianca poussa un miaulement strident lorsque Lil lui écrasa la queue. En voulant l'éviter, l'architecte fit un écart trop vif et se heurta le tibia contre la table basse. Il hurla une litanie de jurons tandis que la douleur remontait le long de sa jambe.

— Quelle saloperie de merdier de table !

En présence de Luca, Lil veillait à son langage mais le choc venait de faire céder ses digues.

— Cette fois, j'en ai vraiment ras-le-bol ! ajouta-t-il.

C'était la goutte d'eau qui faisait déborder le vase et il décida illico de trouver un logement plus spacieux avant d'être poussé à commettre un acte irrémédiable qui obligerait Grier à l'envoyer à la niche – sinon en prison. Lil se voyait très bien perdre la tête après un autre incident stupide provoqué par l'encombrement des lieux. Il vivait encore au milieu des cartons où chats et humains ne cessaient de se heurter. Ce n'était pas l'environnement idéal pour apprendre à connaître quelqu'un, surtout quelqu'un dont il était amoureux fou. Lil ne voulait pas voir l'argent détruire une belle relation, mais il était suffisamment honnête pour réaliser que sa tolérance avait des limites. *Quand la pauvreté frappe à la porte, l'amour s'enfuit par la fenêtre,* dit le proverbe. Sans blague ? Vivre dans un taudis quand c'était le seul choix possible était une chose, mais il possédait à la banque assez d'argent pour acheter un foutu manoir. Pas question de se laisser diriger par une fierté mal placée ou la stupidité.

Il boitilla jusqu'à l'ordinateur que Grier avait installé dans la pièce qui leur servait à la fois de salon et de salle à manger et se connecta à un site immobilier où il commença sa quête avec l'acharnement d'un chameau ayant besoin d'eau.

I I

QUAND GRIER et Luca finirent par revenir, Lil avait déjà pris rendez-vous avec un agent immobilier qui lui proposait, dans le quartier d'Elk Grove, une liste d'une vingtaine de maisons, aussi bien à louer qu'à acheter.

— Pourquoi n'es-tu pas revenu ? demanda Luca qui paraissait surpris.

— Je suis désolé, chaton. Je me suis heurté le tibia sur la table basse, ça m'a fait un mal de chien. Je n'avais vraiment aucune envie de retourner patauger dans la neige.

— Oh.

Lil vit apparaitre une grimace déçue sur le visage en général heureux de l'enfant et regretta instantanément ses paroles. Le petit garçon insista cependant :

— Nous pourrons retourner tout à l'heure ?

— Non. J'ai un rendez-vous.

— Vraiment ? s'enquit Grier, étonné.

Il déposa près de Lil une tasse de café bouillant, puis sirota une gorgée de la sienne avant de pousser un soupir satisfait.

— Je suis vraiment heureux que tu aies emporté avec toi ta cafetière, remarqua-t-il.

— Moi aussi, approuva Lil. Je garde au moins certaines de mes habitudes.

— Qu'est-ce que tu veux dire par là ? demanda sèchement Grier.

— J'en ai marre de vivre comme ça.

— Que tu aies trébuché ne rend pas 'ça' si terrible.

— Grier, regarde autour de toi. Nous vivons dans un gourbi.

Grier jeta un coup d'œil à Luca qui venait d'étouffer un cri en entendant cette expression. Il serra les dents et se tourna vers Lil.

— Tu pourrais faire attention à ton langage.

Instantanément, Lil s'excusa auprès de Luca.

9

— Je suis désolé, chaton. Papou parle très mal ce matin.

— *Ch'est* pas grave, répondit l'enfant. Tu es en colère contre mon papa ?

Lil secoua la tête avec un soupir. En entendant le défaut de prononciation de Luca, il réalisa que l'enfant n'était qu'un témoin innocent qui ne devrait jamais assister à de telles disputes. Cependant, comme il venait déjà de creuser sa tombe, il décida qu'il ferait aussi bien d'y sauter à pieds joints.

— Je ne suis pas en colère, chaton, juste contrarié. J'aimerais que nous vivions dans un appartement plus grand. Ça te plairait que nous déménagions dans une maison ?

— Non ! aboya Grier. À moi, ça ne plait pas !

Il déposa violemment sa tasse de café sur la table et s'éloigna dans le couloir en direction de la salle de bain. Lil eut la sensation d'avoir reçu un coup dans les tripes, mais il savait que ce différend devait être résolu aujourd'hui même, sinon il ne ferait que s'infecter comme un bubon purulent.

— Luca, reste là et regarde la télévision, d'accord ? Il faut que je parle à ton papa.

— D'accord.

Lil pénétra dans la salle de bain qui se trouvait au bout du couloir, entre les deux chambres. Comme tout le reste dans cet appartement, la pièce était petite et ne permettait aucun ébat sexuel. Ce n'était qu'un misérable substitut de la luxueuse salle de bain qu'il avait abandonnée derrière lui, à San Francisco. Il se souvint cependant des semaines solitaires passées là-bas alors qu'il se préparait à partir dans le MidOuest. Un petit espace en compagnie de Grier lui paraissait toujours préférable à la solitude dans son immense douche.

Il se déshabilla rapidement et écarta le rideau rayé.

— Je peux prendre une douche avec toi ?

Grier, qui se frottait férocement les cheveux, se contenta de hocher la tête pour ne pas recevoir du shampooing dans les yeux.

— Si ça te dit.

— Je suis désolé de te contrarier mais il faut bien que je t'exprime ce que je ressens, sinon ça ne marchera jamais.

— Nous avons déjà eu souvent cette discussion, Lil. Je ne veux pas te voir payer.

— Mais pourquoi tu dis ça ?

— Les gens savent très bien que je ne peux rien m'offrir de plus que ce que nous avons à présent. Si l'on me voit dans une maison, tout le monde saura que c'est toi qui payes pour moi.

— Il faut que tu arrêtes de te préoccuper de ce que pensent les gens. Je sais parfaitement que tu n'es pas avec moi pour en retirer des avantages financiers. Le simple fait que tu le suggères est une insulte envers moi et envers notre relation.

— Je suis désolé, déclara Grier, dont la voix venait de baisser de plusieurs décibels.

Lil avait raison, il le savait, mais il était aussi certain que leur histoire d'amour deviendrait une plaisanterie sordide si les gens les voyaient, Luca et lui, résider dans une belle demeure. Il y avait déjà eu des spéculations vicieuses en apprenant que son amant était un homme riche et plus âgé que lui d'une douzaine d'années. Si ses amis et sa famille pensaient Grier intéressé par l'argent, les racontars ne feraient que s'aggraver, au point d'étouffer tout ce qu'il y avait de merveilleux dans leur union.

— Quel est l'intérêt de la réussite si je ne peux même pas gâter les gens que j'aime ? protesta Lil.

Il empoigna Grier par les fesses et le rapprocha de lui.

— Tu sais très bien que j'aimerais t'offrir le monde si tu me laissais faire.

— Je sais, admis Grier à contrecœur.

— Alors ne sois pas en colère contre moi, amour.

Grier secoua la tête et se plaqua davantage contre son amant.

— Tu crois que ma queue est en colère contre toi ?

Lil eut un sourire.

— J'ai l'impression qu'elle a surtout besoin d'attention. Au risque de me casser le dos et de me bousiller définitivement les genoux, je vais régler ton problème.

— D'accord, fais-le, souffla Grier. Et si tu t'en sors bien, je pourrai même te pardonner.

— Mon cœur, c'est gagné d'avance, roucoula Lil.

Il se laissa glisser le long du corps de Grier, rendu glissant par le savon.

Lorsque Grier éjacula dans la bouche de Lil, il avait tout oublié des raisons de sa colère. Dans l'euphorie de sa satisfaction sexuelle se dissipaient ses inquiétudes et son malaise. Que risquait-il à aller regarder quelques maisons ? Lil en serait satisfait pour le moment, ce qui sauverait peut-être leur week-end. Grier regrettait de n'avoir Luca que trois jours après l'école et deux week-ends par mois. Il aurait préféré davantage mais c'était la décision du juge. Il voulait savourer chacun des précieux moments passés avec son fils sans les gâcher par des disputes.

Il aida Lil à se relever pour lui éviter une urgence médicale, puis il plaça un baiser reconnaissant sur les lèvres de son généreux amant.

— Désolé d'être aussi emmerdant.

— Je sais que mon insistance te pose un problème, amour, mais cet appartement commence à me sortir par les yeux.

— Tu crois que j'ai tort de réagir ainsi ?

— Allez, viens.

Tout en parlant, Lil enjamba le rebord pour s'extirper de la petite cabine de douche. Il s'empara de deux serviettes et en jeta une à Grier, qui l'enroula autour de sa taille.

Lorsque Grier étudia la façon dont Lil tentait de se sécher sans heurter aucune partie de son long corps dégingandé aux parois, il admit à contrecœur que son amant avait quelques bonnes raisons de se plaindre. D'un ton résigné, il demanda :

— Qu'est-ce que tu veux faire ?

— Je ne te propose pas de vivre à mes crochets si… non, *quand* nous trouverons un endroit plus spacieux. Je suggère juste que ce soit moi qui paye l'essentiel du loyer jusqu'à ce que tu obtiennes ton diplôme. Tu continueras à verser une participation correspondant à tes moyens et, si ça doit te soulager, tu peux aussi tenir un cahier des charges et considérer qu'il s'agit d'un prêt. Bien sûr, je trouve cette idée ridicule parce que je n'ai pas besoin de ton argent, je n'en veux pas, mais il me faut davantage d'espace. Tu n'es qu'un enfoiré, trop fier pour accepter mon offre pour ce qu'elle est : un cadeau.

— Maintenant, tu me traites d'enfoiré ?

Les yeux charbonneux du jeune homme étaient brûlants et son sourire contredisait ses paroles.

— Tu es l'enfoiré le plus sexy de tout l'univers, reconnut Lil. As-tu au moins une idée de combien je t'aime ?

Grier tendit les bras vers lui.

— Je sais que tu as abandonné ton confort pour moi. J'ai manifestement oublié cette partie très importante de l'équation.

— Quitter San Francisco a été la meilleure décision que j'aie jamais prise. Je ne le regrette absolument pas, je t'assure, aussi ne tiens pas compte de ce choix dans notre discussion. J'ai juste besoin d'un peu plus d'espace. Tout le monde mérite son intimité, tu ne crois pas ? Même Clark et Jody, qui sont pourtant le couple le plus amoureux que je connaisse, possèdent maintenant une grande maison où ils ont chacun leurs aises.

— Dis-moi que tu n'as pas l'intention de nous faire construire une maison à Barrington !

— J'ai appris qu'il y avait un terrain à vendre au bout de la rue.

— Allez, Lil. Même si j'étais assez idiot pour accepter, construire une maison nous prendrait des mois avec le climat que nous avons actuellement. En attendant, nous devrions continuer à vivre dans cet espace trop resserré.

— Je trouve très encourageant que tu ne sois pas déjà sorti en claquant la porte et que nous puissions discuter de façon rationnelle.

— Je t'assure que tu bénéficies de toute mon attention.

Avec un sourire, Lil baissa les yeux sur le sexe de Grier – aussi raidi que sa propre érection.

— Ah, que j'aimerais avoir à nouveau vingt-cinq ans !

— Moi, je préférerais bénéficier de ton expérience.

— Pourquoi ne pas nous retrouver à mi-chemin ? Je pourrais profiter ton endurance et en contrepartie, je te ferais profiter de ma sagesse.

Grier l'empoigna et le fit pivoter, le pressant contre le mur.

— Je veux te prendre, grogna-t-il, en lui mordillant le lobe de l'oreille. Laisse-moi te baiser, bébé.

Il trouva très excitant le gémissement rauque que sa supplication fit pousser à Lil. La moitié du temps, il n'arrivait pas à croire que l'homme qu'il tenait dans ses bras, un architecte ayant aussi bien réussi, l'aime autant. Pour les rejoindre, lui et Luca, Lil avait quitté le superbe cabinet qu'il possédait à San Francisco, le laissant à la charge de ses employés efficaces. Aussi, il était important que Grier garde une bonne perspective des événements. Si son amant était prêt à faire de telles concessions, la moindre des choses serait que lui-même soit plus souple concernant un changement. En guise de premier pas, il lui fallait ravaler sa stupide fierté.

— C'est pour sceller notre marché ? haleta Lil.

— C'est surtout pour améliorer mon humeur de façon exponentielle.

— J'adore t'entendre employer des mots sophistiqués.

— Où est ce foutu lubrifiant ?

— Dans le placard des médicaments.

Grier les prépara tous les deux avec autant de rapidité que d'efficacité, ravi de leur décision mutuelle, quelques mois plus tôt, de ne plus utiliser de préservatifs. Prendre son amant sans latex était la meilleure part d'une relation stable et le plaisir qu'il ressentait à posséder Lil de cette façon n'avait perdu ni son intensité ni sa signification. Lorsqu'il empala Lil, Grier poussa un hurlement… oubliant que Luca se trouvait de l'autre côté de la fine paroi.

— Papa, tout va bien ?

— Euh… Oui, mon pote, haleta Grier sans cesser de marteler Lil avec force.

Son amant se cambrait contre lui à chaque coup de reins.

— Oh mon Dieu, gémit-il.

— Je n'en ai pas pour longtemps, cria Grier à son fils. Nous sortirons très bientôt.

— D'accord.

En entendant l'urgence dans la voix de Luca, Grier accéléra encore son rythme.

— Tu es tellement dément, chuchota-t-il à l'oreille de Lil.

— Amour, vas-y, baise-moi, supplia Lil. Remplis-moi, je veux te sentir jouir en moi.

— Oh merde !

Grier perdit toute retenue, comme chaque fois que Lil s'exprimait comme un acteur de film porno. Il y avait dans ce langage vulgaire une force primitive qui le rendait fou. Savoir qu'il était capable de transformer ainsi cet homme raffiné lui montait à la tête et l'excitait terriblement. Il resserra les doigts sur le membre de Lil qu'il malaxa avec vigueur jusqu'à ce que tout le corps de l'architecte tressaille et se cambre. Grier continua jusqu'à le vider complètement, se retrouvant les mains recouvertes de sperme. Il explosa en même temps.

— Bon Dieu, oh bon Dieu… marmonna Lil qui étouffait ses mots en pressant les lèvres contre son bras plaqué au mur.

Grier mordit l'épaule de Lil qui frissonnait sous ses lèvres.

— J'adore que tu sois vulgaire, haleta-t-il. Tu es vraiment un petit dégoûtant.

— Une vraie pute.

— La mienne ?

— Oui. Je ne suis qu'à toi.

Grier déposa une pluie de baisers sur le large dos, puis il s'écarta.

— Je pourrais rester éternellement comme ça.

— Je crains fort qu'aujourd'hui, ce ne soit pas une option.

Comme pour prouver la véracité de son assertion, Luca s'écria au même moment :

— Papa, j'ai faim !

Les deux hommes gémirent.

— Nous ferions mieux d'aller le nourrir avant qu'il appelle le 911.

— Ce qui la foutrait très mal, marmonna Lil.

— Ouais, Jillian me traînerait instantanément au tribunal, je n'aurais même pas le temps de protester.

— Je déteste cette bonne femme.

— Tu n'es pas le seul, Lil.

III

LE TRIO était habillé et prêt à se lancer sur la piste d'un nouveau logement lorsque Jared Stock, l'agent immobilier, arriva dans son 4x4 Lexus. Luca était heureux que ses deux papas ne se disputent plus et la perspective de passer la journée dans une voiture possédant un lecteur de DVD le fit sautiller de joie.

— Chaton, reste tranquille et laisse papou attacher ta ceinture.

— Je veux regarder *Bernard et Bianca*.

— Attends une seconde, déclara Grier. Je remonte le chercher à la maison.

Pendant que les autres l'attendaient, Jared chercha à obtenir de Lil davantage d'informations.

— Que cherchez-vous au juste, monsieur, à acheter ou à louer ?

— Pour le moment, je veux louer à Elk Grove, répondit Lil. Mais j'envisage aussi d'acheter un terrain à Barrington pour une future construction.

Le sourire de l'agent s'agrandit en entendant le mot 'acheter', surtout dans la ville qui intéressait Lil. À Barrington, les demeures d'un million de dollars s'étalaient sur des parcelles de 8000 m2 – elles n'étaient pas faciles à vendre. Dans cette zone de prix, tout client potentiel était important.

— Avez-vous déjà regardé autour d'Elk Grove ? s'enquit Jared.

— Seulement sur Internet, où je n'ai rien trouvé de très intéressant. Aucun des appartements disponibles ne comportait trois chambres.

— Vous n'en trouverez pas beaucoup. Pourquoi ne pas plutôt choisir une maison ? Avec la crise actuelle, les propriétaires n'arrivent plus à vendre. Aux abois, ils préfèrent louer que faire faillite.

— Nous devons rester à proximité de l'école.

— Ce n'est pas un problème. Où est scolarisé votre petit garçon ?

— À Notre-Dame du Rosaire.

— Je vois.

— Ce n'est pas mon cas, mais cette décision ne dépend pas de moi, râla Lil.

C'était un autre point sur lequel Grier et lui se disputaient régulièrement, mais il ne gagnerait jamais cette bataille. D'après l'architecte, envoyer Luca dans une école catholique revenait à planter dans cet esprit fertile une semence homophobe. Il était certain que Jillian et Ali avaient insisté sur ce plan afin de transformer Luca en fanatique bigot. Jusqu'ici, il ne remarquait aucun signe dangereux, mais il restait pessimiste.

Lorsque Grier revint, il inséra le DVD dans le lecteur avant d'ajuster la ceinture de sécurité de son fils sur le siège arrière.

— Allons-y, déclara-t-il ensuite, avec un geste de la main.

Démarrant son 4x4, Jared quitta le trottoir et prit à droite sur Tonne Street tout en surveillant la vive circulation où personne ne cédait jamais le passage. Quand il arriva sur Elk Grove Boulevard, l'agent tourna encore une fois à droite.

— Il y a de ce côté deux maisons à louer. L'une d'elles est juste en face de l'école de Luca, l'autre quelques rues plus loin.

— Des maisons ? s'étonna Grier. Je croyais que nous devions visiter des appartements.

— Comme je le disais à M. Lampert, il est très rare de trouver des appartements de trois pièces. Pour le même prix, vu que le marché est au plus bas, vous devriez obtenir la jouissance d'une maison.

— C'est vrai ?

— Oui monsieur.

— Appelez-moi Grier, je vous en prie. Lil, avec une maison, nous devrons payer en plus toutes les charges attenantes.

— Qu'y a-t-il de plus que ce que nous payons déjà ?

— L'eau, le gaz, les poubelles… répondit Grier.

— Ça ne représente pas un gros budget.

— Au cours des prochains mois, intervint Jared, votre facture de gaz risque d'augmenter de façon significative.

— J'ai bien compris, admit Lil, mais cela s'équilibrera sur le budget annuel. N'y a-t-il pas un moyen de payer de façon mensuelle par ici ? C'est le cas en Californie.

— Oui, c'est possible. Vous aurez droit à un prélèvement mensuel dès qu'ils pourront déterminer votre consommation régulière.

— Tu vois ? dit Lil à Grier. Le problème est réglé.

— Dans un immeuble locatif, le gaz est compris dans les charges, protesta Grier. Pourquoi ne pas chercher quelque chose dans ce genre ?

— Regardons d'abord ce que M. Stock nous propose avant de prendre une décision. D'accord, amour ?

Lil se tourna pour scruter Grier, conscient que cette quête d'un nouveau logement n'enchantait pas son amant qui avait pourtant promis de garder l'esprit ouvert.

— D'accord, aboya Grier, avant de regarder par la fenêtre.

Lil soupira et retint sa frustration. Être amoureux de Grier était pour lui un véritable exercice de patience et de diplomatie. Lil n'avait pas l'habitude de partager les décisions, il avait vécu seul quasiment toute sa vie adulte sans jamais connaître de relation sérieuse jusqu'à maintenant. Dans son travail aussi, c'était lui qui décidait, il ne tenait compte que de ses besoins et désirs personnels. Mais plus maintenant. Désormais, il faisait partie d'une famille et, dans ce contexte, il n'était que le membre d'une équipe. Aussi stupide que paraisse ce cliché, il n'y avait pas de 'je' dans une équipe. Il devait garder à l'esprit que, s'il se montrait trop autoritaire et insistait pour n'en faire qu'à sa tête, Grier risquait non seulement de lui résister mais aussi de le quitter. Lil avait beau adorer faire partie d'un groupe familial, il en était encore aux préliminaires, il apprenait comment naviguer et gérer deux autres personnes, devant parfois faire passer leurs vœux avant les siens.

La voiture s'arrêta devant une maison à un étage qui paraissait émerger du conte pour enfants, *Hansel et Gretel*. Elle était toute blanche, avec des bardeaux vert bouteille et des bacs à fleurs accrochés à l'extérieur de chacune des fenêtres. Dedans se trouvaient de faux poinsettias saupoudrés de neige. La pelouse sur l'avant était décorée pour Noël, avec des rennes peints attelés à un traîneau d'acier et un père Noël ventru aux yeux qui scintillaient – grâce à une guirlande électrique le rendant aussi accueillant que joyeux. Luca en resta bouche bée. Lil devina aussitôt qu'il avait gagné l'approbation d'au moins un des membres de leur petite famille. Avec un peu de chance, l'intérieur de la maison serait aussi agréable que son extérieur.

Les propriétaires n'avaient pas ménagé leurs efforts concernant leur demeure. Lorsque le petit groupe pénétra dans l'entrée lambrissée, une agréable odeur embaumait l'atmosphère. La cuisine était vide, bien entendu, mais plusieurs bougies créaient une ambiance parfumée très efficace. Dans la cheminée, un feu au gaz avait été allumé pour eux. Lil dut admettre se sentir à l'aise dans ce foyer. En imaginant l'espace avec leurs meubles et leurs chats, il sut qu'il y aurait de la place pour tout le monde.

— C'est charmant, commenta-t-il, avec un hochement de tête appréciateur en direction de Jared.

— Tout a été rénové, signala l'agent immobilier. Venez jeter un coup d'œil à l'étage.

Ils y trouvèrent une chambre principale avec une salle de bain privative qui faisait deux fois la taille de celle de leur appartement actuel. Les deux autres chambres partageaient la seconde salle de bain. Bien que plutôt petites, les pièces suffiraient à leurs besoins. Dans l'une, Luca aurait sa propre chambre et l'autre servirait à la fois de bureau et de salle de gymnastique, en fonction de ce qu'ils décideraient.

— Qu'en penses-tu ? demanda Lil à Grier.

— C'est combien ?

— Mille trois cents dollars par mois, répondit Jared.

— Si on ajoute les autres charges, ça nous ferait huit cents dollars de plus que ce que nous payons actuellement. Ce n'est pas possible.

Sur cette déclaration, Grier quitta la pièce d'un pas rageur.

Lil leva les yeux au ciel avant de chuchoter à Jared :

— Nous la prenons, mais pour faire plaisir à Grier, nous allons quand même regarder le reste. Une fois que nous rentrerons chez nous, je le convaincrai d'accepter.

— Vous en êtes certain ? Les propriétaires réclament deux mois d'avance et cinq cents dollars de caution.

— Je vous verserai l'argent demain matin.

— Très bien, dit Jared, sceptique. Allons voir la maison suivante.

Sur le palier, Luca était accroché au tee-shirt de Grier.

— Papa, est-ce qu'on peut vivre ici ? Dans la chambre, il y a un banc sous la fenêtre, ce serait parfait pour moi et Bianca. Elle pourrait s'asseoir sur le rebord et me regarder l'après-midi quand je reviens de l'école. Je pourrai rentrer à la maison tout seul, tu n'auras plus besoin de venir me chercher.

Il parlait si vite qu'il en bafouillait, oubliant parfois de bien prononcer les 's' mais il insistait vaillamment dans ses efforts pour convaincre son père.

— Non, Luca, c'est trop cher. Nous allons regarder d'autres endroits.

Quand l'enfant se tourna vers Lil en espérant son support, il avait du mal à contrôler ses larmes ; il se mordilla la lèvre pour contrôler son tremblement.

— Papou ? *Ch'il* te plaît ?

Grier tourna vers Lil des yeux brûlants de colère et aboya :

— Non. Nous allons regarder d'autres endroits.

— Viens, chaton, dit Lil.

Prenant la main de Luca, il le conduisit au bas de l'escalier. Il aurait voulu secouer Grier et lui faire réaliser que l'argent n'avait aucune importance, mais il savait bien que cela se terminerait en dispute terrible.

— Peut-être que M. Stock va nous trouver une autre maison très bien où tu te sentiras chez toi.

Mais après cette première maison 'parfaite', tout le reste parut minable. Luca devint de plus en plus déprimé tandis qu'ils remontaient et quittaient la voiture, visitant appartements sordides et maisons inadaptées. Faisant montre d'une impatience qui ne lui ressemblait guère, l'enfant ne cessait de geindre :

— Je m'ennuie.

— Moi aussi, déclara Grier. Ça suffit pour aujourd'hui.

Lil eut un signe de tête quand Jared se tourna vers lui pour lui demander son accord. Ils reprirent le chemin du retour jusqu'à l'immeuble de Tonne Street. Une fois Grier et Luca hors du véhicule, Lil tendit à l'agent immobilier sa carte de visite et lui promit de le contacter très bientôt.

— Je vous verserai l'argent demain matin afin de retenir la maison.

— J'ai l'impression que votre partenaire va mettre un veto sur cette décision.

— Je m'occupe de mon partenaire, occupez-vous du contrat de location.

— Oui, monsieur.

Une succulente pizza commandée chez Rosati améliora grandement l'humeur morose du trio. Quand Luca s'endormit devant la télévision, Grier le recouvrit d'un plaid et accepta que Lil l'emmène jusque dans leur chambre pour la conversation qui avait été retardée jusqu'à ce moment.

— Je veux cette maison, déclara Lil. Luca aussi.

— Quelle maison ?

— La première que nous avons vue.

— Elle est trop chère.

— Elle est plus chère que ce que nous payons actuellement mais pense un peu à tous les avantages que nous en retirerons.

— Par exemple ?

— Tu auras un partenaire enchanté et un fils qui se trouvera à deux pas de son école. Tu n'auras plus besoin d'aller le chercher sans arrêt.

— Il est bien trop jeune pour être livré à lui-même.

— Je serai là dans tous les cas. Il serait très intéressant pour moi d'avoir un bureau à la maison.

— Comment ça ?

— J'aurai de la place pour tous les instruments que j'utilise. Ça ne me posera plus aucun problème de travailler via Internet.

— Jusqu'ici, c'était le cas ?

— Disons que ce n'était pas toujours facile.

Grier soupira.

— Pourquoi ne m'as-tu rien dit jusque-là ?

— Je ne voulais pas créer de problème.

— Et maintenant ?

— Il est temps d'affronter la réalité.

— Quelle réalité ?

— La mienne. J'ai mis mes affaires entre parenthèses pour toi, amour, mais je ne peux pas rester éternellement à l'écart. J'ai beaucoup de clients qui comptent sur moi pour terminer leurs projets. C'est très lourd de transférer un cabinet et avoir un bureau opérationnel m'évitera beaucoup de déplacements. Je ne veux pas te quitter une minute de plus que nécessaire.

— L'argent ?

— Je te l'ai déjà dit, ça n'est pas un problème.

Grier poussa un énorme soupir.

— Je présume que je pourrais emprunter au fond d'épargne de Luca.

— Pourquoi diable ferais-tu cela ?

— Je ne veux rien te devoir.

— Arrête ce genre de conneries. Je peux imputer professionnellement une partie du loyer à mon cabinet, en ce qui me concerne, c'est à 100 % une solution gagnante.

— C'est vrai ?

Lil attira dans ses bras le grand brun boudeur.

— Viens ici, chuchota-t-il. J'aimerais vraiment que tu ne sois pas aussi fier.

— Non, tu détesterais ça.

— Je n'en suis pas si sûr… commença Lil.

— Moi si. Tu perdrais immédiatement tout respect pour moi si je ne faisais que prendre sans rien te donner en échange.

— Tu me donnes ce qui compte le plus.

— Du sexe ?

— Il y a entre nous bien plus que du sexe.

— Je sais, admit Grier en posant son front contre celui de Lil. Je t'aime tellement que parfois, ça me fait peur.

— Pourquoi ?

— Je n'arrête pas de me demander quand tu reprendras tes esprits. Dans ce cas, tu retourneras illico retrouver ta petite vie bien confortable. Cette éventualité me tient souvent réveillé la nuit.

— Ça n'arrivera pas. Je suis très heureux avec toi, mais je deviens hargneux quand je ne peux pas travailler dans de bonnes conditions.

— Je sais.

— Alors, j'ai ton feu vert pour signer le contrat ?

— J'imagine que oui.

— Merci. Tu ne le regretteras pas.

Lil embrassa Grier, très reconnaissant de sa capitulation.

IV

DURANT LA nuit, il y eut de nouvelles chutes de neige. Le lendemain matin, Lil resta un moment devant la porte vitrée coulissante à regarder en bas le parking... et la blanche épaisseur qui, une fois de plus, recouvrait la précieuse Mercedes.

— Merde, murmura-t-il avant de siroter son café. Qui aurait pu imaginer que l'hiver puisse provoquer un tel travail ?

Apparaissant derrière lui, Grier lui passa les deux bras autour de la taille afin de chuchoter à son oreille :

— Je vais aller dégager ta voiture.

— Ce serait très sympa de ta part, soupira Lil qui s'appuya contre son amant. Je suis vraiment impatient que nous ayons un garage.

— Ça arrivera très bientôt, alors arrête de couiner.

— Je ne couine pas ! protesta Lil qui reprit aussitôt : du moins pas beaucoup.

Il se retourna et croisa le regard amusé de Grier.

— Écoute, je suis le premier à admettre que le climat californien me manque, mais je suis certain de changer d'avis concernant les rigueurs de l'hiver dès que nous aurons déménagé dans cette nouvelle maison. À ton avis, quand pouvons-nous l'envisager ?

— J'ai déjà résilié mon bail, tu peux commencer à préparer tes affaires quand tu veux.

— Dieu merci ! Je vais passer dans un magasin UPS pour y acheter des cartons.

— Tu n'as pas oublié que nous devons déjeuner aujourd'hui chez Jody et Clark ?

— Je vais... commença Lil.

— Non, nous ne pouvons pas annuler au dernier moment, sinon Clark va péter un câble. Il a dit qu'il avait une grande surprise à nous annoncer.

— Je me demande bien de quoi il s'agit.

— Nous le découvrirons bien assez tôt. Tu veux bien t'occuper du petit déjeuner pendant que je dégage les voitures ?

— Bien sûr.

Afin de préparer le repas, Lil s'activa dans la petite cuisine en réclamant l'aide de Luca.

— Chaton, épluche-moi quelques bananes.

— Pour quoi faire ?

— Des pancakes à la banane.

— Miam-miam, déclara Luca en se léchant les lèvres. Tu peux mettre aussi du beurre de cacahouète ?

— Je n'en ai pas envie, mais j'en rajouterai une cuillerée dans ton assiette.

Luca hocha vigoureusement la tête avec un sourire heureux. C'était un petit garçon joyeux et facile à vivre. Ce n'était pas la première fois que Lil réalisait à quel point, jusqu'ici, Grier avait merveilleusement bien réussi dans l'éducation de son fils. Bien sûr, il ne rejetait pas complètement la contribution de Jillian ou de ses parents, qui s'étaient davantage occupés de l'enfant que sa propre mère, travaillant beaucoup, mais pour l'essentiel, c'était Grier qui avait élevé Luca. Aussi Lil lui reconnaissait-il ses mérites. Malgré sa position d'enfant unique extrêmement gâté, Luca se montrait étonnamment peu blasé ; au contraire, il appréciait tout ce qu'il possédait. Il aimait les cadeaux qu'il recevait en cas d'occasions spéciales, mais aucun de ses parents n'aimait les excès. Tous deux considéraient que si une bonne conduite méritait récompense, l'inverse s'imposait en cas de méfait. La plupart du temps, Luca était un enfant obéissant. Ce qui était pour Lil un grand soulagement car il n'aurait pu supporter de devoir sévir. Ayant grandi avec des parents qui n'avaient jamais levé la main sur lui, il avait une quasi-phobie de tout châtiment corporel.

— Après le petit déjeuner, il faudra que tu te brosses les dents et que tu t'habilles chaudement parce que nous allons jusqu'à Barrington. Ton oncle Clark a dit avoir une grande surprise pour toi.

— C'est vrai ? demanda Luca avec des yeux ronds comme des soucoupes. Tu penses qu'il va m'apprendre à jouer au football dans la neige ?

— Ce n'est pas impossible.

— Toi et papa, vous pourrez venir jouer avec nous.

— J'ai l'intention de regarder tout ça à bonne distance en tenant à la main quelque chose de bien chaud.

— Papou, est-ce que tu n'aimes aucun sport ?

— Le football en spectateur, ça compte ?

— Tu aimes le football ? s'enquit Luca avec un sourire.

— J'aime regarder, mais ne me demande pas de jouer.

— Papa a dit que je pourrais jouer, mais maman pense que c'est trop dangereux. Elle et *Tito* Ali préféreraient le soccer.

— Et ton père, comment a-t-il réagi en entendant ça ?

Tout en posant la question Lil en connaissait déjà la réponse.

— Il a dit un gros mot.

Lil se mit à rire.

— C'est bien ce que je pensais.

— Peut-être que *Tito* Clark réussira à convaincre ma maman.

— Je ne pense pas, mais ça vaut le coup d'essayer. Allez, occupe-toi de ces bananes pour que je puisse mettre en route le petit déjeuner.

Après un repas roboratif composé de pancakes, de bacon et de saucisses, le trio enfila des chauds vêtements d'hiver et s'entassa dans le 4x4 de Grier pour le trajet de seize kilomètres qui les attendait jusqu'à la maison de Jody et Clark. Lil avait dessiné lui-même les plans de leur maison idéale, ayant réussi de justesse à en bâtir la structure avant la première chute de neige. Bien que l'aménagement intérieur ne soit pas terminé, le célèbre couple avait insisté pour s'installer et promis de ne pas se trouver sur le chemin des ouvriers. La priorité avait donc été donnée à la chambre principale, suivie par le sous-sol. Lil avait vu avec plaisir poser la dernière latte du plancher stratifié qui couvrait toute la surface de la pièce. Ils avaient opté pour un revêtement sans risque à cause des huskies d'Alaska que possédait le couple, les trois chiens avaient déjà doublé de volume depuis l'été dernier. Cette portée achetée par Clark avait été l'élément décisif de leur décision de quitter la banlieue de Chicago, mais Lil restait persuadé que le projet était également un complot destiné à lui faire quitter San Francisco afin d'explorer de plus près sa relation avec Grier.

Qu'il tombe aussi vite amoureux avait fait lever plusieurs sourcils, surtout que Grier avait douze ans de moins que lui. Mais aucune des prédictions pessimistes indiquant que leur relation n'était qu'un élan de passion sans lendemain ne s'était pour le moment réalisée. L'architecte et Grier étaient toujours aussi amoureux, aussi intenses dans leur relation. D'accord, leur vie sexuelle s'avérait très satisfaisante et Lil se retrouvait régulièrement à genoux devant ce jeune homme incroyablement sexy qui adorait la lingerie féminine. Découvrir ce fétichisme avait été pour lui une délicieuse surprise. Ce travers partagé n'avait pas perdu de son attrait avec le temps. Le seul changement, c'était que la présence occasionnelle de Luca restreignait parfois leur spontanéité. Mais dès que la porte de la voiture se refermait le dimanche soir sur l'enfant, toute contrainte disparaissait.

Ce soir, ce serait la même chose. Et Lil était impatient d'ouvrir le placard où les deux hommes gardaient sous clé leurs accessoires. Grier ayant promis au juge Sterling que son fils ne tomberait jamais sur sa lingerie, les deux amants suivaient cette règle à la lettre. Cependant, personne ne pouvait contrôler ses fantasmes... et tandis que le 4x4 roulait à bonne allure en direction de Barrington, Lil se perdit dans des images érotiques où soie et dentelle recouvraient les parties génitales impressionnantes de Grier. La précision de ses évocations le poussa très vite à se trémousser dans son siège. Quand Grier tendit la main vers lui, à travers la banquette de cuir, pour lui prendre les doigts, l'architecte devina que son amant partageait les mêmes pensées. Grier lui adressa un clin d'œil complice et, de son pouce chaud, dessina sur son poignet des petits cercles. Lil comprit que son amant attendait avec autant d'impatience que lui la nuit à venir, ce qui le remplit de joie. Après six mois seulement passés ensemble, ils étaient sur la même longueur d'onde. Ce pur don du ciel compensait largement les inconvénients de vivre dans un appartement trop étroit et encombré, tout ça n'était rien par rapport aux avantages que Lil retirait de leur relation.

Une fois passé le péage pour prendre la direction du Nord sur Barrington Road, le petit groupe n'eut pas longtemps à patienter avant de voir apparaître la solide construction en briques au sommet d'une petite colline. Afin de célébrer les fêtes qui approchaient, Jody avait déjà sorti les décorations de Noël qu'il avait accrochées, ainsi que des guirlandes de pin, autour des fenêtres et de la porte, rendant la maison pimpante et accueillante. Dès que la voiture s'arrêta, la porte d'entrée s'ouvrit, Clark émergea suivi de deux chiens qui aboyaient, Jody sur leurs talons. Très excité, Luca cria pour les saluer, puis le chaos devint général durant les salutations échangées.

— Bienvenue, cria Clark en soulevant Luca qu'il serra contre lui. Je meurs d'impatience à l'idée de te montrer ma surprise.

— Qu'est-ce que c'est, *Tito* ?

Le reposant à terre, Clark tira l'enfant à travers l'allée enneigée en direction de son garage à quatre places. Passant derrière, il ouvrit une porte qui donnait sur une petite pièce où était entassé du matériel de football, ainsi que des vélos, des planches de skate et des snowboards. Un doigt posé sur ses lèvres, Clark poussa Luca vers un entassement de couvertures, dans un coin. L'enfant retint un cri étouffé en voyant plusieurs chiots minuscules serrés contre les mamelles de leur mère, couchée sur le flanc, stoïque et résignée.

— *Tito* Clark, chuchota Luca émerveillé par ce spectacle. Tu as des bébés !

— C'est génial, non ?

— C'est arrivé quand ? demanda Grier qui s'agenouilla pour mieux voir la portée.

— Bon sang, je ne savais même pas que ma chienne était grosse, alors je ne peux pas te dire quand c'est arrivé. Je suis rentré là-dedans l'autre jour, et je suis tombé sur ce spectacle très adapté à la saison – des bébés dans une mangeoire.

— *Mazel Tov* ! Félicitations ! cria Lil en frappant Jody dans le dos. Quand comptes-tu faire circoncire tes rejetons ?

— Tu plaisantes ? Il faut que nous trouvions à faire adopter ces petites merveilles. Je ne suppose pas que tu en veuilles un ou deux.

— Sûrement pas, répondirent simultanément Lil et Grier.

— Papa, *ch'il* te plait.

Lil regarda Jody et chuchota :

— Je vais te tuer.

Grier détestait devoir décevoir son fils, mais le refus de Lil était trop formel pour qu'il l'ignore. Il secoua la tête à contrecœur.

— Luca, nous avons déjà deux chats.

— Et alors ? s'éleva la petite voix plaintive et suppliante. Au royaume des animaux, tout le monde s'entend bien.

— Bordel, ce n'est pas vrai ! marmonna Lil.

— Fais attention à ton langage !

Tout le monde s'en prit à Lil, ce qui poussa l'architecte à reculer de quelques pas.

— Désolé, admit-il, mais je refuse absolument d'avoir un chien.

— Et pourquoi ?

La question instantanée provenait aussi bien de Jody que de Clark et de Luca. Lil fixa le trio qui attendait sa réponse.

— Parce que Sébastian ne le supporterait pas.

— Il n'aura même pas à le savoir, contre-attaqua Clark. Les huskies sont des chiens d'extérieur.

— Avec un temps pareil ? protesta Lil. Ça m'étonnerait.

— Et à ton avis, où dorment-ils en Alaska ?

— Nous ne sommes pas en Alaska et je ne pourrais pas avoir la conscience tranquille en laissant un chien dehors par une température en dessous de zéro.

— Nous pourrions lui construire une niche bien abritée, suggéra Grier.

Il croisa le regard horrifié de Lil et haussa les épaules.

— Je disais juste ça comme ça.

Les autres empressèrent d'approuver la proposition et Lil se retrouva acculé de tous les côtés.

— Bon Dieu, arrêtez ! Nous n'avons pas encore signé le bail de notre nouvelle maison. Et si nous n'avons pas le droit d'avoir des animaux, hein ?

— Vous allez déménager ? intervint Jody. Dans une maison ? S'ils ont accepté vos deux chats, je ne vois pas pourquoi un chien leur poserait un problème.

— Ne t'avise pas de prendre parti contre moi ! grogna Lil en lui jetant un œil noir. Tu sais très bien que je ne suis pas du genre à apprécier les chiens.

— Il y a six mois à peine, tu n'étais pas non plus du genre à apprécier une famille, lui signala Jody. À mon avis, avoir un animal de compagnie c'est important pour permettre à un enfant de bien grandir. Ce sont d'excellents compagnons. Ça leur apprend la responsabilité des deux côtés.

— Merci pour tes bons conseils, Dr Dolittle, jeta Lil furieux. Je suis tout à fait conscient des avantages qu'il y a à avoir un animal de compagnie. C'est pourquoi nous possédons déjà deux chats.

Pendant que les deux hommes se disputaient, Luca s'approcha des petits chiens et, plein d'admiration, il les regarda téter leur mère. La chienne ne paraissait pas s'inquiéter de sa présence. Quand il s'avisa de caresser les chiots, elle changea simplement de position. Un des petits lâcha la mamelle pour renifler les doigts de Luca. L'enfant les agita et le chien en prit un dans la bouche pour y sucer avidement.

— Oups, déclara Luca. Tu ne te nourriras pas comme ça.

Il replaça la petite bête contre sa mère et soupira en le voyant continuer à téter.

— Ils sont tellement mignons, dit-il, plein d'enthousiasme

Clark s'agenouilla à ses côtés et chuchota :

— Ne t'inquiète pas, bonhomme. D'ici que tu partes ce soir, nous aurons réussi à convaincre tes deux papas.

— C'est vrai ? Tu le jures ?

— Croix de bois, croix de fer.

Avec un sourire, Clark plaça son petit doigt autour de celui de l'enfant et serra fort.

V

CLARK NE se trompait pas, bien entendu. Après plusieurs heures de combat verbal et de cajoleries amicales, Lil et Grier finirent par céder en acceptant de prendre l'un des chiots dans cinq semaines. D'ici là, ils seraient installés dans leur nouvelle maison et auraient donc le temps nécessaire d'éduquer Croc-Blanc. Luca avait choisi ce nom en l'honneur du héros d'un roman de Jack London, dont il venait de voir le film à la télévision. L'enfant avait passé la plupart de son temps à pleurer, mais une fois le film terminé, il était fanatiquement décidé à préserver monde sauvage en Alaska, et les loups en particulier. Son Croc-Blanc avait des taches blanches sur un pelage fauve et ressemblait davantage à un chien qu'à un loup. Cela n'empêchait en rien Luca de fantasmer sur les gènes de la bête : il était convaincu de posséder un animal qui deviendrait aussi brave que son légendaire prédécesseur.

Bien entendu, Jillian piqua une crise.

— Tu as recommencé comme le jour où tu lui as acheté Bianca, se plaignit-elle. Je t'ai déjà demandé de me prévenir avant de prendre une décision majeure concernant notre fils.

Le trio se tenait sur le seuil devant chez Jillian. Luca, après un dernier baiser d'adieu, avait disparu. Maintenant que les adultes étaient seuls, Grier regrettait d'avoir abordé le sujet.

— Cette décision ne te concernait pas, expliqua-t-il. Croc-Blanc ne vivra pas avec toi.

— Croc-Blanc ?

— C'est ainsi que Luca l'a prénommé.

— Voilà qui annonce un animal dangereux.

— Ce n'est qu'un chiot, Jillian, il est aussi dangereux qu'un poisson rouge.

— Les chiens huskies d'Alaska ne sont-ils pas en partie loups ?

29

— Ils proviennent d'un mélange de différentes races, chiens sibériens, bergers allemands, huskies eskimo, border collies et oui, sans doute également de loups, mais ils ont été élevés pour tirer les traîneaux. Ce ne sont pas des combattants, Jillian, seulement des chiens endurants. Luca s'amusera beaucoup avec sa bête.

— Ne vous inquiétez pas, intervint Lil. Cros-Blanc n'aura aucun impact sur votre existence.

Jillian leva un sourcil parfaitement épilé.

— Ce qui n'est pas votre cas.

— Que voulez-vous dire ?

— Depuis que vous êtes là, tout a changé.

— Tout s'est amélioré, rétorqua Lil.

— Ça se discute, aboya Jillian. Je n'aime pas la façon dont vous vous êtes insinué dans la vie de Luca. Il vous appelle papou – un nom qui devrait être réservé à Ali que Luca s'obstine à nommer *Tito*.

Grier prit aussitôt la défense de son partenaire :

— C'est parce que Luca a toujours considéré Ali comme son oncle, ce qu'il est, jeta-t-il. Je te signale aussi que Luca a opté de lui-même pour ce nom, Lil ne lui a jamais demandé de l'appeler autrement que Lil.

— Comment diable allez-vous faire entrer ce chien dans votre minuscule appartement ? s'enquit Jillian cherchant manifestement à changer de sujet.

— Nous allons déménager en maison, répondit Grier.

— Et quand comptais-tu me faire part de cette petite information ?

— Je ne vois vraiment pas en quoi ça te regarde.

— Je présume que vous allez déménager à Barrington pour vous rapprocher de vos riches amis, déclara Jillian qui regardait Lil. Dans ce cas, qui sera disponible pour s'occuper de Luca une fois qu'il sortira de l'école ?

— À ce qu'on dirait, c'est le seul point qui vous intéresse, remarqua Lil. Je n'ai jamais connu une telle égoïste.

— Comment osez-vous me juger ?

Lil décida de se dispenser de faire semblant d'être poli

— Vous rendez cela très facile. Tout ce qui vous intéresse, c'est la façon dont votre petite vie sera affectée. Je vous signale que nous habiterons désormais en face de l'école de Luca. Vous n'aurez même pas à le conduire jusqu'à chez nous. Il sera capable de nous rejoindre à pied.

— C'est ce que vous auriez pu dire dès le début.

— Il est très difficile en votre présence de pouvoir placer un mot.

— Allez-vous faire foutre, Lil.

L'architecte se tourna vers Grier.

— Dire que tu te plains parfois que je parle mal ! Tu as bien été témoin qu'elle vient de m'envoyer me faire foutre ?

Grier passa le bras autour des épaules de son amant.

— Taisez-vous, tous les deux.

Puis il jeta un regard noir à Jillian et ajouta :

— J'irai demain chercher Luca à la sortie de l'école.

— Parfait, répliqua-t-elle, avant de leur claquer la porte au nez.

— Pétasse !

Grier regarda son partenaire avec des yeux ronds.

— Dis-moi, tu m'as l'air en grande forme ce soir.

— Elle provoque vraiment le pire en moi.

— C'est ce que je vois. Viens, bébé, rentrons à la maison. J'ai dans mon placard une nouveauté qui, je pense, soulagera ta bête sauvage.

Lil eut un ricanement entendu.

— J'ai d'autres formes de soulagement à l'esprit.

Le trajet retour fut assez rapide. Au moment où les deux hommes ouvrirent la porte et commencèrent à s'embrasser, Lil n'accordait plus la moindre pensée à Jillian ou à sa mauvaise humeur. Il fantasmait déjà sur le moment où il poserait la bouche sur le sexe de Grier caché sous de la dentelle. Chaque fois qu'il voyait son amant dans de la lingerie délicate, il manquait s'évanouir. Un tel fétichisme chez un homme aussi viril lui paraissait incroyable, mais Lil devenait à moitié fou de désir quand il voyait glisser des bas de soie sur les longues jambes musclées de Grier.

Ce soir, le jeune homme fit attendre Lil à la porte de leur chambre tandis qu'il se changeait. Lorsqu'il réapparut dans un porte-jarretelles rouge sang et une veste assortie, garnie de perles, Lil en resta hypnotisé. Grier portait un piercing au sein droit, une barre de titane. C'était une addition récente, un cadeau que Lil lui avait offert pour célébrer leur premier trimestre ensemble, tout comme les clous en diamants qui formaient une demi-lune autour de son nombril. Ils accentuaient de façon parfaite les étoiles bleues que Grier s'était fait tatouer le long du torse et qui descendaient jusqu'à son sexe.

Quant à Grier, il lui suffit d'apercevoir l'avidité brûlante du regard de Lil pour se mettre à bander. Il adorait se préparer pour son amant et les bijoux corporels qu'il avait acceptés de recevoir ajoutaient à leur plaisir mutuel. Les deux hommes partageaient le même attrait pour la lingerie : plus elle était féminine et colorée, plus ils l'aimaient. Dans l'esprit de Grier, rien n'était interdit dans l'intimité d'une chambre à coucher, aussi il ne refusait jamais de porter pour Lil des sous-vêtements de l'autre sexe. Une fois leurs jeux

31

terminés, tous les accessoires se retrouvaient sous clé, bien à l'abri d'un petit garçon de huit ans.

Lil empoigna Grier par le bras pour l'attirer plus près de lui.

— Viens ici, grogna-t-il. Je pourrais jouir rien qu'en te regardant.

— Voilà un spectacle qui me plairait bien.

— Qu'as-tu en tête ?

— Si tu me promets de garder tes mains à l'écart, je vais t'offrir un petit peep-show.

— Je peux te toucher ?

— Non, tu peux juste regarder.

— Oh seigneur…

— Allez, bébé, fais au moins un effort, insista Grier avant de se pencher pour embrasser Lil. Une dernière chose, tu ne dois pas te caresser.

Il chuchota ces mots tout en traçant de la langue le contour des lèvres de son amant.

— Quoi ?

— Ne pense même pas à de l'autosatisfaction.

— D'accord, je vais essayer, haleta Lil.

Grier sélectionna sur l'iPod de Lil la chanson la plus sirupeuse qu'il y trouva. Quand la voix inimitable de Barry White émergea des enceintes Bose, il vit Lil fermer les yeux une seconde en se renversant dans son fauteuil relax en cuir et sut avoir fait le bon choix. Il se balança au rythme de la musique tout en évoquant tous les strip-teases auxquels il avait assisté. Il joua avec ses seins et ses mamelons, puis ôta lentement sa veste, l'écartant parfois d'un geste brusque pour donner à Lil un aperçu de ses piercings intimes. Il ondula des hanches en cercles sensuels, puis se retourna et se pencha en avant, les jambes écartées, ce qui offrait à son amant son postérieur en gros plan. La fine bande de son string lui glissa entre les fesses, mais il s'empoigna de chaque côté pour les ouvrir. Il eut un sourire en entendant Lil gémir derrière lui. Toujours plié en deux, Grier posa les mains sur ses genoux et regarda par-dessus son épaule afin de déterminer dans quel état se trouvait son amant… il fut satisfait de voir le blond captivé par le moindre de ses gestes. Le tissu souple du pantalon de laine soulignait l'érection de l'architecte dont les yeux bleu pâle étaient quasiment vitreux de désir. Grier trouvait enivrant de réduire un tel homme à l'état de zombie avec quelques déhanchements et ondulations.

Il se redressa et se tourna vers Lil, tout en enlevant sa veste qu'il laissa tomber en tas souple sur le plancher. D'un geste délibéré, il leva les bras et les agita au rythme pulsatile de la musique. Lil devenait souvent lyrique concernant les aisselles de Grier et ses triceps aux muscles saillants, prétendant même que c'était pour lui l'ultime aphrodisiaque d'enfouir son nez dans ce buisson soyeux de poils noirs afin d'inhaler le plus merveilleux des parfums du monde. Grier était conscient que son petit jeu pouvait faire basculer Lil par-dessus bord. Et lorsqu'il vit les longs doigts d'artiste se crisper sur les accoudoirs du fauteuil, il eut effectivement la preuve que son amant était au bord de l'orgasme. Très bien, il n'avait plus qu'à se débarrasser du peu qu'il portait encore. Il fit donc rouler ses bas le long de ses jambes, puis détacha son porte-jarretelles tout en gardant son string dont la dentelle avait du mal à contenir son sexe engorgé.

Tout aussi excité que Lil, Grier décida de changer les règles du jeu. Se mettant à quatre pattes, il rampa jusqu'à son partenaire, aussi souple un félin en chasse prêt à se jeter sur une proie appétissante. Lil s'humecta les lèvres et le supplia :

— Laisse-moi enlever mon pantalon.

— Je vais le faire pour toi, roucoula Grier. Je ne veux pas que tu te touches.

— J'ai besoin de toi, amour.

Grier lui offrit un demi-sourire tentateur qui poussa Lil à un geste vers lui.

— S'il te plaît…

— Non. Mets les mains sur tes accoudoirs, ordonna Grier.

— Cesse de me torturer.

— Cesse de protester, rétorqua Grier.

En même temps, il déboutonna le pantalon de Lil et descendit sa braguette. Il agrippa ensuite l'ourlet du vêtement qu'il fit glisser le long des jambes avant de le jeter sur le côté. Il passa les doigts sous l'élastique du caleçon gonflé sur l'érection massive que Lil exhibait pour lui.

— Lève ton cul, bébé.

L'architecte obéit instantanément.

— Regarde un peu ce que tu m'as fait.

Grier eut un sourire satisfait, mais son regard brûlait aussi passionnément que celui de l'architecte. Il le désirait, il le désirait vraiment.

— Tu n'as pas remarqué que je bandais aussi, je présume ?

— Tu plaisantes ? Je suis déjà prêt à t'arracher cette dentelle.

— Commençons par ça.

Grier souleva chacune des jambes de l'architecte qu'il plaça sur les accoudoirs. Désormais écartelé, Lil se retrouva totalement exposé aux yeux qui le dévoraient avec avidité.

— Oh bon Dieu ! s'exclama Lil en se couvrant le visage.

Il paraissait presque embarrassé de sa position vulnérable, aussi Grier s'empressa de l'apaiser en frottant ses joues râpeuses le long des cuisses souples. Il eut un gémissement.

— Bébé, tu es tellement bandant. Je veux me perdre et te goûter.

Grier tira Lil un peu plus bas dans son siège, afin de le rapprocher de sa bouche. Puis sa langue effleura la peau fragile entre les bourses et l'ouverture de son corps. Pour le réconforter, il souffla aussi quelques bouffées d'air frais. Écartant doucement les fesses de son amant, Grier inséra ses deux pouces dans l'anneau de muscles resserrés, ouvrant l'accès du brûlant canal. Se sentant enfilé par sa langue, son partenaire se mit à haleter et à se tortiller.

— Tiens bon ! chuchota Grier.

Il interrompit ses caresses pour laisser à Lil le temps de se remettre et en profita pour enlever son string. Il fut trop hâtif et jura en entendant un bruit de déchirure.

— Eh merde, je viens encore de bousiller une superbe culotte.

Lil étouffa un rire.

— Nous devrions faire des stocks chez La Perla.

— Mieux encore, nous devrions dessiner nos propres modèles et les mettre sur le marché.

— Mon cœur, pourrions-nous reparler de marketing après mon orgasme ?

Avec un fou rire, Grier enduisit son sexe du lubrifiant qu'il avait pensé à déposer au pied du fauteuil, puis il en répandit aussi sur son amant. Toujours à genoux, il se positionna entre les jambes de Lil et frotta son gland contre l'ouverture du corps offert, qui palpitait en anticipant l'invasion. Tirant Lil vers lui, Grier l'empala d'un mouvement sûr qui fit pousser au blond un hurlement perçant. Le membre parfaitement positionné avait un angle qui lui heurtait la prostate à chaque poussée.

Lil resserra les jambes autour des hanches de Grier et s'y accrocha de son mieux durant la chevauchée sauvage. Le tempo de la musique en arrière-fond servait de métronome, les deux hommes partageant le même but d'atteindre rapidement l'orgasme. Grier retomba en arrière sur ses talons, entraînant Lil avec lui, le positionnant assis sur son sexe. Mais ce changement rendit ses mouvements maladroits et contraria son aptitude à s'enfoncer autant qu'il le voulait, aussi le jeune homme renversa Lil et l'étendit sur le sol, sans jamais briser leur connexion. Cette fois, Grier était déchaîné. Prenant appui contre le plancher, il martela presque sauvagement le corps pantelant qui se trouvait sous le sien. Mais Lil était un partenaire plus que consentant : à chaque puissant coup de reins, il se cambrait à sa rencontre, avec une force qui envoyait des spasmes de plaisir à travers tout son corps. Ils en étaient au sprint final quand Lil haleta :

— J'y suis presque, amour…

Une seconde plus tard, il explosa sur l'estomac de Grier et sa poitrine. Pour atteindre cet incroyable plaisir, Lil avait juste eu besoin d'entendre le gémissement rauque qui s'échappait de la gorge de Grier.

VI

Lil sentit dégouliner de lui le sperme de son amant tandis que la pulsation de son bas-ventre commençait à se calmer. Couché de tout son poids sur lui, Grier ronflait doucement contre son cou. Lil se tortilla et repositionna leurs deux corps en tentant de ne pas réveiller Grier qui avait sombré à la fin de leur vigoureuse session. L'architecte dévisagea longuement l'homme magnifique qui, en toute sérénité, reposait à ses côtés. Grier souriait dans son sommeil, il semblait repu. Lil se pelotonna contre lui et accrocha de la jambe une cuisse légèrement velue à sa portée, puis il posa un bras sur les abdominaux d'acier. Il se sentait pleinement satisfait. Il avait quand même du mal à réaliser qu'il ne connaissait pas Grier six mois plus tôt.

Lorsqu'il avait rencontré le jeune homme l'été précédent, durant le Festival du Goût de Chicago, l'attraction entre eux avait été immédiate, mais Lil avait présumé que ce ne serait qu'une flambée sans conséquence. 'Consommer vite fait bien fait sans s'attarder' avait été le *modus operandi* de Lil durant des années. Pas cette fois. Quelque chose chez Grier Dilorio avait attiré son intérêt, jusqu'à ce que tous ses plans d'avenir en soient modifiés. Lil était tombé amoureux fou d'un homme ayant douze ans de moins que lui, un sacré paquet de problèmes, et la lingerie la plus érotique de toute la planète. Avec Grier, Lil avait hérité aussi de Luca, un petit garçon qui s'était très vite emparé de son cœur. L'architecte ne regrettait rien du drame qui l'avait poussé à quitter San Francisco. À terme, ça en valait le coup. Désormais, Grier et lui pouvaient profiter d'une vie dont, peu de temps auparavant, ils n'avaient pu que rêver.

Cette année, Noël prendrait une nouvelle signification, il avait hâte de dépenser sans compter et de voir la joie apparaître sur le visage de Luca lorsque l'enfant ouvrirait ses cadeaux. Il ne restait que deux semaines pour réaliser les achats que Lil et Grier avaient prévu d'entasser sous l'arbre de Noël. Lil espérait convaincre Grier de le retrouver le lendemain, après ses cours à l'Institut des Arts de l'Illinois. C'est là que Grier s'était inscrit en novembre dernier dans le but de réaliser enfin son désir de devenir architecte d'antérieur, Lil ayant exigé cette condition avant de déménager. Durant des années, Grier avait mis son rêve en attente parce que son père trouvait une telle carrière exclusivement féminine. Santino avait fini par changer d'avis, surtout grâce à son petit-fils et à la participation active de Grier dans la vie de l'enfant. Quand il avait découvert tout ce que Grier avait dû sacrifier pour rester à proximité de Luca, Santino avait admis, à contrecœur, qu'être un homme n'avait rien à voir avec une orientation sexuelle. Il avait porté son fils cadet aux nues en réalisant combien Grier s'était investi dans l'éducation de Luca. En plus de ce nouveau respect, Santino avait enfin apporté tout son soutien au choix de carrière de Grier. Il avait également accepté la place de Lil dans la vie de son fils. Santino avait quasiment adopté l'avocat californien en découvrant à quel point son nouveau 'gendre' appréciait le football. La cerise sur le gâteau, ça avait été la forte amitié existant entre Lil et le Dr Jody Williams et son partenaire, Clark Stevens, un des membres les plus célèbres de l'équipe de football de Chicago, les *Bears*, où il jouait au poste de *wide receiver* – ou ailier éloigné, en formation offensive. Depuis que Lil avait déménagé à Chicago, les deux couples, devenus inséparables, passaient tous leurs week-ends ensemble à Barrington.

Pour le lendemain, Lil prévoyait de s'arrêter en priorité au supermarché Toys 'R' Us, parce que dans le domaine des jouets, il aurait besoin de toute l'aide nécessaire de la part de Grier. Même si l'architecte avait appris à bien connaître Luca, il ignorait encore ce qui pouvait rendre heureux un petit garçon de huit ans. Les rayons du magasin auraient beau regorger de jouets, tout ça ne lui servirait à rien s'il n'avait pas la moindre idée de ce qu'il devait acheter. Pour lui, les jeux de construction paraissaient tous les mêmes, mais quel drame ce serait pour lui d'acheter quelque chose d'aussi démodé qu'une boîte de Lego ? Aussi, il comptait laisser Grier lui choisir ses cadeaux avant de tendre sa carte de crédit. Lil avait aussi prévu de passer dans d'autres magasins plus sophistiqués pour les présents des autres membres de la famille. Il savait parfaitement que Grier allait râler concernant ses dépenses, mais la fin de l'année, c'était la période des étrennes, non ? Lil comptait bien abuser de cette excuse. À Noël, personne ne devrait se restreindre niveau dépenses, surtout sans raison de le faire. Ce qui était son cas. Son cabinet californien continuait à lui rapporter un rendement régulier, bien plus d'argent qu'il ne pourrait jamais en dépenser. Grâce au ciel, il avait désormais dans sa vie des êtres chers à gâter et combler.

Il sentit se modifier le rythme de la respiration de Grier et réalisa que son amant, bien plus jeune et endurant, avait déjà retrouvé ses forces. Il bandait une fois de plus.

— Encore ? Seigneur, Grier, moi j'ai trente-sept ans et mon corps n'est plus aussi résistant que le tien.

— Dans ce cas, pourrais-tu m'expliquer ce qui se presse contre ma jambe ?

Lil se mit à glousser.

— Je ne sais pas quoi dire. Manifestement, je suis influençable.

Grier éclata de rire.

— Je vais d'abord aller chercher un gant de toilette pour te nettoyer.

— Tu es adorable envers moi.

— C'est parce que je t'adore.

— Et dans le cas contraire ?

— Je te laisserais te torcher le cul tout seul.

Lil grogna.

— Je suis bien content de faire partie de tes amis.

— Si tu n'arrêtes pas de discutailler, je vais oublier toutes mes bonnes intentions et replonger immédiatement dans la mare de foutre que j'ai laissée en toi.

— Oooh, que j'aime quand tu me dis des *cochoncetés*.

— C'est vrai ?

— Oui.

— Et quel autre fantasme me caches-tu encore ? plaisanta Grier.

— Je pense que tu as presque tout découvert.

— Presque ?

— Eh bien, il est possible que nous n'ayons pas encore fait un ou deux trucs.

Grier s'écarta instantanément de Lil.

— Quoi au juste ? Dis-le-moi.

— Tu vas me trouver bizarroïde.

— Bébé, personne ne peut être plus bizarroïde que moi.

— Je parierais que moi, si.

Grier pencha la tête pour étudier son amant avec curiosité.

— Vide ton sac…

Lil chuchota donc ses aveux à l'oreille de Grier, très satisfait d'entendre le cri étouffé et choqué que l'autre ne put retenir.

— Tu veux que je fasse… ça ?

— Oui, un de ces jours.

— Ben merde alors !

— Il n'y a pas de merde, bébé… C'est même le contraire.

— Je sais.

Grier se pencha pour l'embrasser, puis il resta silencieux une minute, avant de chuchoter :

— Ça te branche vraiment ?

— Tout dépend de celui qui me le fait.

— Ben dis donc, c'est vraiment choquant.

— Pas du tout, chuchota Lil dont la voix rauque évoquait des images érotiques. En faisant un truc pareil à un homme, tu le marques de la façon la plus primaire.

Grier eut un frisson avant de resserrer Lil contre lui.

— Je devrais dire 'beurk', alors je me demande pourquoi ça m'enflamme.

— Parce que c'est un acte de possession ultime.

— Au royaume des animaux.

— Parmi tant d'autres.

— Et ton deuxième fantasme ?

— Je pense que pour ce soir, tu as reçu suffisamment de révélations à mon sujet, plaisanta Lil. Je te signale aussi que tu m'as promis une petite toilette intime.

— Je m'en occupe tout de suite, déclara Grier avant de l'embrasser vigoureusement.

Il se releva et fila en direction de la salle de bain, traversant la pièce avec un sexe rigide qui le précédait comme une balise. *Au moins*, pensa Lil qui le surveillait, *Grier n'est pas dégoûté par ce qu'il vient d'apprendre*. Il considérait de bon augure la réaction physique de Grier à sa requête : le jeune homme gardait un esprit ouvert là où tant d'autres auraient pensé à un tabou sexuel. Lil n'arrivait pas à croire avoir ainsi révélé une autre facette de sa sexualité. S'il ne se surveillait pas davantage, il finirait par parader derrière Grier comme un ours apprivoisé. Il était amoureux fou. Plus aucun doute à ce sujet. Pour dire la vérité, jamais Lil ne s'était senti aussi à l'aise vis-à-vis de quiconque, c'est ce qui rendait leur relation aussi unique. Si le sexe avec Grier s'avérait exceptionnel, c'était grâce à la confiance totale que partageaient les deux hommes. Concernant certains aspects du monde, son amant était peut-être naïf, mais pas côté sexuel. Là, étonnamment, Grier s'avérait plein de ressources. Il venait juste de prouver qu'il ne serait jamais choqué par ce que Lil lui suggérerait.

Au niveau de l'expérience, Lil avait sur Grier douze ans d'avance, durant lesquelles il avait vécu des centaines de relations sexuelles. Apprendre à son jeune amant inexpérimenté différentes façons de trouver du plaisir était à ses yeux le seul avantage de l'âge et de la pratique. Les rides, douleurs et rhumatismes qui viendraient avec la maturité ne comptaient plus quand Lil envisageait tous les trucs déments que Grier et lui avaient à partager. Qui aurait pu penser que son équipée sauvage d'autrefois dans le quartier gay de San Francisco, le Castro, finirait par porter ses fruits ? Jody et Lil étaient alors étudiants et colocataires à Stanford. Pendant que le futur médecin restait le nez plongé dans ses bouquins, Lil changeait de lit toutes les nuits au rythme de ses passions. C'était un miracle qu'il n'ait jamais rien attrapé, mais ce marathon sexuel et cette multiplicité de partenaires lui laissaient un répertoire aussi vaste et imaginatif. Un des grands avantages de tomber amoureux d'un jeune innocent était de voir son visage s'éclairer à chaque proposition d'une nouvelle expérience.

Une fois Grier revenu, Lil apprécia le contact divin du tissu éponge humide et chaud quand son amant s'occupa de lui avec des soins amoureux et tendre, comme toujours. L'homme était un vrai Gémeaux. D'un côté, il y avait le mauvais garçon qui portait du cuir et des tatouages, prompt à se mettre en colère – le motard d'un genre douteux qui appréciait la vitesse et sa Harley – et de l'autre, le père ultime. Grier regardait souvent des dessins animés avec Luca, il passait des heures à jouer avec son fils à la Nintendo ou cherchait sans marquer d'impatience les si rares marshmallows violets dans d'énormes boîtes de céréales Lucky Charms. Grier était aussi un artiste, un être gentil et tendre, avec un sens des responsabilités plus fort que la plupart des hommes ayant le double de son âge. Lil était fou de lui. Il le serra fort contre son cœur et s'accrocha à lui, savourant le contact de cette peau tiède plaquée contre la sienne des pieds à la tête.

— Merci de t'être occupé de moi, chuchota-t-il.

— De rien, bébé. Maintenant, il est temps d'aller dormir sinon, nous serons lessivés demain.

— Viens me retrouver demain après tes cours.

— Où ça ?

— À la galerie commerciale de Woodfield.

— Beurk.

— Il est temps que nous fassions nos achats de Noël, il ne nous reste plus beaucoup de temps.

— Je sais, gémit Grier qui se frotta le nez dans le cou de Lil. Mais je déteste la foule, les magasins et les batailles devant les rayons.

— Tu n'auras rien d'autre à faire que de porter mes sacs.

— C'est ça.

— Ne sois pas aussi capricieux.

— Pourquoi as-tu besoin de moi ?

— Parce que tu es un expert concernant les jouets.

— Donne-lui simplement un chèque-cadeau.

— Oh Seigneur ! s'offusqua Lil. Je n'arrive pas à croire que tu aies pu dire ça !

Grier se moqua de lui.

— Je savais que ça t'enflammerait.

— Si tu veux m'enflammer, j'ai en tête dix autres moyens bien plus agréables d'y parvenir.

— Si je le fais, nous n'irons jamais dormir.

— Le sommeil, il n'y a que les morts qui s'en préoccupent.

— Tais-toi et ferme les yeux.

— Si je te promets de n'aller que dans quatre magasins, accepteras-tu de me retrouver demain ?

— Je peux me laisser convaincre.

— Que dois-je faire pour te persuader ? insista Lil.

— Je veux que tu me parles de ton second fantasme.

— Pas ce soir, amour.

— Alors demain, après notre folle virée à la galerie commerciale ?

— D'accord, à condition que tu me laisses dépenser librement.

— Dans les limites du raisonnable.

— Non, ça n'est pas suffisant.

Grier soupira et admit sa défaite.

— D'accord, je ne dirai rien.

— Tu me laisseras carte blanche ?

— Je t'interdis juste d'acheter à mon père une putain de Cadillac.

— Pourquoi ? Il en veut une ?

Grier grogna d'un ton menaçant :

— Lil…

— Ne sois pas aussi radin.

— Ne sois pas aussi dépensier ! rétorqua Grier.

— Pouvons-nous au moins tomber d'accord sur le fait que nous ne sommes pas d'accord ?

— Viens te coucher.

— Grier, je t'aime.

Le jeune brun s'approcha davantage et utilisa Lil comme oreiller.

— Je t'aime aussi, mais j'aimerais vraiment que tu te taises.

— Retrouvons-nous à 17 heures devant l'entrée de Nordstrom.

— Ils ont plusieurs magasins.

— Celui des vêtements pour hommes.

— D'accord.

VII

À BARRINGTON, Jody croisa les bras en fronçant les sourcils lorsque Clark et deux de ses copains footballeurs apportèrent un gigantesque sapin Douglas tout frais coupé qu'ils installèrent devant la baie vitrée qui montait du sol au plafond, face à la pelouse devant la maison. Les deux huskies qui trottinaient derrière le trio se mirent à courir autour du pied de l'arbre, reniflant les branches dans l'espoir de découvrir quelque chose d'intéressant. Après les avoir écartés d'un claquement de doigts et d'un ordre sec, Jody remarqua :

— Je ne vois pas pourquoi nous devons avoir l'arbre le plus énorme de tout le voisinage.

— Parce que nous en avons les moyens, répliqua Clark.

— C'est une réponse idiote.

— Quel est l'intérêt d'avoir des plafonds aussi hauts si nous nous contentons d'un sapin banal d'un mètre quatre-vingt ?

— Kit, notre maison n'est pas un gratte-ciel comme le Daley Plaza. Acheter un arbre de quatre mètre cinquante, c'est ridicule

— Non, c'est génial, Jo. Imagine-le entièrement décoré.

— Il nous faudrait pour ça des dizaines et des dizaines de guirlandes. Et bien plus de décorations que nous n'en possédons.

— Nous pouvons toujours en racheter.

— Et qui va se charger de les accrocher ?

— Nous deux.

— En clair, tu vas te contenter de donner des ordres en me laissant gesticuler en haut d'une échelle.

— Tu le feras mieux que moi. Et tu le sais.

Jody soupira en signe de reddition

— Allez, les gars, venez, dit-il aux deux amis de Clark. J'ai de la bière et des sandwiches pour vous dans la cuisine.

Clark empoigna son partenaire dans une étreinte d'ours. Il le souleva du sol et le fit tourbillonner dans la pièce en esquissant une valse impromptue.

— Tu es le meilleur ! s'exclama-t-il.

Il embrassa Jody sur les lèvres avant de le reposer sur le plancher de bois ciré. Se tenant par la main, les deux hommes avancèrent en direction de la grande cuisine, où tous se régalèrent des sandwiches bien garnis que Jody avait préparés en attendant le retour du petit groupe. Plus tard, une fois leurs amis repartis, Jody nettoya les comptoirs et déposa dans le lave-vaisselle verres, assiettes et couverts utilisés. De son côté, Clark s'occupa de ses chiens, déposant dans chacun de leur bol une énorme portion de croquettes et de pâtée. Il prépara une troisième part pour la jeune mère toujours occupée au garage à nourrir sa portée.

— Nous pourrions faire un tour dans les magasins afin d'acheter tout ce qu'il nous faut pour ton arbre géant, proposa Jody.

— Donne-moi un moment. Je veux sortir Étoile et lui laisser faire ses besoins avant de partir.

— D'accord. Pendant ce temps, je vais nettoyer la litière des chiots.

Après une brève réflexion, Jody demanda encore :

— Pourquoi est-ce toujours moi qui écope des pires corvées quand toi, tu galopes juste dans la neige avec tes bestiaux ?

— Parce que tu t'en charges mieux que moi.

Clark avait jeté son argument standard. Comme toujours.

— Tu es vraiment pénible, remarqua Jody. Un sale enfant gâté.

— Et c'est la faute à qui ?

— La mienne, je présume, soupira Jody. Je suis né pour me dévouer, c'est sans doute ce qui explique ma vocation.

— Tu es un excellent toubib, lui rappela Clark. Ce n'est pas de ta faute si je suis difficile à vivre. Je me rattraperai plus tard.

Sur ce, Clark serra Jody dans ses bras et l'embrassa.

— Promis ? s'enquit le médecin.

— Oui, il faut que nous testions notre bain bouillonnant.

— Je suis vraiment heureux que nous ayons décidé de le placer à l'intérieur et pas sur la terrasse.

Les deux hommes avaient longuement discuté de cette option. Au final, en tenant compte des irrégularités du climat à Chicago, ils avaient conclu que ce serait plus sage de le garder *intramuros*.

— Lil et moi avons dessiné une maison parfaite, se vanta Clark.

— Tu parles ! Tu as juste écrit une liste de souhaits que Lil s'est chargé de concrétiser.

— C'est du pareil au même.

— C'est ça.

— Allez, viens. Il faut que nous nous occupions des chiens.

Dans le garage, la petite pièce devenue nurserie était empuantie par l'odeur des chiots et de leurs déjections.

— Pouah ! se plaignit Jody. Ouvre-moi vite une fenêtre avant que cette odeur me fasse suffoquer.

Clark s'exécuta et repoussa une des vitres afin de laisser pénétrer une grande bourrasque d'air pur et froid.

— Ne la laisse pas ouverte trop longtemps, grommela-t-il d'une voix lourde de reproches. Inutile de congeler ces pauvres bêtes.

Jody adressa à son partenaire un regard furieux.

— Si tu continues, c'est toi qui nettoieras cette porcherie ! s'emporta-t-il.

— Non, non, je te laisse faire, rétorqua très vite Clark. Tu t'en chargeras bien mieux que moi.

— Alors, fiche-moi la paix.

— D'accord, désolé.

Afin de laisser Jody libre d'accomplir sa tâche répugnante, Clark força Étoile à quitter sa confortable paillasse ; puis, quittant la pièce à la hâte, il claqua la porte derrière lui.

Les chiots avaient désormais deux semaines. Jody les ramassa les uns après les autres et les déposa dans un autre coin le temps de nettoyer leur litière. Il avait partagé l'endroit en plusieurs sections, coin-nuit, un coin-repas, et toilettes. Toujours méthodique, Jody avait lu tout ce qui concernait le meilleur environnement possible pour une portée. Il n'avait pas l'intention de transmettre des bêtes malades à de futurs propriétaires et, dans cette optique, il comptait bien veiller à les garder au propre, au chaud et au sec.

Lorsque Clark revint, la chienne Étoile reprit sa place sur sa couverture. La pièce, redevenue impeccable, sentait relativement bon. Plusieurs aspersions de déodorant Oust avaient atténué la forte odeur des chiots avant que Jody referme la fenêtre. D'un œil satisfait, il regarda les quatre petits agglutinés auprès de leur mère. Chacun d'eux se jeta sur une des mamelles disponibles et se mit à téter avec frénésie.

Clark posa un bras sur l'épaule de Jody.

— Ils sont vraiment adorables. Tu es sûr que nous ne pouvons pas tous les garder ?

— Il n'en est absolument pas question.

— Merde…

— Tu peux en garder un, nous en avons déjà promis un autre à Lucas, nous trouverons à qui donner les deux derniers.

— Steve en veut un, déclara Clark en parlant du *quaterback*, un autre joueur de l'équipe des Bears. En fait, je pense pouvoir le convaincre d'en prendre deux.

— Parfait. Dans ce cas, l'affaire est réglée. As-tu choisi un nom pour celui qui t'appartient ?

— Puisque nous avons déjà une constellation avec Étoile, Lune et Venus, j'ai pensé à Mars.

— J'aime bien, accepta Jody avec un hochement de tête.

Changeant de sujet, Clark déclara :

— Je voudrais du bleu.

— De quoi parles-tu ? s'étonna Jody.

— Des guirlandes bleues, des décorations bleues… Tout l'arbre en bleu.

— Pour l'assortir au bleu de mes couilles engorgées ?

— Tais-toi, protesta Clark qui parut presque choqué. Tu n'as pas eu ce genre de problème depuis près de cinq ans.

— Je me souviens encore de la frustration dont j'ai souffert pendant très très longtemps après notre première rencontre.

— Est-ce que tu rêvais de moi ? se moqua Clark.

Mais il se souvenait aussi… Il avait été blessé au cours d'une mêlée et emmené aux Urgences de l'hôpital où Jody travaillait alors. L'attraction entre les deux hommes avait été immédiate. Malgré tout, Clark refusait formellement de sortir du placard. Il avait toute sa vie souffert d'un sentiment d'insécurité, dû en partie à ses troubles de l'attention, mais aussi à la répression de son orientation sexuelle. Dire qu'il avait fait souffrir Jody ? C'était un euphémisme.

— Comment savais-tu quand tu m'as fait des avances que je ne t'assommerais pas ?

— Je n'en savais rien. Mais tu bandais, alors j'ai considéré ça comme un bon augure pour que je survive à la rencontre.

— Je suis heureux que tu aies tenté ta chance avec moi, Jo-Jo.

Jody serra ses deux bras autour de la taille de Clark et posa sa tête contre la large poitrine.

— Moi aussi, Kit. Regarde un peu où nous en sommes aujourd'hui. Nous avons tout du vieux couple marié.

— Nous sommes peut-être mariés, mais nous ne sommes pas vieux. J'ai la ferme intention tout à l'heure de profiter pleinement de notre bain bouillonnant.

— Lil et toi l'auriez-vous dessiné dans une optique purement sexuelle ?

— Ce n'est pas le but ultime de tous les bains bouillonnants ?

— Je croyais qu'ils étaient censés réduire le stress et apaiser diverses courbatures et douleurs. Entre ton métier et le mien, nous avons de quoi faire tourner le marché des relaxants musculaires jusqu'au siècle prochain.

— Dans ce cas, disons que nous ferons d'une pierre deux coups.

Clark embrassa le visage de Jody, levé vers lui.

— Tu auras droit aux effets massant du jacuzzi, mais je t'assure que la chaleur de ma bouche améliorera beaucoup ta relaxation.

— Ça, c'est une des choses que tu fais très bien.

— J'ai certains dons innés, Jo-Jo.

— Je n'en ai jamais douté.

— Et si tu n'arrêtes pas tout de suite, nous ne partirons jamais faire des courses.

— Très bien, alors allons-y. Autant en finir au plus vite. À notre retour, j'ai l'intention de verrouiller la porte et de ne plus bouger de tout le week-end.

— Tu n'as pas à travailler ?

— Je t'ai déjà dit que j'avais pris quinze jours de congé.

— Quand m'as-tu dit ça ?

— Il va falloir que j'augmente tes doses de Gingko. La vasodilatation aide à compenser les pertes de mémoire

— La ferme, Jo-Jo. Tu sais bien que j'oublie toujours les détails.

— Tu réussis pourtant à te souvenir de tous les mouvements d'un jeu compliqué qui, à mes yeux, est aussi abscons que du grec antique.

— C'est différent.

— Je ne vois pas pourquoi.

— Parce que c'est du football.

— Et mon emploi du temps n'est pas important pour toi ? insista Jody.

— Tu cherches une dispute ?

— Non.

— Alors, laisse tomber.

Très vite, Clark atténua par un grand sourire la sécheresse de ses paroles.

— Je t'aime, Jo-Jo, ajouta-t-il.

Laissant Clark prendre volant de la Land Cruiser métallisé, Jody tenta de joindre Lil au téléphone. Il tomba sur sa boîte vocale, aussi il lui envoya plutôt un SMS indiquant que Clark et lui partaient une heure faire des achats au

Chicago Christmas Store, mais qu'ils espéraient bien recevoir Lil et Grier à dîner le soir même.

Clark dut tourner un moment dans le parking avant de trouver une place. Il finit par avoir de la chance et en profita pour se garer rapidement. La gigantesque galerie commerciale était bondée, ce qui n'avait rien d'étonnant quelques jours avant Noël. Pourtant, cette frénésie aida Jody à se mettre dans l'ambiance, ce qui ranima son envie de décoration. Il fut heureux, en pénétrant dans le magasin, de voir l'immense choix proposé en matière de guirlandes et ornements.

— Prend un chariot, ordonna-t-il à Clark.

Il se dirigeait déjà vers un étal qui proposait des lumières en girandoles. Très vite, il se concentra exclusivement sur la tâche qui l'attendait. Une fois le chariot plein, il fit un signe à Clark pour lui indiquer de le retrouver devant les caisses. Il tendit sa carte de crédit avec une remarque amère :

— Nous allons être ruinés pour l'année à venir : ceci va nous coûter une véritable fortune.

— Ce n'est que de l'argent, Jo.

— Il est si difficile à gagner qu'il ne devrait pas être dilapidé.

— Tu préférerais que nous achetions en discount chez Kmart ?

— Rappelle-toi quand même une chose essentielle : c'est notre sang, notre sueur et nos larmes qui rendent tout ce luxe possible.

— Tu crois que la radinerie est une caractéristique du MidOuest ? Parce que Lil prétend que Grier tient aussi les liens de sa bourse bien serrés.

— Nous avons été bien élevés, contrairement à certains Californiens qui ne connaissent rien à la vraie valeur de l'argent.

— Pfutt… jeta Clark.

— Ce n'était qu'une réflexion.

Clark se pencha vers Jody et lui chuchota :

— Quand je dépense pour nos sex-toys, tu ne fais pas tant le difficile.

— C'est différent, ricana Jody, hautain. Dans ce cas-là, il s'agit d'une nécessité médicale essentielle à mon bien-être. Je peux donc le déduire de mes impôts.

Clark le fixa, bouche bée.

— Tu fais… quoi ?

Jody lui éclata de rire au nez.

— Je t'ai bien eu !

Clark plissa ses yeux aigue-marine avec un feulement menaçant.

— Oui, et tu vas me le payer très cher.

VIII

EN RÉALISANT que Lil et Grier faisaient également des courses, Jody décida de les retrouver après coup. Les quatre hommes choisirent d'abandonner la foule en se donnant rendez-vous aux alentours de 18 heures au Nid Douillet, un bar sportif de la rue Roselle, à Schaumburg. On y mangeait des spécialités comme les pains garnis à l'effilée de porc, avec au centre de la table, des frites et de la bière glacée Coors Light. Après la folie du centre commercial, les deux couples apprécièrent cette nourriture roborative.

— Je déteste Noël, remarqua Grier. C'est bien trop stressant !

— Il déteste aussi manger avec des couverts en plastique, dit Lil avant de croquer dans son sandwich. Oooh, c'est divin !

Il soupira en léchant la sauce barbecue qu'il avait sur les lèvres.

— Ne lance surtout pas Jody sur le sujet, intervint sèchement Clark. J'ai déjà enduré plus que ma dose de sermons concernant mes excès de dépense.

Jody et Grier se dévisagèrent l'un l'autre.

— Tu dois aussi le surveiller ? demanda Jody qui pointait Lil du doigt. Si je laissais Clark agir à sa guise, il achèterait tout ce que proposent les magasins 'aux pigeons sportifs'.

Grier se plaignit aussitôt :

— Lil s'intéresse davantage à Nordstrom.

Se tournant vers son partenaire, il demanda :

— Comment peux-tu payer cent cinquante dollars pour une chemise alors qu'elles sont chez Penney pour la moitié ?

Lil leva les yeux au ciel.

— Tu ne vas quand même pas comparer une chemise de marque Façonnable avec ce que tu trouves sous l'étiquette JCPenney !

— Pourquoi pas ? Ce sont exactement les mêmes.

49

— Mon amour, déclara gentiment Lil, si tu comptes avoir du succès comme architecte d'intérieur, il va falloir que tu aies de meilleurs standards et que tu commences à faire la différence entre quantité et qualité.

Grier se vexa.

— Je sais faire la différence entre un canapé bien fait ou pas, grinça-t-il. Je ne vois pas ce que les vêtements apportent au professionnalisme.

— Tout est dans le tissu, mon cœur, expliqua Lil avec patience. Le coton égyptien est bien meilleur que le polycoton.

— Laisse tomber. Avais-tu vraiment besoin de dépenser trois cents dollars pour acheter à Ali un pull en cachemire ? Il ne le mérite pas.

Lil fit claquer sa langue contre ses dents.

— Ton frère apprécie certainement les grandes marques, il saura reconnaître un Armani.

— Et un sac Juicy Couture pour Jillian ? Ils vont penser que tu cherches à les acheter.

— Mais c'est exactement mon intention, admit Lil sans culpabilité. Puisqu'ils ne sont pas sensibles à mon charme naturel, autant laisser parler l'argent. Agiter devant eux quelques billets verts ne peut faire de mal.

— Pourquoi cherches-tu à obtenir leur approbation ? demanda Jody.

— Pour qu'ils cessent de nous bloquer à chaque tournant.

— Par exemple ?

— Par exemple, Croc-Blanc.

— Croc-Blanc ? s'étonna Clark.

— C'est ainsi que Luca compte appeler son chien.

— C'est un chouette nom.

— Ça ne m'étonne pas qu'il te plaise, fit Lil sarcastique.

— La langue est la meilleure et la pire des choses, jeta Jody, les sourcils froncés.

L'architecte le fixa, surpris de sa réaction.

— Qu'est-ce que j'ai dit ?

— Ta remarque était à double tranchant.

— Désolé, ce n'était pas mon intention.

— D'accord, oublions ça. Pour en revenir à ta belle-famille, reprit Jody, quel est leur problème avec Croc-Blanc ?

— D'après eux, nous devons les consulter avant d'acquérir un animal.

— Mais ce chien ne va même pas résider chez eux !

— Exactement, c'est bien pour ça qu'il ne m'est pas venu à l'idée de leur demander une permission.

— Quoi d'autre ?

— Ils ne sont pas contents que Luca m'appelle 'papou'.

— Pourquoi ? C'est pourtant adorable.

— Ils sont jaloux, indiqua Grier. Mon frère voudrait que Luca l'appelle autrement que 'oncle'.

— Ali est pourtant l'oncle de Luca, remarqua Clark. Au fait, j'ai réalisé un truc : si Jillian a un autre enfant, il serait à la fois le cousin de Luca et son demi-frère. C'est bizarre, non ?

— On se croirait dans une chanson western country, grommela Grier. Avec un peu de chance, elle ne voudra pas d'un autre gosse.

— Pourtant, ça soulagerait un peu la pression qu'elle met sur Luca et toi. Tu ne crois pas, ? insista Clark.

— Pourquoi dis-tu cela ?

— Parce qu'elle aurait de quoi développer une nouvelle obsession.

Les quatre hommes, un peu ivres et tout à fait détendus, éclatèrent de rire ensemble.

— Franchement, dit ensuite Jody en tentant de reprendre son souffle, nous ressemblons à de vieilles commères !

— Exactement ! s'écria Lil. C'est ce que nous sommes.

Pour une raison étrange, le groupe trouva cette réflexion hilarante et replongea dans le fou rire, chacun appuyant son épaule contre celle d'un autre.

— Les mecs, on arrête avec la bière… sinon il nous faudra passer la nuit dans le motel juste à côté.

Effectivement, il y avait un Holiday Inn Express non loin du bar. La solution n'avait rien d'impossible.

— Je ne vois aucune objection à passer la nuit au motel, remarqua Lil. Ça ne sera pas la première fois. Commande une autre tournée.

Grier leva le bras pour réclamer d'autres bières à la serveuse, puis il demanda :

— Tu as souvent dormi dans un motel ?

— Oui.

— Combien de fois,

— Tu parles boulot ou plaisir,

— Je ne me contrefous du boulot, Lil, parle-moi plutôt de tes intermèdes sexuels au motel.

— Ils ont été innombrables… Assez d'hommes pour faire le tour de la lune. Deux fois.

— Une vraie pute, se moqua Grier.

— Je plaide coupable.

— Et toi, Jo ? s'enquit Clark. Étais-tu un client de motel aussi assidu ?

— Quoi ? Absolument pas, merde !

— Jody, remarqua Lil, je te signale que ton langage s'est dramatiquement détérioré depuis que tu as déménagé à Chicago.

— Pourquoi, tu ne jures jamais, toi ?

Grier joua au petit rapporteur :

— Lil a beaucoup juré en voyant tomber la première neige.

— Chut, amour, coupa Lil. Ce n'était qu'un lapsus momentané.

— En tout cas, ça a été efficace, admit Grier, puisque nous déménageons maintenant dans une maison avec garage.

— Non, sans blague ? s'exclamèrent en même temps Jody et Clark.

— Si, c'est vrai.

— Où ?

— Pour le moment, nous resterons à Elk Grove.

— Les mecs, vous devriez venir vous installer à Barrington.

— C'est bien trop cher pour ma bourse, remarqua Grier.

Et quand Lil lui jeta un regard entendu, le jeune homme ajouta :

— Ne recommence pas.

— Je ne comprendrai jamais pourquoi ça te pose un tel problème d'accepter mes largesses.

— Large… Tu as déjà la grosse tête. Tu finiras avec un *large* cul.

— Enfoiré ! s'exclama Lil en le frappant sur le bras. Mon cul est de taille parfaite.

Grier éclata de rire, rapidement imité par les autres, Lil y compris. Le groupe était plutôt bruyant et tous les autres clients du bar les regardaient.

— Je pense vraiment que nous devrions passer la nuit à côté.

Jody tourna vers son amant une lippe boudeuse.

— Et le bain bouillonnant que tu m'avais promis ?

— Ah oui, c'est vrai.

— Exactement.

— D'accord, céda Clark, mais alors vous deux, vous venez avec nous. Nous allons prendre un taxi et baptiser notre jacuzzi.

— Le baptiser ? demanda Grier. À quoi penses-tu au juste ?

— À tout ce que tu imagines, répondit Jody.

Il reconnut l'expression de Grier… qu'il avait assez souvent vue lorsque le jeune brun fixait Lil. Une fois de plus, Jody se souvint de ses premiers jours avec Clark – quand les deux hommes baisaient sans arrêt contre toutes les surfaces de la maison que Jody possédait alors à Berkeley. Actuellement, leur relation était un peu tiède. D'après lui, c'était une conséquence normale de la routine et de leurs horaires épouvantables. La saison de football étant désormais officiellement close, Jody avait choisi de prendre des vacances afin de passer du bon temps avec Clark. Il espérait ainsi ranimer le feu sous la braise. Peut-être que la proximité de Lil et Grier les aiderait aussi. Jody n'avait jamais été exhibitionniste, Clark non plus à son avis, mais ranimer leur libido respective lui paraissait nécessaire. Ces derniers mois, elle s'était mise à hiberner.

— Je suis pour, déclara Clark.

Il se leva et marcha jusqu'au bar où il demanda qu'on lui appelle un taxi, avant de payer l'addition. Quand il revint, il avait tout du chat venant d'avaler un canari.

— C'est réglé.

— Et nos voitures ? demanda Grier.

— On va les laisser au parking, dit Clark. Elles ne risquent rien. Nous reviendrons les chercher demain matin.

IX

LES LUMIÈRES extérieures ayant un système d'éclairage automatique, la maison était tout illuminée lorsque le taxi avança sur le rond-point devant l'entrée. Venus et Lune se profilaient en contre-jour et en arrière-plan, perchés sur un tas de neige d'où ils surveillaient leur territoire, exactement comme leurs ancêtres lupins dans d'autres circonstances. Les deux bêtes étaient sorties de la cuisine par la trappe aménagée pour eux en entendant l'approche d'une voiture. Dès que le taxi s'immobilisa, les chiens se jetèrent à l'assaut et firent le tour du véhicule, aboyant avec force à la vue de leur maître. Clark sortit et s'accroupit pour étreindre chacun d'eux avant de les libérer. Les chiens restaient dans leur enclos grâce à une barrière électrifiée qui faisait le tour de la propriété.

— Ils sont magnifiques, pas vrai ? s'exclama Clark.

— Presque aussi magnifique que toi, répondit doucement Jody.

Clark posa le bras sur les épaules de son partenaire qu'il serra contre la chaleur de son corps.

— C'est le clair de lune qui te rend romantique, Jo-Jo ?

— Plutôt la combinaison de plusieurs facteurs, j'imagine.

— Les mecs, coupa Lil, désolé d'interrompre vos roucoulements, mais je me gèle le cul.

— Ce cul que tu as pourtant si large, plaisanta Clark.

— Va te faire voir, Stevens !

En riant, le petit groupe suivit Clark à l'intérieur de la maison, dans une petite pièce de déshabillage se trouvant avant la cuisine. Ils tapèrent des pieds afin de déloger la neige de leurs semelles, puis s'assirent sur les bancs et enlevèrent leurs bottes ou chaussures, puis enfilèrent les confortables chaussons que Clark et Jody laissaient à la disposition d'éventuels visiteurs.

Une fois dans la cuisine, Lil, Grier et Clark attendirent pendant que Jody faisait l'inventaire du frigidaire pour en tirer des bières et de quoi manger.

— Vous ne préférez pas quelque chose de plus fort, comme du whiskey ou du brandy ?

— Moi, j'opte pour une bière, déclara Grier en s'emparant d'une Coors.

— Je vote pour le brandy, dit Lil. J'ai besoin de me réchauffer.

En signe de commisération. Jody secoua la tête

— Nous ne sommes qu'en décembre, déclara-t-il. Attends un peu le mois de février !

— Clark, comment as-tu fait pour t'y habituer ? demanda Lil après avoir siroté une gorgée de Courvoisier. Tu ne connaissais pas plus que moi ce climat.

— Le premier hiver a été un cauchemar. Je n'avais pas signé mon contrat chez les Bears pour jouer au football avec des orteils et des doigts gelés.

— Si on appelle cette équipe les 'Ours de Chicago', c'est pour une bonne raison.

— Je n'avais pas assez réfléchi, dit Clark avec un gloussement. Je voulais juste filer aussi loin de mon père que possible.

— Là, je te comprends, remarqua Lil. J'aurais fait la même chose.

— Il est pénible à ce point ? demanda Grier

— Non, pire, répondit Jody succinctement.

— J'imagine qu'ils n'ont pas publié la totalité de votre histoire dans cet article chez *Sports Illustrated*, devina Grier.

— Ils ont dû penser que le tabassage anti-gay et les pères abusifs, ça ferait de la mauvaise presse.

Grier parut choqué.

— Qui a été tabassé ?

— Moi, répondit Jody. Mais manifestement, j'ai survécu.

— C'était grave ?

— Affreux, répondit Lil. Je suis resté durant des jours à son chevet à l'hôpital.

Grier se tourna vers Clark.

— Et toi ? Où étais-tu ? demanda-t-il, l'air accusateur.

— Je n'étais pas au courant.

— Vous n'étiez pas ensemble ?

— Si.

— Alors comment est-il possible que tu n'aies pas été au courant ?

— Jody a tenté de me protéger.

— Bon sang…

— Comment en sommes-nous venus à évoquer ce sinistre sujet ? protesta Jody. Je préférerais parler de trucs érotiques.

— Quoi par exemple ? Tu veux savoir combien de fois Lil et moi baisons durant la semaine.

Jody éclata de rire.

— Pas vraiment. Je suis certain que notre misérable score souffrirait de la comparaison.

— Allez, se défendit Clark. Ils sont ensemble depuis six mois alors que toi et moi n'allons pas tarder à célébrer notre cinquième anniversaire. Ce serait peu réaliste d'attendre le même niveau d'excitation chez un vieux couple.

— Tu crois ça ? demanda Grier un sourcil levé.

Il se tourna vers Lil.

— Tu penses vraiment qu'au bout de quelques années, tu t'ennuieras avec moi ?

— Mon chou, j'en doute beaucoup, déclara l'architecte. Tu es bien trop créatif.

— Créatif ? Comment ça ? s'enquit Jody.

— J'ignorais que tu étais un voyeur, Dr Williams, déclara Lil avec sa meilleure imitation d'accent britannique et coincé. Serait-ce un symptôme apparu récemment ?

Jody afficha un air gêné, mais il acquiesça.

— Vraiment ? continua Lil sur le même ton. Dans ce cas, pourquoi ne pas passer en salle d'examen ? Il me faut analyser ton cas dans le plus grand détail et je trouve impossible de réfléchir en étant habillé.

Grier aboya un rire rauque.

— Lil, tu es vraiment impayable. Une vraie pute !

L'architecte lui adressa un sourire démoniaque.

— Je ne l'ai jamais nié.

— C'est vrai, reconnut Grier avec un sourire. C'est l'une de tes principales qualités.

— Mon chou, j'adore baiser. Plus c'est fréquent, plus ça me plait. La seule chose que j'exige chez un partenaire, c'est un pénis.

— Les mecs, vous me faites rougir !

Effectivement, Clark s'était empourpré.

— C'est vrai ? s'étonna Grier. Je croyais que tu avais de l'expérience.

— Non, admit Clark. Jody a été mon premier amant.

Cet aveu laissa Grier éberlué.

— Tu n'as connu qu'un seul homme ?

— Au sens littéral, oui.

— Qu'est-ce que ça veut dire ?

— J'ai reçu quelques pipes et caresses manuelles, mais rien de sérieux. Jody a été le premier homme avec lequel j'ai couché.

— Je serai aussi le dernier, affirma le médecin avec fermeté.

Grier se tourna vers Lil.

— Ils sont sincères ? Je n'arrive pas à y croire.

— C'est pourtant le cas, amour. Ils sont aussi marrants que *La Famille des collines*.

— C'est quoi ?

— Bon Dieu, c'était avant ton époque. J'oublie toujours à quel point tu es jeune.

Clark saisit Lil au niveau de l'avant-bras.

— Hé ! Ça n'empêche rien ! Côté sexe, notre relation est aussi satisfaisante que la vôtre. Jody et moi sommes très heureux.

Lil décrocha les doigts rigides incrustés dans sa chair.

— Mais oui, bien sûr. Pourtant… insista-t-il de sa voix professorale, nous avons des mesures à prendre afin de remédier à ce problème.

— Quel genre de mesures ?

— Du calme, Clark. Je ne te le demanderai rien qui te mette mal à l'aise.

— Encore heureux.

S'approchant de son partenaire, Jody prit dans ses bras le corps rigide qui vibrait littéralement sur place.

— Détends-toi, Kit… Pourquoi ne pas suivre le courant et voir où cela nous mènera ?

Clark parut paniqué.

— Jo-Jo ? Tu parles d'une partouze ?

— Bien sûr que non ! Bordel, il n'en est pas question !

Clark poussa un énorme soupir de soulagement.

— Merci Seigneur !

Grier se pencha à l'oreille de Clark.

— Je ne te plais pas ? plaisanta-t-il.

Si Lil éclata de rire, il récupérera son amant et le serra contre lui.

— Tiens-toi bien.

Jody voulut apaiser le malaise momentané de Clark.

— Et si nous allions tous plonger dans le bain bouillonnant ? proposa-t-il.

Lil avait dessinée en forme de fer à cheval la maison bâtie en briques. Sur la portion centrale, il y avait un étage et un sous-sol qui courait sous toute sa surface. Au rez-de-chaussée se trouvaient la cuisine, le salon et la salle à manger. À l'étage, la chambre principale et deux chambres d'amis, chacune avec salle de bain privative. Une des ailes abritait un gymnase agencé de tous les instruments ultrasophistiqués que l'argent pouvait acquérir. C'est dans cette pièce que Clark passait l'essentiel de son temps, afin de se maintenir en forme durant les longs mois d'hiver. Là était également installé le bain bouillonnant. Dans l'autre aile, une grande pièce nommée la 'salle de jeu' comportait une gigantesque télévision, des fauteuils relax, des canapés, et tout un assortiment de consoles et jeux vidéo. Clark adorait les défis électroniques, tout comme Grier et Luca. C'était bien la seule chose que les Dilorio et la star du football avaient en commun. Tandis que les autres jouaient devant la télé, Jody, plus cérébral, passait volontiers du temps sur le canapé, plongé dans un bon livre. Lil se partageait, soit il lisait, soit il boudait quand il perdait contre Luca et Grier à la dernière version du jeu vidéo *Grand Theft Auto*.

La maison correspondait à ce que Jody et Clark avaient rêvé. Que Lil et ceux qui faisaient désormais partie de sa vie puissent également profiter de ces aménagements était un bonus.

Lorsque les quatre hommes, nus et légèrement ivres, se retrouvèrent assis dans le bain bouillonnant, Lil reprit son rôle afin d'analyser la vie sexuelle de Jody et Clark.

— Dis-moi un truc, Jodes… est-ce que tu fantasmes parfois à l'idée de baiser d'autres hommes ?

— Non.

— Et toi, Clark ?

— Bordel, non. Sûrement pas.

— Très bien, voici une option de bloquée.

— Quelle option ? demanda Grier.

— Les partouzes.

— Oh merde, pas question ! insista Clark avec emphase.

— D'accord, d'accord, mon grand, l'apaisa Lil. Pas la peine d'en faire tout un plat.

— Il me faut un autre verre, déclara Clark. Je ne suis pas assez ivre pour une conversation de ce genre.

Jody lui tendit une autre Coors.

— Voilà pour toi.

Lil n'avait pas terminé son interrogatoire.

— Est-ce que vous utilisez des sex-toys ou autres accessoires ?

— Oui, des vibromasseurs.

— Rien d'autre ?

— Qu'y a-t-il d'autre ?

— Bon Dieu ! gémit Lil avant de se tourner vers Jody. Je n'arrive pas à comprendre que vous soyez arrivés jusque-là.

— Quoi ? Jusque-là, nous n'avions pas vraiment besoin de variété.

— Mais aujourd'hui, c'est le cas.

— Peut-être…

— Merde, quelqu'un pourrait-il me dire au juste de quoi vous parlez ?

Clark paraissait complètement perdu.

— Grier, amour, dit Lil. Il est manifeste que nous avons du boulot.

— Oui, c'est plutôt tristounet, tu ne crois pas ?

— Pathétique…

X

— AS-TU DES fantasmes ? demanda Lil à Jody.

— Qui n'en a pas ?

— Est-ce que tu les partages avec Clark ?

— Non.

Clark se tourna vers lui, paraissant stupéfait. D'une voix qui ne faisait rien pour masquer sa douleur, il fit remarquer :

— Moi, je ne te cache rien.

— Ce n'est pas ça, Kit, jeta immédiatement Jody.

— Alors pourquoi ne m'as-tu pas parlé de tes fantasmes ?

— Parce qu'ils sont débiles.

— Non, certainement pas, intervint Grier. Dans un couple, il n'y a rien de débile, Lil me l'a enseigné dès les premiers jours. Bien sûr, la plupart des fantasmes sont idiots, irréalisables, ou même carrément choquants, mais justement, c'est pour ça qu'ils sont marrants. Il y a très peu de chances qu'ils se réalisent dans la vie de tous les jours, mais s'ils réussissent à vous émoustiller, pourquoi ne pas les utiliser comme piment sexuel ?

— Pourquoi pas, effectivement, rétorqua Lil avant de siroter calmement une autre gorgée de son brandy. Entre deux adultes consentants, rien n'est trop tordu ou bizarre, tout peut être partagé.

— Et vous deux, que faites-vous ? s'enquit Clark.

— Nous nous déguisons en prétendant être d'autres personnes. Nous inventons des scénarios.

— C'est vrai ?

— Bien sûr.

— Je n'en avais aucune idée, avoua Clark.

Il regarda Jody d'un air innocent et dit :

— Nous devrions aussi essayer de temps en temps.

— Tu n'auras qu'à le demander.

60

— Jo, si tu devais choisir quelqu'un sur terre, qui aurais-tu envie de baiser ?

— C'est une question piège ?

— J'aimerais savoir.

— Je préfère entendre d'abord ce que tu ferais, répondit Jody.

— D'accord…

Clark engloutit une longue goulée de sa Coors, puis il s'essuya la bouche du revers de la main et jeta :

— Ryan Gosling.

Grier eut une convulsion. En cherchant à réprimer son fou-rire, il faillit s'étouffer avec sa bière.

— Il n'est même pas beau !

— Il est mignon, s'entêta Clark, sans renier son choix.

— Bon sang, tu es vraiment dans le sexe vanille !

Jody glissa plus près de son amant et l'embrassa sur la joue.

— C'est pourquoi il m'aime.

Clark jeta un regard noir à Grier en disant :

— Je présume que toi, tu fantasmes au sujet des mauvais garçons comme Charlie Sheen ou ce chanteur, je ne me rappelle plus son nom… Celui qui porte du mascara ?

— Adam Lambert ? Il est hot, mais ce n'est pas mon genre. Je préfère Tommy.

— Merde, c'est qui, ce Tommy ?

— Tu plaisantes, j'espère ?

— Non, ce n'est pas le genre d'info qui m'intéresse.

— Dis-moi un peu, Clark, quel âge as-tu ?

— Le même âge que toi.

— Sans blague ? Tu réagis comme si tu avais atteint la quarantaine.

— Ce n'est pas vrai ! s'emporta Clark, furieux. C'est juste que les chanteurs et la culture pop, ça n'a jamais été mon truc.

— Les enfants ! coupa Lil d'une voix forte, ne vous disputez pas. Pas question que cette session de thérapie tourne à la dispute. Soyez sages.

Grier soupira et posa sa bouteille sur le sol, derrière lui. Ensuite, il s'installa sur les genoux de Lil. Il bandait déjà après toute cette discussion concernant le sexe. Il trouvait aussi bien trop tentant d'être aussi proche du corps nu de son partenaire. En vérité, il se contrefoutait d'avoir un public ou même que Clark soit énervé. *Peut-être qu'en nous regardant, l'autre couple apprendra un ou deux trucs utiles*, pensa-t-il vaguement. Comme il tournait le dos aux deux autres, il lui était facile de prétendre être seul avec Lil. Il ferma les yeux et imagina se trouver ailleurs… par exemple aux Caraïbes. Les jets d'eau chaude ajoutaient à son illusion de paradis tropical, tout comme l'alcool qui courait dans ses veines l'aidait à plonger dans une transe rêveuse. Grier se noya dans les prunelles bleu clair qui le fixaient avec adoration.

— Et toi, professeur ? s'enquit-il. Si tu en avais le choix, qui voudrais-tu baiser ?

— Toi, mon amour…

En ronronnant comme un gros félin, Grier frotta sa peau rugueuse de barbe contre le visage de Lil. Il murmura des mots d'amour tout en mordillant le lobe de l'oreille de l'architecte. Il laissa ensuite des suçons sur la peau douce cachée derrière et continua son voyage de découverte le long de la gorge de son amant et sur les épaules où il s'arrêta pour caresser la rondeur des muscles – en posant d'autres suçons. Il désirait marquer son homme d'un sceau amoureux. Passant les deux mains sous l'eau, Grier les glissa sous le cul de son amant qu'il souleva et écrasa contre lui, leurs deux organes engorgés se heurtant l'un contre l'autre.

Tout contre les lèvres humides de Lil, Grier marmonna :

— Laisse-moi faire, bébé.

Lil gémit et chuchota un 'oui' enflammé, bien trop pris dans le désir féroce du jeune homme pour s'attarder sur les répercussions de son acceptation. Si Grier et lui baisaient dans le jacuzzi sans protection, il allait le payer cher demain, mais pour le moment, son cerveau se concentrait sur l'incendie délicieux au niveau de son bas-ventre. Grier venait de s'empaler sur son sexe rigide.

Lil laissa retomber sa tête en arrière sur le rebord du jacuzzi

— Oh bon Dieu ! haleta-t-il.

Les cuisses de Grier le serraient fort – on aurait dit un jockey dirigeant sa monture tandis que débutait la cavalcade sauvage. La tête brune se pencha légèrement afin de mordre le mamelon droit de Lil. De l'autre main, Grier égratignait de l'ongle son autre sein.

— Ça te plaît, bébé ? demanda-t-il.

Penché au-dessus de Lil, Grier savourait la brûlure du sexe qui l'écartelait sans pitié. Il posa les mains sur le sol de béton entourant le bain bouillonnant et utilisa cet appui pour s'équilibrer tandis qu'il rebondissait de plus belle sur son étalon blond.

— Je t'aime, soupira-t-il.

Il ferma les yeux et se concentra sur sa tâche érotique.

Muets de stupéfaction, Clark et Jody contemplaient l'interlude sexuel ayant lieu devant leurs yeux. Lorsqu'ils se tournèrent l'un vers l'autre pour un baiser, ils se rencontrèrent avec une telle force qu'ils basculèrent de leur banc dans l'eau bouillonnante. Clark émergea en bredouillant des obscénités, puis il empoigna Jody et lui fit quitter le jacuzzi. Toussant et crachant, le médecin cherchait à retrouver son souffle lorsqu'il se trouva, encore pantelant, brutalement jeté sur une table de massage. Penché sur lui, arborant une érection menaçante, Clark exigea :

— Jo-Jo, dis-moi ce que tu veux.

Jody avait souvent comparé son amant à un dieu nordique. Maintenant, alors que le footballeur le surplombait de toute sa taille, l'eau dégoulinant de son corps magnifiquement sculpté, il était la matérialisation parfaite de tous les fantasmes. Son Kit ressemblait à un Dieu vengeur, prêt ravager l'humanité de sa puissance.

— Dis-moi ce que tu veux que je fasse ! tonna Clark une fois de plus.

— Fais semblant de me violer.

Clark le fixa, en état de choc.

— Quoi ?

Jody décida de profiter pleinement de l'occasion.

— Fais-le ! s'écria-t-il. Sois brutal, sois rapide, sois fort et intense…

— Mais je ne veux pas te faire mal !

— Tu ne me fais jamais mal, bébé, mais ce soir, j'aimerais quelque chose de différent. Maintiens-moi et prétends ne pas connaître.

— Tu auras des difficultés à marcher pendant plusieurs jours.

— S'il te plaît…

Enflammé par le désespoir qu'il entendit dans sa voix – et par les bruits érotiques émanant du bain bouillonnant derrière lui – Clark empoigna Jody et le retourna comme une crêpe. Toujours conscient de sa taille, il maniait en général Jody avec prudence et tendresse, mais ce soir, son homme désirait force et brutalité, ce qui réveillait chez Clark une sorte d'instinct primitif. Il avait ignoré jusqu'à ce jour le posséder. Il cracha dans sa main et humecta sommairement l'ouverture du corps ployé avant d'y pénétrer en force. Il utilisa Jody comme une poupée gonflable, lui agrippant si fort les hanches que ses doigts y resteraient marqués durant des jours. Pourtant, Jody poussait des reins contre lui et en réclamait davantage. Clark resserra les doigts sur ses cheveux et lui tira la tête en arrière pour grogner à son oreille :

— Je vais te baiser jusqu'à ce que tu sois couvert de bleus.

— Oh Seigneur… Ouiiii…

Clark se mit à trembler. Il sentait sa jouissance approcher. Trop tôt – bien trop tôt. Il se mordit les lèvres pour réprimer l'inévitable afin d'offrir quelques secondes de plus à Jody pour le rattraper. Il passa la main autour de la taille de son amant et referma des doigts durs autour de son sexe. Il serra violemment. Jody hurla et explosa, éjaculant partout sur la table, ce qui déclencha aussi l'orgasme de Clark. Il se mit à jouir des longs jets pulsatiles qui remplirent le corps étendu sous lui. Clark en rugit de plaisir. C'était le plus bel orgasme qu'il ait connu depuis des années, il tenait donc à ce que tout le monde l'entende.

Après les hurlements assourdissants ayant émané des deux côtés de la pièce, le silence qui retomba fut d'autant plus profond. Grier, vautré sur Lil, avait raté la session entre les deux autres, mais pas l'architecte. En émergeant de son propre plaisir, Lil avait bénéficié de quelques aperçus. Il arbora un sourire triomphant.

— Si tu veux mon avis, nous avons réveillé le géant endormi, déclara-t-il doucement. Jody va avoir le cul douloureux durant plusieurs heures.

— Parfait, répondit Grier d'une voix endormie. Peut-être ne remarquera-t-il pas que nous avons tout saligoté son jacuzzi.

— Ça m'étonnerait. Jody est du genre maniaque… très pointilleux et presque obsessionnel. Un trou-du-cul serré quoi !

En entendant ça, Grier se mit à glousser. Lil réalisa vite que son commentaire, dans le contexte, était hilarant, aussi il se joignit à lui. Les deux hommes riaient encore lorsque Clark et Jody revinrent vers eux.

Jody baissa les yeux sur le bassin et s'enquit :

— Tu crois qu'on peut retourner là-dedans ou bien cette eau est-elle définitivement polluée ?

— Ni Grier ni moi n'avons le SIDA, répondit Lil. Je suis quasiment certain que nous ne te refilerons aucun microbe.

— Franchement, aviez-vous besoin…

Mais après ce qu'il venait de vivre, Jody était trop repu pour se mettre en colère.

Grier se retourna pour faire face au couple.

— Désolé, les mecs. Nous vous aiderons demain à nettoyer le bassin. La question importante est : ça valait le coup ?

Jody serra Clark dans ses bras et posa la tête sur sa poitrine.

— Ooooh oui, absolument. Bordel !

Ce fut avec un sourire aux lèvres que les quatre hommes finirent par monter jusqu'à leurs chambres, chacune se trouvant à une des extrémités du couloir. Lil avait déjà séjourné plusieurs fois dans la chambre d'amis et la pièce était aussi agréable qu'il s'en souvenait. Grier et lui grimpèrent ensemble dans le lit, se blottirent sous la couette et s'endormirent dans les bras l'un de l'autre.

La matinée était déjà bien avancée quand Grier fut réveillé par l'odeur du café frais et du bacon grillé. Il s'étira.

— Quelle délicieuse odeur ! marmonna-t-il contre le cou de Lil. Tu as faim ?

— Je crève la dalle, répondit l'architecte encore endormi. Nous n'avons pas beaucoup mangé hier soir.

— Nous nous sommes occupés autrement.

— Il va falloir que nous tenions cette promesse de nettoyer leur jacuzzi.

Le jeune homme gémit.

— Peut-être qu'ils vont oublier…

— Ça m'étonnerait.

— D'accord, dans ce cas, mettons-nous tout de suite au travail pour rentrer le plus vite possible. J'ai une tonne de choses à faire à l'appartement.

— Par exemple ?

— Par exemple emballer mes cadeaux de Noël. Il faut aussi que je termine mes cartons pour le déménagement.

— Tu ne veux pas que nous vous engagions des professionnels ?

Grier éclata de rire.

— Je te rappelle que j'ai été déménageur. Je suis quasiment certain de savoir comment m'y prendre.

— J'avais oublié, grogna Lil.

— Laisse-moi gérer ce déménagement et concentre-toi sur autre chose.

— Comme quoi ?

— Comme me dessiner de nouveaux sous-vêtements.

Lil parut revigoré à cette perspective.

— Oooh génial ! Je pensais à de la dentelle blanche avec des liserés noirs.

XI

Lil et Grier restèrent à Barrington jusqu'en début d'après-midi. Ils durent d'abord nettoyer le bassin du jacuzzi au désinfectant Lysol et frotter la table de massage et les sols, ce qui les occupa toute la matinée. Avant de retourner chercher les voitures, Jody insista pour les nourrir, aussi il prépara un plateau garni de viande froide, de pain et de fromage et proposa que chacun se fasse un sandwich. Il ajouta un poêlon de patates et des épis de maïs dorés. Après le travail épuisant du ménage, tout le monde fit honneur à son encas.

Malgré leur marathon sexuel de la nuit passée, il n'y avait aucun malaise entre les quatre hommes qui plaisantaient et se chamaillaient avec naturel. C'était la preuve que leur longue amitié était forte et sincère.

Une fois son assiette vidée, Jody laissa retomber ses couverts avec fracas.

— Nous devrions recommencer.

— Si tu parles déjà d'une prochaine fois, plaisanta Lil, tu n'es manifestement pas aussi mal en point que je le craignais.

Une vive rougeur aux pommettes, Clark jeta à Jody un regard inquiet.

— Dis-moi, tu ne parles pas de recommencer 'maintenant' j'espère ?

Jody tendit le bras à travers la table pour serrer les doigts de son amant.

— Non, précisa-t-il. Mais pourquoi pas un jour… ?

— J'aurai Luca le week-end prochain, donc ce ne sera pas possible avant quinze jours.

— Dans quinze jours, ce sera déjà Noël. Vous avez prévu de venir nous voir, pas vrai ?

— Il va falloir que nous nous tenions à un planning des différentes réunions familiales, expliqua Grier. Les Garcia fêtent Noël avec le cérémonial catholique, aussi nous assisterons tous à la messe de minuit avant d'ouvrir les cadeaux. Dans ma famille, nous célébrons le 25 décembre par un déjeuner en commun. Donc, sauf anicroche, nous pourrons venir dans l'après-midi ou dans la soirée. Ça vous convient ?

— Nous nous arrangerons, déclara Jody. Noël est bien plus drôle quand il y a un enfant à gâter.

— Dans ce cas, c'est réglé, dit Grier.

— J'ai une surprise pour Luca ! s'exclama Clark avec un grand sourire excité.

Lil jeta au célèbre footballeur un regard menaçant.

— Ne me dis pas qu'il s'agit d'un autre chien ! Un seul, ça nous suffit.

— Non, ce n'est pas ça.

— Dans ce cas, il s'agit sans doute d'un autre jeu vidéo débile, devina Lil.

— Je ne dirai rien.

— J'espère que ce n'est pas un cadeau outrancier, remarqua Grier avec fermeté. Nous ne voulons pas que Luca ait une valeur faussée du travail et de ses récompenses. S'il reçoit trop et trop tôt, il deviendra blasé et considérera le luxe comme un dû. Dans ce cas, chaque année, il en attendra davantage.

— Bien dit, reconnut Jody en hochant la tête. Je suis certain que tu l'as déjà entendu, Grier, mais je tiens à te le répéter : tu es un père remarquable. Luca est un enfant merveilleux. Il ne pourrait être mieux élevé.

Grier fut manifestement ému par le compliment.

— Merci. Lil et moi faisons de notre mieux.

— Tu es adorable de m'inclure dans l'équation, remarqua Lil, mais tout le monde sait très bien que c'est toi qui accomplis l'essentiel. Moi, je me contente de récolter ce que tu as semé depuis bien longtemps.

— Tu es aussi attentif que moi envers Luca, protesta Grier. Et tu sais très bien qu'il t'adore.

Lil hocha la tête.

— C'est réciproque.

Grier se tourna vers la porte principale avec un signe de la main.

— Maintenant, nous devrions vraiment y aller.

— Je vous appelle un taxi, proposa Jody.

Tandis qu'il était occupé au téléphone, les trois autres se rendirent au salon, devant le sapin gigantesque qui trônait face à la baie vitrée.

— Ça, c'est un arbre remarquable, remarqua Grier. Quand avez-vous prévu de le décorer ?

— Dès que Jody aura pu se reposer.

— Ben dis donc ! susurra Grier. En clair, tu l'as épuisé la nuit dernière.

— La ferme, grommela Clark, manifestement gêné de devoir évoquer leur folle soirée.

— J'espère que tu as appris une chose ou deux.

Clark serra le poing et le rapprocha du menton du jeune homme.

— Si tu ajoutes un seul mot, Dilorio…

Lil se mit à ricaner avant de prendre Grier dans ses bras pour lui plaquer la main sur les lèvres.

— Surtout tais-toi, amour. Je ne tiens pas à ce qu'il massacre ton adorable petite gueule.

— C'était super, je l'admets, dit Clark.

Lil se pencha vers lui et chuchota, pour que Jody ne les entende pas.

— Réfléchis un peu à quelque chose : ton mec est toujours aux commandes, 24 heures sur 24, sept jours sur sept, parce que c'est son métier. Ses patients comptent sur lui. S'il commet une seule petite erreur, les conséquences seraient tragiques ; quelqu'un pourrait en mourir ou se trouver handicapé à vie. C'est normal qu'il souhaite parfois abandonner tout contrôle et laisser un autre à la barre, durant quelques heures. À toi de savoir si tu es capable de t'en charger.

— Nous partageons toutes les tâches domestiques ! s'emporta Clark. Je ne le laisse pas tout gérer lorsqu'il rentre à la maison.

— Mon chou, soupira Lil. Tu n'as rien compris.

— Alors, éclaire-moi.

— Mais enfin ! s'impatienta Grier. Lil te parle de sexe, mon grand, pas du ménage. J'ai entendu ce que Jody a dit la nuit dernière. Manifestement, tu le traites comme une figurine en porcelaine. Je t'assure que même si tu le bouscules un peu, il ne se cassera pas, Clark. Brutalise-le. Attache-le. Excite-le. Fais-le transpirer. Prétends que tu es un flic et qu'il est ton prisonnier. Fais-lui te faire un strip-tease ou une lap-danse, habille-le en pute. Maquille-le. Rends-le fou de désir. Si vous aimez le cuir, je peux te présenter un mec génial. Aie des fantasmes vulgaires, sombres, érotiques, afin de casser la routine. Ensuite, offre-lui des fleurs et des chocolats. Jody sait déjà que tu l'aimes éperdument, peut-être a-t-il simplement besoin de s'assurer que tu le désires, que son contact te rend fou, d'accord ? Je peux te prêter des DVD qui te donneront des idées ou des inspirations. Baise-le jusqu'à ce que ses hurlements s'entendent dans les États voisins. Mais avant tout, n'hésite pas. N'hésite jamais. Attrape-le, plaque-le au sol, maintiens-le de force, pilonne-le jusqu'à ce que tu lui voies les amygdales. Il a besoin de tout oublier, surtout d'oublier à quel point il est un médecin contrôlé, méticuleux et pointilleux.

Clark paraissait sceptique.

— Tu es sérieux ?

— Tu crois que nous te donnerions de mauvais conseils ?

— Non, j'espère que non.

— Essaie ce que Grier t'a proposé, insista Lil. Tu seras agréablement surpris.

Ils se turent dès que Jody revint au salon en annonçant que le taxi n'allait pas tarder.

Durant le trajet jusqu'à Schaumburg, Grier remarqua que Clark ne disait pas un mot. Il tenta d'imaginer ce qui se passait dans la tête du footballeur. Le mec avait beau être de son âge et de son temps, quand il s'agissait de sexe, c'était un innocent. Grier avait du mal à se remettre de son aveu : Jody était son premier et son seul amant. C'était franchement dingue. À présent, il savait ce qu'il allait offrir au couple pour Noël : une inscription d'un an sur le site BelAmi. Et Lil pourrait même y ajouter quelques mois chez Corbin Fisher. Si Clark n'apprenait rien sur ces deux sites pornos, son cas était sans espoir.

Les quatre hommes se séparèrent et rejoignirent leurs voitures respectives. Une fois seul avec Lil, Grier ne put s'empêcher de demander d'autres explications :

— Clark est-il vraiment aussi innocent qu'il y paraît ?

— Oui.

— Comment est-ce possible ?

— Clark était dans un sale état quand il a rencontré Jody. Pour te dire la vérité, j'ai fait tout ce que j'ai pu pour les faire rompre. J'avais très peur que ça finisse très mal pour mon meilleur ami.

— Jody avait pourtant le même âge que toi. Tu ne t'es pas dit qu'il était suffisamment grand pour décider tout seul des risques à courir ?

— Comparé à moi, Jody vivait comme un moine. Il n'avait quasiment aucune expérience. Son seul véritable amour s'était terminé tragiquement quand son amant est mort du sida. Il portait toujours le deuil de Rick lorsqu'il a rencontré Clark. J'avais peur qu'une fois de plus, il se retrouve le cœur en miettes.

— Tu t'es trompé.

— Ça aurait pu mal finir. Heureusement que Clark s'est repris en découvrant ce qui était arrivé à Jody, pour les séparer. Clark a choisi son camp.

— Qui avait organisé cette agression ?

— À ton avis ?

— J'espère que tu plaisantes !

69

— Toute la carrière de Clark était en jeu. Son père ne pensait pas que le monde du football accepterait un joueur gay. Franchement, il n'était pas le seul de cet avis. Même moi, j'étais convaincu que si Clark désirait continuer à jouer, ces deux-là auraient à garder la relation secrète.

— Waouh… ! Et dire que je pensais avoir eu des problèmes. Je n'arrive pas à imaginer ce que ça a dû être pour Clark.

— Ne minimise pas ce qu'a enduré Jody ! s'exclama Lil avec chaleur. Il était bouleversé. À un moment, j'ai vraiment détesté Clark… et Jody aussi pour s'entêter dans cette quête d'un bonheur inaccessible.

— Sexuellement, Jody avait-il de l'expérience ?

— Un peu, mais il n'avait rien d'un Dom Juan gay.

— Bon Dieu… Nous avons vraiment du boulot avec ces deux-là, pas vrai ?

— Certainement, si nous devons continuer notre rôle de thérapeutes.

— Le devons-nous ?

— Ils ont paru apprécier notre première intervention.

— C'est vrai, admit Grier.

— Il nous faudra cependant agir avec subtilité.

— Tu crois que Clark n'accepterait pas mon fétichisme ?

— Mon cœur, s'il te voyait porter de la lingerie, il en ferait une rupture d'anévrisme.

Grier éclata de rire.

— Je remercie le ciel d'être tombé sur le mec qu'il me fallait.

— Amen, mon amour.

— En parlant de lingerie…

— Oui ?

— J'étais chez Jillian, l'autre jour, elle parcourait un catalogue Neiman Marcus dont les prix étaient ridicules.

— Et alors ?

— Ils vendaient un corset de dentelle noire avec string assorti pour huit cents dollars… tu imagines ?

— Ça te donne la chair de poule, bébé ?

Tout en posant sa question, Lil s'empara de la main de Grier et lui suça les doigts. Il n'aurait pas été plus explicite en ouvrant sa braguette pour exhiber son sexe.

— T'imaginer dans un tel accoutrement me rend dingue, avoua l'architecte.

— Je le savais.

— Tu vas me laisser te l'acheter ?

— Je pourrais me laisser convaincre, ricana Grier. Tu sais bien que je deviens vénal quand il s'agit de dessous La Perla.

— Personne ne pourra t'accuser de manquer de goût.

— Pourquoi es-tu aussi gentil avec moi ? demanda Grier.

Lil se garait dans le parking devant leur immeuble.

— Parce que je suis amoureux fou de toi, répondit-il. Parce que c'est Noël, et parce que l'idée de t'arracher ce genre de corset me fait bander si fort que je pourrais te prendre, là, maintenant.

— Si tu payes aussi cher un truc pareil, je t'interdis de le déchirer.

— Ton idée de strip-tease m'est restée en tête. Tu sais onduler contre un pilier ?

— Je suis capable d'apprendre vite quand il le faut.

— Une vision de toi en dentelle noire en train de te frotter contre un pilier me paraît bien plus excitante qu'une danseuse étoile.

— Je retiens le terme 'étoile', susurra Grier. Je peux être tout ce que tu veux.

— Je le sais déjà.

— À ton avis, lequel de nos deux zigotos accepterait de m'accompagner dans un bar à strip-tease pour une leçon sur le vif ?

— Emmène Clark, suggéra Lil. Jody est trop maladroit.

— Il ne sait pas danser ?

— Il en serait incapable, même si sa vie en dépendait.

— Ce pourrait être une chouette surprise pour le soir de Noël.

— Tu as le temps ?

— Je m'arrangerai, décida Grier.

— Je suis certain qu'ils t'en seraient reconnaissants.

— Et pour le pilier, comment allons-nous faire ?

— J'en ferai installer un dans la journée.

— Bébé, tu es un homme plein de ressources.

— Effectivement. Je suis aussi un putain d'excité qui ferait n'importe quoi pour obtenir ce show.

— Je ne mettrai pas de dentelle noire. La lingerie, c'est juste pour toi et moi.

— Hmm… Pour aujourd'hui, n'en parlons plus, d'accord ?

— Si tu veux.

XII

Au téléphone, Clark n'était pas content.

— Bordel ! Non ! Pas question ! explosa-t-il.

— Du calme. Tu n'auras rien à faire d'autre que regarder.

— Tu vas quand même chercher à me convaincre de faire la même chose pour Jody.

— Je ne vois pas ce qu'il y a de mal à ça.

— Je ne suis pas un arnaqueur, protesta Clark.

— Moi non plus, connard.

Aussitôt, Clark parut confus.

— Désolé. Si j'ai réagi trop vivement, c'est parce que j'ai la trouille.

— Ne commence pas à déconner, Clark. Nous allons juste sortir quelques heures ensemble et étudier les bases du strip-tease, c'est tout. Ensuite, nous irons nous entraîner chez toi.

— Tu es complètement dingue, tu le savais ?

— Et toi, tu es un rabat-joie, tu le savais ?

— Tu crois ?

— Jody et toi êtes aussi ramollis l'un que l'autre. À en bâiller d'ennui !

— Ce n'est pas vrai !

— Tu m'as posé une question, je te réponds sincèrement. Si tu t'entêtes dans ta bonne vieille routine, tu finiras par ne baiser qu'une fois par mois – et encore, avec de la chance.

— Nous nous en sortions très bien sans ton intervention.

— Ah ouais ? Et c'était quand la dernière fois où tu as pris ton pied comme la nuit passée ?

Le silence qui suivit fut éloquent. Clark finit par dire :

— Et si quelqu'un me reconnait ?

— Tout le monde sait que tu es gay, mec. Le monde du football, la ville de Chicago, l'univers tout entier.

72

— Les gens savent aussi que je suis en couple, expliqua Clark. Si on me voit avec un étranger, on va penser que je trompe Jody.

— Nous nous déguiserons.

— Quoi ? Merde, comment ?

Effectivement, la question se posait. Clark Stevens était un fantasme sur pattes. Chaque gay de la planète s'était au moins une fois masturbé devant un poster du footballeur. Sa dernière effigie était superbe : une photo prise l'an passé, lorsque Clark et son équipe avaient gagné à Miami. Quelqu'un versait une bouteille de Gatorade sur la tête blonde et Clark, trempé, essuyait l'eau qui dégouttait sur sa poitrine nue. Le tissu mouillé de son pantalon mettait en valeur le moindre relief, en particulier la masse impressionnante de ses organes génitaux. Merde quoi, si Grier n'avait pas considéré Clark comme un frère, lui aussi aurait utilisé ce poster à des fins masturbatrices.

— Je trouverai bien quelque chose, Clark.

— Je refuse formellement de sortir en drag-queen.

— Eh merde, mec, dommage ! Je te verrais si bien dans un joli tutu rose.

En entendant à l'autre bout du fil un grondement fort et menaçant, Grier dut se mordre la lèvre pour retenir ses éclats de rire.

Clark continua d'une voix étranglée :

— Tu sais, avant la fin de toute cette histoire, je vais finir par te tuer.

— Mais non, mon pote. Au contraire, tu me remercieras.

— Tu me jures que Jody va aimer ? Qu'il sera content ?

— Oui.

Clark soupira avec force. Grier pouvait presque à entendre tourner les rouages de son cerveau sous ses cheveux blonds. Le joueur finit par céder.

— D'accord, passe me prendre demain, mais tu as intérêt à avoir une idée géniale pour qu'on ne me reconnaisse pas, sinon je n'irai nulle part.

Après avoir raccroché, Grier contempla un moment son téléphone tout en cherchant le moyen de rendre Clark anonyme. Ne trouvant rien, il alluma la télé. Instantanément, il reçut l'inspiration comme une boule de neige en plein visage. C'était Tim Allen qui faisait son show *The Santa Clause* sur Channel 5. Grier reconnaissait à peine la star sous son costume de Père Noël et son épais maquillage. En cette période de l'année, déguiser Clark en Père Noël de l'Armée du Salut serait parfait : personne ne lèverait un seul sourcil.

Il récupéra ses clés et courut dans la chambre où il embrassa Lil sur la joue en le prévenant de son absence. L'architecte, occupé au téléphone à donner des instructions à Brandy, son assistant de San Francisco, n'interrompit pas sa conversation pour demander des précisions. Il se contenta d'un hochement de tête machinal et agita la main en signe d'adieu.

Grier se rua jusqu'à la galerie commerciale, cherchant un magasin qui vendait des costumes de Noël. Lorsqu'il revint à l'appartement, une heure après, il avait tout ce qu'il désirait, y compris une magnifique barbe neigeuse. Jamais personne ne reconnaîtrait Clark sous ce déguisement.

Le lendemain, Lil demanda à Jody de l'accompagner pour des achats de dernière minute. Au courant du plan de Grier, il avait reconnu celui-ci génial et s'efforçait maintenant de séparer Jody de Clark le temps de tout mettre en place. Jody protesta un bon moment, mais il finit par accepter de retrouver Lil chez Nordstrom.

Quand Clark ouvrit le sac dont il en sortit le déguisement rouge, il regarda Grier, bouche bée.

— Tu plaisantes, j'espère ? s'exclama-t-il, tenant la barbe à bout de bras comme s'il s'agissait d'un rat crevé. Pas question que je porte ce truc !

— C'est toi qui as insisté pour sortir incognito.

— Mais c'est tellement débile !

— Tu n'auras à le porter qu'une petite heure.

— Pourquoi ne pas simplement louer des DVD pour apprendre ?

— C'est possible et je m'en occuperai, mais rien ne vaut une expérience visuelle en direct.

Geignant aussi bruyamment une femme en couches, Clark revêtit son costume par-dessus son jean et son tee-shirt. En regardant la barbe, il supplia :

— Je suis vraiment obligé de porter ça ?

— Oui.

— Je vais avoir l'air complètement con

— La ferme ! Et mets-la.

Grier fit de gros efforts pour ne pas rire quand il affronta le résultat final. Clark campait un magnifique Père Noël. La seule caractéristique permettant encore de le reconnaître, c'étaient ses prunelles couleur de pierre précieuse. Avec un peu de chance, il ferait assez sombre dans ce bar pour que personne ne les remarque.

Grier tira le Père Noël en direction de la porte d'entrée.

— Allons-y, décida-t-il.

Grier conduisit puisqu'il connaissait leur destination. De plus, Clark n'était pas en état de tenir un volant. Il était bien trop occupé à tripoter sa barbe et à se plaindre des démangeaisons qu'il ressentait. Sans doute s'agissait-il d'une allergie aux fibres synthétiques utilisées pour simuler des poils, mais la seule alternative était pour lui de pénétrer dans ce bar avec un jean et un tee-shirt, ce qui dévoilerait son identité en moins de deux secondes.

— Et toi ? demanda Clark. Tu vas porter un chapeau ou quelque chose ?

— Moi, je ne suis ni riche ni célèbre, alors je ne risque rien.

— Tu es attirant, mec. Ils vont te draguer – et s'intéresser à moi par contrecoup.

— Non, ce n'est pas le genre dans ce club. Ils vont te laisser tranquille… à moins que certains aient des fantasmes sur le Père Noël.

Clark écarquilla des yeux horrifiés.

— Qui peut être assez tordu pour envisager un truc sexuel avec le Père Noël ?

— Je suis certain que les elfes ont déjà imaginé un millier de façons de faire bander ce vieux schnoque.

— C'est dégoûtant.

Grier ricana. Il ne pouvait s'empêcher de taquiner Clark : la cible était trop tentante. Trop facile. Dans un monde où Internet transformait la plupart des gens en voyeurs, il trouvait rafraîchissant la compagnie d'un homme – d'un gay ! – à l'âme aussi pure. Il tenta d'imaginer tous les obstacles que Jody avait dû abattre avant de mettre Clark dans son lit. Il aurait aimé connaître le couple à l'époque. D'un autre côté, leur histoire racontée par Lil valait son pesant d'or.

Grier gara son 4x4 devant le Fer À Cheval, un des plus anciens et des plus célèbres clubs du quartier Boystown, à Chicago. Il jeta son trousseau de clés au voiturier qui attendait, un service bien pratique, puis escorta un Clark de plus en plus récalcitrant. Le footballeur traînait les pieds. Les jours de gloire du club étaient passés depuis longtemps, mais pour ce que Grier avait en tête ce soir, c'était un avantage. L'ambiance était glauque. Les clients assis autour d'un bar en forme de M se mirent à plaisanter dès qu'ils aperçurent derrière Grier la lourde silhouette de Clark.

— Hello, Santa ! Tu cherches une pédale pour mettre dans ta hotte ?

En réponse, Clark adressa un doigt d'honneur au plaisantin. La foule éclata de rire.

— Je suis là pour une des requêtes de ma liste, grogna-t-il d'une voix grave qui correspondait à son personnage. Apparemment, quelqu'un a réclamé un strip-teaseur pour Noël.

— Tu es au bon endroit, dit le barman avec un grand sourire. Je n'ai jamais eu le plaisir de te compter parmi mes clients, M. Claus.

— Si tu es gentil avec moi, je t'apporterai autre chose qu'un tas de charbon la nuit de Noël.

— Qu'est-ce que je te sers, Santa ?

— Pour moi, une bière, intervint Grier. Et la même chose pour Nick.

Le barman hocha la tête, heureux de la présence du mec en rouge dans son établissement.

— Je m'en occupe tout de suite.

Clark jeta un coup d'œil autour de lui avant de marmonner entre ses dents :

— Cet endroit est un véritable taudis !

— Il ne gagnera pas le Grand Prix de la Meilleure Hygiène de l'année, mais il fera l'affaire.

— Que veux-tu dire ?

— Tu vas y apprendre à faire le grand écart.

— Oh putain…

Une heure après, Clark avait emmagasiné l'essentiel de la danse autour d'un pilier et du strip-tease contre de l'argent. Suivant l'exemple des autres clients, il distribua d'énormes pourboires aux danseurs les plus doués, glissant les billets sous les lanières de leurs costumes minimalistes. Comme les hommes qui l'entouraient, il flirtait sans honte. Par contre, Santa cessa de rire lorsqu'un danseur plus agressif que les autres arracha son string et agita son sexe devant son visage.

Agrippant le bras de Grier, Clark lui chuchota, paniqué :

— Mec, on se barre.

Il y eut de vives protestations lorsque les deux hommes se levèrent pour partir, mais Clark tenait à mettre autant de distance que possible entre lui et les danseurs.

— Désolé, jeunes gens, le devoir m'appelle, prétendit-il.

— Tu as intérêt à te dépêcher, Santa. Il ne te reste que cinq jours pour tes achats de Noël.

Les plaisanteries fusant de tous les côtés, Clark n'arrivait pas à s'enfuir assez vite. Il en avait assez de cette leçon.

Dès qu'il remonta dans le 4x4, il arracha sa fausse barbe et enleva sa veste rouge.

— Cet endroit était immonde ! Je me sens sale ! Je veux une douche.

Grier se plia en deux de rire, il n'arrivait pas à s'arrêter. Peu après, il démarra et prit le chemin du retour, vers la banlieue Ouest

— Tout dépend de la force musculaire du torse, pas vrai ? demanda Clark.

— N'oublie pas le mouvement circulaire des hanches.

— Je ne suis pas certain de pouvoir le faire.

— Bien sûr que si.

— Lil et toi suivez vraiment tous vos fantasmes ou bien avez-vous inventé cette histoire pour vous foutre de nos gueules, à Jody et moi ?

Grier quitta une seconde la route des yeux.

— Clark, nous voulions seulement vous aider. Jody et toi êtes ensemble depuis longtemps, c'est parfois une bonne chose de quitter la routine, le confort, ce que l'on connaît. Sois franc envers toi-même : est-ce que vous vous êtes éclatés la nuit dernière ?

— Oui, c'était génial, avoua Clark à mi-voix. Je n'avais pas réalisé que notre vie sexuelle était aussi ennuyeuse.

Grier reporta toute son attention sur ce qui se passait devant lui.

— Je suis certain que Jody serait en désaccord avec cette remarque. À mon avis, le bon docteur accepterait la position du missionnaire tout le reste de sa vie à condition que ce soit avec toi.

— Alors, à quoi ça sert, tout ça ?

— Ça sert à se faire plaisir, à apprendre comment profiter de la vie au maximum.

— Rien de trop tordu ? insista Clark.

— C'est promis ?

XIII

LIL FAILLIT mouiller son pantalon quand Grier lui narra les mésaventures de la journée.

— Où as-tu rangé ce déguisement de Santa ?

— Il est toujours dans la voiture, pourquoi ?

— Nous pourrions peut-être convaincre Clark de le remettre pour Luca.

Grier parut incrédule.

— Luca ne croit plus au père Noël.

— Mais il n'a que huit ans !

— Allez… il serait difficile à un enfant de rester naïf dans un monde où foisonnent les informations. Une simple vérification sur Google suffit à faire exploser une petite bulle d'innocence.

— C'est comme ça que Luca a tout découvert ?

— Non, il m'a posé la question et je lui ai répondu la vérité. J'avais à peu près son âge quand j'ai cessé de croire aux contes de fées.

— Quel dommage ! se plaignit Lil. Mes meilleurs souvenirs de Noël sont d'avoir établi ma liste des cadeaux et confectionné des cookies pour le gros bonhomme en rouge. Comme je n'arrêtais pas de changer d'avis, je donnais toujours ma liste définitive à ma mère à la dernière minute. Au moment où les magasins étaient quasiment vides. C'est un miracle qu'elle ait pu tout me trouver.

— Tu as été un enfant gâté ?

— Pourri.

— Pourtant, tu es devenu un adulte tout à fait normal.

— C'est l'avantage de sortir avec un mec plus âgé, toutes mes psychoses sont derrière moi.

— Ou alors, devant, plaisanta Grier.

Lil le frappa légèrement sur le bras.

— Vilain garçon ! Et toi, as-tu appris quelque chose aujourd'hui ?

— Oui, Clark et moi avons passé plusieurs heures dans son sous-sol à nous entraîner.

— Je n'arrive pas à voir Clark s'exercer de cette façon, admit Lil.

— J'ai été agréablement surpris de sa grâce. C'est un excellent danseur, une fois qu'il oublie sa timidité.

— J'imagine que pour être *wide receiver*, il faut de la souplesse et une bonne coordination.

— Tu as raison. Tous les joueurs qui se sont engagés dans l'émission de télé-réalité, *Danse avec les Stars*, y ont très bien réussi.

— Quel mouvement érotique as-tu appris ?

— Tu veux une démonstration ?

Lil parut surpris.

— Tu as la musique qu'il te faut ?

— Bébé, j'ai *tout* ce qu'il me faut. Absolument tout.

Enchanté par la réponse de Grier, Lil émit un gloussement appréciateur qui exhiba ses dents blanches. On aurait dit un pacha prêt à déguster tout un harem d'éphèbes.

— Montre-moi, amour.

Pendant que Grier disparaissait dans la chambre, Lil prépara l'ambiance adéquate : il baissa les lampes et aligna quelques bouteilles d'eau sur la table basse, à sa droite, puis il cacha un tube de lubrifiant sous les coussins du canapé pour faire bonne mesure. Il était certain que la performance de Grier allait les mener à un nouveau marathon sexuel. Rien que d'y penser, il bandait déjà si fort qu'il craignait d'exploser avant même que tout commence. Il tenta de forcer son sexe à se soumettre en prenant plusieurs inspirations, satisfait de sentir son organe se détendre. Malheureusement, cette accalmie ne durera pas. Il entendit les premières notes de la chanson *I Touch Myself* – par les Divinyls. Son excitation se réveilla avec la vision torride d'un jeune homme brun qui dansait dans le salon. Grier portait un smoking complet, y compris haut-de-forme et canne.

— Oh ! Nom de Dieu de nom de Dieu ! chuchota Lil.

Il s'écroula sur les coussins moelleux du canapé.

Grier affichait une parfaite assurance, conscient de l'effet qu'il avait sur son partenaire. Il mima les paroles érotiques de la chanson, parfaite pour une séance de strip-tease. Il se déhancha et ondula comme un véritable professionnel, les yeux braqués sur Lil ainsi que le lui avaient appris les danseurs du centre-ville.

Avec des prunelles d'un bleu pâle et incandescent, l'architecte le fixait, tétanisé, sous le charme. Grier jeta son chapeau et sa canne qui atterrirent sans bruit dans un coin de la pièce. Il se mit à déboutonner son veston au rythme de la musique, sans jamais quitter des yeux son amant qui paraissait statufié.

Sous sa veste, Grier ne portait qu'un gilet d'un violet profond, pas de chemise. Il écarta le tissu et le fit glisser pour dénuder une de ses épaules et exhiber ses tatouages, qui semblaient encore plus colorés dans l'écrin sombre du veston. Grier se tourna, avec un déhanchement lent et sensuel, puis agita gracieusement les bras et fit tomber son veston à ses pieds. Il avait le dos nu, sauf une mince bande de tissu qui, autour de son cou, retenait le gilet. Les épaules larges et bronzées s'étrécissaient en un V délicieux, la peau était tendue sur les muscles et Lil voyait bien qu'il n'y avait pas une once de graisse à pincer entre deux doigts. À chaque mouvement, les muscles ondulaient de façon érotique. L'architecte baissa les yeux sur les hanches minces que mettait en valeur le pantalon si serré qu'on l'aurait cru en spandex ou peint à même le corps du jeune homme. Lil se demanda si, dans un espace aussi exigu, son amant n'avait pas les testicules trop compressées.

Grier se retourna et empoigna son bas-ventre à deux mains. Il commença à se caresser au rythme de la musique.

— Oh bon sang… gémit Lil.

Grier eut un sourire en entendant sa réaction. Il l'enflamma davantage en jouant avec ses mamelons, qu'il fit pointer comme de petits galets au milieu de leurs aréoles brunes et resserrées. Lil aurait voulu se lever pour y poser la bouche ou les faire rouler entre ses doigts ou les titiller du bout des ongles, mais il resta à sa place. Il se sentait de plus en plus mal, son sexe douloureusement engorgé se pressant contre le tissu épais de son jean. Il grogna en voyant Grier se lécher les lèvres d'une langue rose et humide qui, sans pitié, dessina les contours de sa bouche pulpeuse. La chanson continuait en arrière-fond, alimentant les flammes que l'architecte sentait brûler au tréfonds de son estomac.

Juste au moment où il pensait ne pouvoir s'exciter davantage, Grier passa la main entre ses jambes et tira sur son pantalon, le faisant disparaître d'un mouvement parfait de véritable strip-teaseur. Il se retrouva en string blanc, le sous-vêtement le plus minuscule qui soit. La dentelle ne cachait rien. Au contraire, elle ne faisait qu'exacerber le membre caché dessous. Lil aperçu une tache humide, ce qui lui donna envie de se jeter dessus afin d'en déguster la moindre goutte.

Grier tomba à genoux devant Lil en chantant en même temps les paroles de la chanson :

— *Je suis à genoux, je ferai n'importe quoi pour toi.*

— Mon Dieu, soupira Lil.

Grier baissa la tête et frotta son nez contre lui, comme un goret cherchant des truffes. D'une main caressante, le jeune homme fit émerger du pantalon serré l'organe tumescent de Lil, mais toujours attentif, il veilla à le préserver des dents métalliques acérées de la fermeture éclair. Il plongea ensuite dessus avec avidité, soulageant Lil de la plus délicieuse manière. Tandis que les lèvres pleines s'activaient sur le gland rose, l'architecte en profita pour examiner la peau nue et dorée offerte à son regard. Il passa les ongles sur le large le dos, puis s'étira et empoigna le cul délectable haut levé. Il n'eut qu'un aperçu de la bande de nylon glissée entre les deux fesses.

— Grier... je veux... Laisse-moi te baiser.

Relâchant le sexe de Lil avec un bruit sonore, Grier s'écarta en secouant la tête d'un air de regret. Le blond gémit une protestation. À la fois sauvage et frustré, il fixa le jeune homme debout devant lui, les yeux plongés dans les siens.

— *Même un aveugle pourrait voir à quel point je t'adore,* chanta Grier d'une voix rauque.

Il repoussa de côté son string, empoigna sa verge et commença à se masturber devant les yeux de son amant. Derrière eux, les guitares se déchaînaient.

Lil s'agrippa aussi à son sexe. Il jouit en même temps que Grier, lorsque les jets de sperme le heurtèrent au visage. En arrière-fond, les voix harmonieuses prirent un crescendo de plus en plus bruyant exprimant exactement ce que ressentaient les deux amants.

À BARRINGTON, Clark s'apprêtait lui aussi à mettre en pratique ses propres leçons. Il bataillait pour enfiler le même pantalon hyper serré et un gilet turquoise, spécifiquement choisi pour s'harmoniser à la couleur de ses yeux. Il était plus que nerveux, convaincu qu'il allait se ridiculiser malgré les mots rassurants de Grier, un peu plus tôt, durant leur entraînement. Le jeune homme l'avait félicité sur ses talents de danseurs en insistant pour que Clark ait davantage confiance dans sa sexualité. C'était plus facile à dire qu'à faire, surtout que Clark, au départ, n'avait jamais eu particulièrement confiance en lui. Malgré sa célébrité et l'image que le public avait de lui, celle d'un homme gay et fier de l'être, il restait un novice inexpérimenté quand il se comparait à Grier et à Lil. D'après Clark, avoir confié ses fantasmes et ceux de Jody à leurs amis, aussi bienveillants soient-ils, était un gros risque, mais si ça réanimait leur vie sexuelle, ce risque valait le coup d'être pris.

Clark avait demandé à Jody de l'attendre dans la pièce de télé. Quand il le rejoignit, dans son smoking bleu nuit, Jody parut sidéré.

— Kit ?

— Tu aimes ?

— Tu es magnifique, souffla Jody.

Il n'avait pas la moindre idée des intentions de Clark, mais il ne s'étonnait pas de son asphyxie cérébrale, la totalité de son sang venant de filer plein Sud en direction de son sexe. Son partenaire ressemblait à un mannequin du magazine *GQ*, irradiant la jeunesse et la santé de la façon la plus éblouissante qui soit. La dernière fois que Jody avait vu Clark en smoking, c'était trois ans plus tôt, au mariage d'un ami commun. Détestant les vêtements formels, le footballeur les évitait le plus possible. Il considérait qu'un pantalon Dockers était 'habillé' et se plaignait comme un enfant capricieux chaque fois que Jody lui demandait de porter un costume aux soirées caritatives de son hôpital. Vêtu comme il l'était ce soir, Clark devenait un étranger… un étranger incroyablement séduisant.

— Que se passe-t-il ? demanda Jody, le souffle court.

Il entendit de la musique en arrière-fond, mais ça aurait aussi bien pu être l'hymne national, *La Bannière Etoilée*, pour l'attention qu'il lui accorda. Il n'aurait pu faire la différence. Il était bien trop captivé par le moment.

— Quelqu'un a réclamé un strip-teaseur.

— Quoi ?

Le mot lui émergea machinalement de la bouche. Jody finit cependant pas à réaliser la situation et rectifia instantanément sa posture. Clark était d'humeur à jouer ?

— Je m'appelle Kit. Je suis là pour vous distraire.

Trouvant la force d'esquisser un sourire, Jody plongea dans le scénario.

— C'est vrai ? Je ne suis pas certain d'avoir les moyens de vous payer.

— J'accepte les règlements en nature.

— Un troc ?

— Je ne suis pas contre, si l'offre est intéressante, répondit Clark, un demi-sourire apparaissant sur son visage superbe.

Il fit reculer Jody jusqu'au canapé. Quand l'arrière des jambes du médecin heurta le coussin, Clark n'eut qu'à exercer une légère poussée. Il vit avec satisfaction le bon docteur s'asseoir avec un grognement surpris.

Jody leva sur lui des yeux écarquillés.

— Tu penses avoir quelque chose qui m'intéresse ?

— J'en suis certain.

— Pour le moment, mon pote, ce ne sont que des paroles. Et si tu passais à l'action ?

Clark ricana.

— Bordel, je vais t'en donner de l'action !

Jody n'avait pas la force de résister aux forces combinées de sa curiosité, de la silhouette magnifique de Clark, et de l'excitation qui commençait à tambouriner en lui, enflammant tout son système veineux. Apparemment, la musique avait été mise en boucle, parce qu'il finit par en reconnaître le titre – *I Touch Myself.*

Il faillit s'en décrocher la mâchoire et abandonna tout espoir de contrôler la situation.

XIV

CETTE ANNÉE-LÀ, Noël tombait un dimanche. Par une heureuse coïncidence, il s'agissait d'un week-end où Lil et Grier avaient Luca. Ce fut pour eux un véritable défi de faire rentrer un petit sapin parmi l'amoncellement de cartons encombrant l'espace qu'ils appelaient 'appartement'. Après avoir discuté des avantages et inconvénients d'un déménagement avant le 25, les deux hommes étaient tombés d'accord pour admettre que tout ce stress risquait de leur gâcher les vacances. Une fois Noël passé, dès la fin du week-end, Grier s'occuperait de leur départ en déménageant leurs affaires petit à petit.

Pour le moment, les deux hommes, horrifiés, regardaient Bianca attaquer les petites boules accrochées sur le sapin nain qu'ils venaient d'installer pour créer l'ambiance.

— Empêche-la de faire ça ! s'écria Lil. Elle va tout gâcher.

— Dès qu'elle réalisera que ça ne se mange pas, elle cessera de s'y intéresser.

— À ce moment-là, le sapin sera en lambeaux.

— Viens ici, bestiole.

Grier se pencha et récupéra la chatte himalayenne. Bianca miaula son mécontentement quand il la déposa sur un des plateaux de l'arbre à chat.

— Et maintenant, tiens-toi bien ! Comporte-toi en dame.

La bête se hérissa et feula. Cependant, elle se calma en voyant Sébastian laisser pendre devant elle une grosse patte menaçante. Dès son arrivée à Chicago, le chat de Lil s'était approprié l'étage supérieur de l'échafaudage. Quand Miss Bianca s'était aventurée sur son fief, le félin l'avait vite éjectée en exhibant férocement ses crocs acérés. Sachant qu'elle n'aurait pas le dessus contre le matou paresseux mais expérimenté, Bianca s'était avouée vaincue. Depuis, elle occupait l'étage en dessous.

Lil contempla la petite bête turbulente.

— Voilà qui est mieux. Je n'arrive pas à comprendre pourquoi elle ne se comporte pas comme Sébastian, qui est si bien élevé.

— C'est encore un bébé qui a besoin d'attention alors que ton chat est quasiment centenaire. La seule chose qui l'intéresse, c'est qu'on lui fiche la paix.

Lil décida qu'il était temps de changer de sujet.

— Répète-moi encore ce qui nous attend durant cette célébration *Nochebuena* avec les Garcia…

Il se refusait à entamer une dispute concernant les chats. Il y avait déjà suffisamment de problèmes pour ne pas les ajouter à l'équation. C'était le premier Noël que Lil passerait avec sa nouvelle famille et il tenait à faire aussi bonne impression que possible. Les grands-parents de Luca, des Philippins, voyaient d'un œil légèrement soupçonneux son implication dans la vie de l'enfant – encouragés sans doute par Jillian et Ali, jaloux de l'influence que Lil avait sur Grier. Et puis, les Garcia s'inquiétaient aussi de voir Luca élevé par un couple gay. Ils avaient certainement oublié combien Grier était buté parce que si Lil réussissait parfois à le faire changer d'avis, c'était quand le jeune homme approuvait ses suggestions. Grier n'avait rien d'un jeune amant malléable.

— Nous assisterons d'abord à la messe de minuit qu'ils appellent *Misa de Gallo.*

— Dis-moi, est-ce que '*gallo*' ne veut pas dire '*queue*' en espagnol ?

Grier eut un sourire.

— Dans ce contexte, ça veut dire '*coq*'.

— Continue.

— Ensuite, nous irons tous chez eux pour le souper du réveillon. *Tita* Nita aura préparé une tonne de nourriture. Nous finirons la soirée par l'ouverture des cadeaux.

— Alors, il ne se passe rien le 25 décembre, le vrai jour de Noël ?

— Rien de ce côté-là. Mais nous déjeunerons chez mon père et échangerons nos cadeaux avec lui. Quand maman était encore en vie, les Garcia venaient aussi déjeuner avec nous. Ce n'est plus le cas depuis son décès.

— Pourquoi ?

— Parce que papa n'était plus d'humeur à recevoir. Cette année, il a décidé de nous faire la cuisine.

— Il y aura également Jillian et Ali ?

— Oui, j'en suis certain.

— Et pas ses parents ?

— Je n'en sais rien.

— Alors, quand faudra-t-il que je leur remette mes cadeaux ? insista Lil, qui paraissait troublé. Ce soir ou demain ?

Avant que Grier ait le temps de répondre, la sonnette de l'entrée carillonna. Dès qu'il ouvrit la porte, Luca lui sauta dans les bras, pressant sa petite joue rouge contre celle de son père en le serrant très fort, comme s'il ne l'avait pas revu depuis des jours. Ses cheveux noirs étaient cachés sous un bonnet rouge. Grier le lui enleva et posa son front contre celui de son fils tout en frottant leurs deux nez pour un 'bonjour eskimo'.

— Joyeux Noël, papa ! dit Luca, sans chercher à retenir l'excitation de sa voix.

— Hé, bonhomme, grommela Grier, tout ému.

Lil regardait les deux êtres les plus importants de sa vie avec un sentiment d'amour et de satisfaction si bouleversant qu'il en eut les larmes aux yeux.

— Et moi, chaton, ai-je aussi droit à un petit câlin ?

— Papou ! hurla l'enfant.

Échappant à Grier, il fonça sur Lil, sauta dans ses bras et serra très fort ses petits bras autour de son cou tout en lui couvrant les joues de baisers effrénés. On aurait dit un pivert attaquant un arbrisseau. Devant un tel enthousiasme, Lil éclata de rire puis il se mit à danser avec l'enfant dans la petite pièce.

— J'ai tellement envie d'ouvrir tous mes cadeaux ! hurla Luca.

— Tu n'as plus longtemps à attendre, répondit Grier. Ta grand-mère a-t-elle pensé à te faire faire la sieste ?

— Tu sais bien que *Lola* le fait toujours avant Noël.

— Je voulais juste vérifier, se défendit Grier. Je ne veux pas que tu t'endormes durant la messe.

— Papa, ce sapin est très beau.

— C'est papou qui en a choisi les décorations. Regarde, insista Grier en désignant une étoile en cristal. Cette étoile marque notre premier Noël : il y a '2011' écrit dessus.

— Mais ce n'est pas mon premier Noël, s'étonna Luca.

— C'est le mien avec toi et ton papa, chuchota Lil.

— Et ce n'est certainement pas le dernier.

Grier planta un baiser sur le cou de son amant avant de chuchoter :

— Je t'aime.

Trop bouleversé pour répondre, Lil se contenta de s'accrocher à lui. Il ne voulait pas que Luca le prenne pour un pleurnicheur, mais une fois de plus, il était au bord des larmes.

— Arrête, sinon je vais me ridiculiser devant ton fils.

— *Notre* fils.

Cette fois, Lil ne put se retenir. Les deux autres se moquèrent de son émotivité.

— Tu aurais dû m'offrir un mouchoir brodé pour Noël, Luca.

— C'est quoi ?

— Seigneur, je suis vieux à ce point ?

— Tais-toi, gronda Grier avec un regard menaçant. Tu n'es pas vieux. Mais je te signale qu'à l'ère des Kleenex, plus personne ne porte de mouchoir brodé.

— Si. Cary Grant en avait toujours un qui dépassait de la poche avant de son complet-veston…

Lil renifla.

— Et ne vous avisez pas de me demander de qui il s'agit !

Le père et le fils le dévisageaient avec le même regard interloqué.

— Nous ne le ferons pas, affirma Grier.

Lil chercha à retrouver un semblant de dignité.

— Est-il nécessaire de s'habiller pour la messe ?

— J'y vais toujours en jean et sweater, répondit Grier.

— Mais les autres ?

— Ils s'habillent tralala parce qu'ils aiment bien qu'on les remarque.

— Pourquoi ne pas dire qu'ils s'habillent parce que c'est agréable de l'être de temps à autre ?

— Ne me dis pas que tu comptes porter un costume !

— Si, annonça Lil. Et Luca également.

L'enfant le fixa avec des yeux ronds.

— Papou, je n'ai pas de costume, avoua-t-il. J'en ai porté un pour le mariage de maman, mais je l'avais juste loué.

— Je t'en ai acheté un.

— C'est vrai ?

— Oui, tu as désormais l'âge d'apprendre à bien t'habiller et à attacher une cravate.

— D'accord.

Lorsque Lil termina ses préparatifs et ceux de Luca, Grier avait la sensation d'être un parent pauvre. Il décida de faire un effort. Les Garcia auraient un choc en voyant le trio se présenter aussi bien habillé, mais quelle importance ? Il s'agissait d'une première pour Grier et son fils, alors si son amant – le beau-père de Luca, de fait, sinon de droit – désirait se vêtir en star de cinéma, pourquoi pas.

Effectivement, plusieurs bouches restèrent béantes. La famille fixa avec stupeur le trio qui se glissa dans une des stalles de l'église du Saint-Rosaire. Luca agita les sourcils en direction de sa mère qui paraissait sidérée. Fort heureusement, la messe avait déjà commencé, aussi l'heure n'était pas aux bavardages ni aux questions.

Par contre, cela ne tarda pas dès qu'ils émergèrent du sanctuaire à 1 heure et demie du matin.

— Bon sang, cette messe m'a tué, grommela Grier, en tripotant son nœud papillon.

— Pourquoi portez-vous ces costumes ? s'enquit Jillian, de son habituel ton condescendant.

— Maman, papou m'a acheté un costume.

— Non, sans blague ?

— J'espère que tu t'en remettras, commenta Grier. Tu ne peux pas avoir toutes les premières.

— Je n'avais pas réalisé que nous étions en compétition.

— Ce n'est pas le cas, mais tu devrais cesser de critiquer tout ce que nous faisons.

Furieuse, elle tourna les talons et fit voler derrière elle ses cheveux noirs et brillants, qui ratèrent de peu le visage de Grier.

— Elle est en colère, papa ?

Grier passa les doigts dans les cheveux soyeux – coupés à la Beatles – qui couvraient la tête de son fils. Luca avait hérité de sa mère cette somptueuse chevelure, ainsi que sa peau dorée et ses grands yeux de biche. Personne ne pouvait douter de leur parenté. Pourtant, de temps à autre – comme ce soir – Jillian paraissait peu assurée. Elle cherchait alors à réaffirmer sa position de mère de Luca, rappelant à Grier qu'il ne passait qu'après elle.

— Elle n'est pas en colère contre toi, chaton.

— Tant mieux.

Quittant son père, l'enfant se dirigea vers le buffet.

Lil s'approcha du jeune homme.

— Crois-tu qu'un jour ça finira par s'arranger entre nous deux ? marmonna Grier.

— Peut-être, répondit Lil. Quand Luca aura trente-trois ans. Jillian est jalouse de tout ce que je fais pour vous deux.

— C'est idiot ! cracha Grier. Elle devrait être heureuse au contraire que tu t'intéresses tellement à son fils.

— Les gens comme elle envient tous ceux qui ont davantage ou qui 'sont' davantage. Ça les rend enragés.

— C'est le meilleur moyen de se pourrir la vie.

Lil haussa les épaules.

— Et pourtant, amour, c'est comme ça. Avec un peu de chance, elle se fendra d'un sourire en ouvrant mon cadeau.

— Elle le fera en voyant le prix qu'il t'a coûté.

— Comment pourrait-elle le savoir ?

— J'ai laissé l'étiquette dans la boîte.

— Tu n'as pas fait ça ! s'écria Lil, offusqué.

— Si, je savais bien que ça la ferait flipper.

— Grier…

— Désolé, mais je suis certain qu'elle s'adoucira envers toi en réalisant ce que tu as dépensé pour ce joli petit sac rose.

— Je suis heureux de pouvoir contribuer à son bonheur… à ma façon, susurra Lil.

— Tu en fais beaucoup trop.

— Seulement parce que je préfèrerais voir la paix régner entre nous.

— Désormais, elle ne peut plus rien contre nous.

Lil fronça les sourcils, espérant que ce serait la vérité. Malheureusement, il était plus réaliste que Grier. Il savait que sa meilleure garantie pour que la jeune femme ne leur cause aucun souci était de rester dans ses bonnes grâces, quel que soit le prix à payer.

XV

IL FUT facile de discerner une lueur avide dans les yeux de Jillian lorsqu'elle découvrit le sac Juicy Couture que Lil avait acheté pour elle. Tout aussi impressionné par son cadeau, Ali poussa un cri de surprise en sortant le pull Armani de son nid de papier de soie. Les regardant depuis son canapé, Lil ne put réprimer son sentiment de satisfaction quand il les entendit se répandre en compliments sur ses achats. Il savait avoir pris la bonne décision en se montrant excessivement généreux. Ensuite, le couple devint obséquieux. C'était presque écœurant de voir Jillian veiller au moindre besoin de l'architecte comme une geisha.

Grier donna à Lil un coup de genou tout en posant une assiette remplie sur ses genoux.

— Qu'est-ce que je t'avais dit ? chuchota le jeune homme. Elle est d'un prévisible !

— Grâce au ciel, j'ai bien choisi.

— Tu as un goût remarquable concernant ce que porte une femme, admit Grier avec un sourire. J'aurais dû m'en souvenir.

Lil sourit aussi, puis il goûta l'*ensaïmada* que Jillian avait mise dans son assiette. Cette délicieuse pâtisserie traditionnelle des Philippines ressemblait à une brioche, mais de texture, c'était davantage un cake qui contenait sans nul doute une bonne quantité de beurre. La pâte en était si imbibée que Lil sentit ses artères s'engorger.

Luca s'était endormi sur le canapé, entouré de paquets et de papier cadeau. Il avait reçu de ses grands-parents, d'Ali et de Jillian un véritable butin. Comme il avait mis sur sa liste une console Wii, la trouver n'était pas une surprise, mais l'enfant avait quand même poussé des cris de joie en la découvrant, assortie de quelques jeux pour en profiter. Ayant aussi reçu une petite montagne de vêtements neufs, il serait certainement l'enfant le mieux habillé de son école au cours de l'année à venir. Après s'être empiffré des gâteaux de la *Nochebuena*, il s'était écroulé, ravi et comblé.

— Et nos cadeaux ? demanda Lil. Quand allons-nous les lui donner ?

— Demain, avant de partir chez papa.

— Ils seront donc apportés par Santa ?

— C'est la coutume, même si Luca sait à présent que c'est nous qui les déposerons sous l'arbre.

— C'est toujours un plaisir de trouver une surprise au réveil.

— Oh que oui !

Lil tenta de réprimer un bâillement.

— Quelle heure est-il ? Je suis vanné.

— Trois heures et demie.

— Et si nous rentrions, amour, suggéra Lil. Je récupère les cadeaux et toi, tu portes Luca.

Une fois de retour à l'appartement, les deux hommes couchèrent l'enfant dans son lit, puis ils se déshabillèrent avec des gestes las. Il était presque cinq heures. Lil se blottit contre Grier, en cuillère. Il s'endormit aussitôt, plaqué contre le long corps chaud.

Bien trop tôt, il fut réveillé par la voix animée de Luca s'adressant aux deux chats. Plissant des yeux, Lil regarda le réveil et constata n'avoir dormi que cinq heures à peine. Il était bien trop tôt pour gérer une autre ouverture de paquets et l'excitation d'un enfant. Cependant, c'était le jour de Noël, aussi tenter de convaincre Luca de retourner au lit serait une perte d'énergie. Lil se redressa et s'assit. Après avoir secoué l'homme nu étendu à ses côtés, il passa dans la salle de bain.

Peu après, accompagné d'un Grier grognon, Lil se retrouva assis sur le canapé alors que Luca ouvrait son premier cadeau dont il déchira le papier.

Les deux hommes avaient décidé de s'en tenir au matériel de sport, après avoir appris que Jill et Ali se chargeaient de la liste de Luca, électronique et informatique. Dans le paquet, l'enfant trouva des rollers et des protections pour genoux et coudes. C'était du matériel de 'grand' qui ressemblait beaucoup à celui que possédaient Lil et Grier.

— C'est génial ! s'exclama Luca. Quand je pourrai les essayer ?

— Dès qu'il fera meilleur dehors, grommela Grier en sirotant son café.

Dans son excitation enthousiaste, Luca tressautait sur le canapé.

— J'en ai tellement envie ! cria-t-il. Maintenant, quand nous serons à Busse Woods, je pourrai vous suivre, papou et toi. Je ne vous retarderai plus.

— C'est bien pour ça que nous les avons achetés, chaton, indiqua Lil depuis le canapé.

Enfoui sous une couette drapée sur ses épaules, il avait du mal à garder les yeux ouverts.

— Nous pourrons emmener Croc-Blanc ?

— Bien sûr, répondit Lil, mais il faudra le garder en laisse.

Il se redressa et laissa échapper un bâillement puissant, à s'en décrocher la mâchoire.

— Pour l'an prochain, il faudra que nous réfléchissions mieux à nos horaires pour Noël.

— Pourquoi ? s'étonna Luca. Tu n'aimes pas ouvrir tes cadeaux ?

— Pas à l'aube, chaton. Mon vieux corps a besoin de sept heures de sommeil au moins, sinon je vais ressembler à Walter Matthau, cet acteur qui joue dans *Les Grincheux*.

Il reconnut l'incompréhension dans les yeux de Luca et s'empressa de dire :

— Et ne t'avise pas de prétendre que tu ne sais pas de qui il s'agit !

Luca répondit avec beaucoup de diplomatie.

— Tu n'es pas vieux, papou. Tu as juste sommeil.

Ignorant l'architecte, Grier s'adressa à son fils.

— Ne t'occupe pas de papou, bonhomme. C'est une vraie chochotte. Il est grincheux quand il n'a pas assez dormi. Maintenant, ouvre tes autres cadeaux.

Lil tira la langue au jeune homme, mais avec un sourire. Conscient que la plaisanterie de son père avait revigoré l'architecte, Luca se jeta sur le paquet suivant… il poussa un joyeux cri de surprise en sortant de la boîte un sweat à sa taille à l'effigie des Chicago Bears, avec le nom de Stevens dans le dos. L'enfant avait souvent admiré sur le terrain les prouesses du footballeur, hurlant et acclamant le talentueux joueur chaque fois qu'il avait l'occasion de regarder un match avec son grand-père paternel ou ses deux pères. Il savait cependant que sa mère et Ali feraient des objections. À Beckham, un jersey aurait été plus adapté.

— Papa, qu'est-ce que va dire maman ?

— Laisse-moi m'en occuper, répondit Grier.

— Tu es sûr ? insista Luca.

Grier hocha la tête. En regardant son fils, tout excité, enfiler le sweat par-dessus son pyjama, il fut convaincu qu'il avait eu raison d'acheter ce vêtement malgré les possibles réflexions de Jillian. Elle n'avait pas caché son opinion concernant Pop Warner Football – la plus ancienne et la plus connue des fédérations américaines de football pour jeunes – lorsque Grier l'avait mentionnée, quelques mois plus tôt. Jillian lui avait indiqué préférer le soccer, le football européen, au jeu américain. Grier n'avait rien contre le soccer, mais ce n'était pas le sport qui lui convenait. Il savait que son fils ressentait la même chose. Si Jillian avait eu une vraie phobie du football, Grier l'aurait compris, mais elle était pom-pom girl au lycée. Comme toutes les autres filles et fans, elle avait encouragé jusqu'à s'en casser la voix l'équipe où jouait alors Grier. Il craignait fort que ses objections actuelles vis-à-vis de ce sport ne soient qu'une nouvelle manifestation de sa nature contrariante, sans rien à voir avec une authentique inquiétude concernant la santé de Luca.

Ali, d'un autre côté, n'avait jamais été sportif. Il participerait au minimum aux activités extrascolaires de Luca. Que deux gays soient plus portés sur les sports que son mari hétéro était plutôt ironique, mais cette idée énervait terriblement Jillian. Grier décida de trouver à son frère un rôle quelconque, pour qu'il ait sa place dans le scénario, sinon toute cette histoire finirait en autre bataille inutile.

Grier espérait aussi trouver le temps de devenir entraîneur bénévole. Avec son expérience et l'aide éventuelle de Clark, voilà qui devrait aider Luca à apprendre les rudiments du football dans un contexte sécurisé et contrôlé. Ça donnerait aussi à l'enfant l'opportunité de passer du temps avec des camarades de son âge – en dehors d'une salle de classe. Il n'était pas facile d'apprendre le vrai sens du travail d'équipe, surtout pour un enfant unique qui n'avait jamais à partager l'attention des adultes de son entourage. Grier n'était que trop conscient des risques : Luca pouvait devenir un adulte égoïste et renfermé sur lui-même si Jill et Ali l'élevaient selon leurs critères. Bien entendu, il ne tenait pas à transformer son fils en footballeur professionnel, juste l'aider à trouver un équilibre et lui permettre de découvrir un sport dépendant surtout de la bonne cohésion d'une équipe. Grier était suffisamment réaliste pour comprendre que ses chances étaient assez minces. Son seul but était de donner à son fils les outils nécessaires pour devenir un homme de valeur : discipline, concentration, envie de gagner, mais aussi apprentissage de la défaite. Ces qualités n'étaient pas innées, il fallait apprendre par la pratique, ce qui n'était pas évident. D'après Grier, le football était un excellent moyen de le faire. Par chance, Lil partageait son avis.

Les deux hommes avaient gardé leurs propres cadeaux pour la fin. Quand Grier découvrit son iPad dernière génération – avec une application dessin – il fut tout aussi excité que son fils de huit ans. Les baisers enthousiastes qu'il répandit sur le visage de Lil exprimèrent clairement que l'architecte avait bien choisi son cadeau. Lil fut également ravi de recevoir un iPhone 4S.

Ils durent ensuite se dépêcher pour être à l'heure chez Santino. La maison embaumait de bonnes odeurs : vin chaud aux épices et dinde rôtie. Grier fut ému de constater que son père avait fait l'effort de préparer pour Luca des cookies de Noël, comme sa mère le faisait autrefois pour les fêtes de fin d'année. Depuis son deuil, c'était le premier réveillon que célébrait Santino, poussé en grande partie par Luca et les liens créés entre Grier et son nouveau partenaire. Maintenant que ses enfants s'étaient installés dans la vie, Santino se sentait moins coupable d'avoir survécu à Meredith. Il pouvait célébrer une fête de famille tout en sachant qu'elle en serait heureuse.

Santino accorda à Lil une accolade dans le dos avant d'embrasser Grier avec force, puis il souleva Luca de terre et le serra contre lui jusqu'à ce que l'enfant, en riant, le supplie de le lâcher. Ali et Jillian étaient déjà arrivés, ainsi que les parents de la jeune femme, Nita et Enteng, qui avaient finalement décidé de venir. Tous étaient assis autour du grand arbre dans le salon. Quand le trio des nouveaux arrivants les rejoignit, Jillian commenta instantanément le nouveau sweater de football que son fils portait sur un tee-shirt à manches longues.

— Luca, d'où vient ce sweat ?

— C'est papa qui me l'a offert, répondit Luca, inquiet.

Jillian tourna vers lui un œil interrogateur, Grier s'empressa de répondre :

— Pas maintenant.

— Très bien, mais tout à l'heure, tu n'y échapperas pas, jeta Jillian d'un ton sec.

— Laisse-moi t'aider à tout apporter sur la table, proposa Enteng à Santino.

Le père de Jillian était un chef réputé, capable de réaliser toutes sortes de plats. Son vieil ami au contraire avait plus l'habitude de mettre les pieds sous la table que de s'activer en cuisine. Préparer ce déjeuner de Noël représentait pour le patriarche un effort monumental, qui prouvait combien il aimait sa famille et à quel point il ressentait le besoin de ranimer les traditions communautaires que la mort inattendue de son épouse avait interrompues. Quand Santino finit par s'asseoir à la place d'honneur et qu'il vit l'expression surprise et heureuse du visage de ses enfants, il poussa un soupir satisfait.

— Je ne vous promets pas que ce que je vous ai préparé sera aussi bon que du temps de Meredith, mais je suis quasiment certain que personne n'en sera empoisonné, plaisanta-t-il.

Se tournant vers son meilleur ami, il demanda :

— Tu pourrais découper la dinde, s'il te plaît ?

94

Enteng se mit au travail avec aisance et rapidité, maniant ses couteaux comme un *Iron Chef* – d'après une émission de télévision japonaise. Très bientôt, chaque convive se trouva devant une assiette remplie de dinde et d'accompagnements.

Santino avait également acheté un jambon rôti au sirop d'érable. Il ne pouvait résister aux rayons surgelés qui le sauvaient si souvent de plusieurs heures d'inquiétude, penché sur ses fourneaux. Il prenait donc régulièrement pour Luca des yams – ignames – des friands à la saucisse, des mac & cheese – ou sandwiches au fromage – mais aussi des haricots verts et des oignons, des pommes de terre sautées, des tartes aux pommes, des choses comme ça… Personne ne lui reprochait de ne pas préparer lui-même tous les repas.

— Grand-père, je crois que tu fais la cuisine aussi bien que mon *Lolo*.

— C'est vrai ? demanda Santino avec un sourire béat. Je suis heureux que tu apprécies ce repas, Luca.

— Luca adore aussi ces cochonneries dans un emballage bleu, déclara Grier.

Il parlait des gratins au fromage Kraft dont il gardait d'avance plusieurs boîtes chez lui.

— Grand-père, c'est biiien meilleur, déclara l'enfant les joues pleines.

— C'est aussi mon avis. Dis-moi, as-tu reçu beaucoup de cadeaux ?

Luca hocha vigoureusement la tête.

— J'en ai quelques-uns encore pour toi sous mon arbre de Noël. Tu pourras les ouvrir après le déjeuner.

Le repas se passa agréablement, tout le monde ressentait la vive satisfaction de Santino devant le résultat de ses efforts. Le vieil homme garda le sourire en regardant sa famille boire du café et grignoter les cookies qui lui avaient demandé plusieurs semaines d'efforts et de préparatifs.

— J'aime bien cette forme d'ange, papa, remarqua Grier.

Puis il découpa d'un coup de dents une aile de son biscuit richement beurré et recouvert de glaçage blanc.

— Moi, je préfère les étoiles, intervint Lil en cassant l'une des perles au bout de son cookie.

— Combien de temps as-tu mis pour préparer tout ça ? demanda Jillian.

— Des semaines, avoua Santino avec un petit rire. Mon premier essai a été un désastre. J'avais des biscuits brûlés plein la cuisine.

Il continua d'un ton rêveur :

— Ensuite, je pense que ta mère est venue… Elle s'est penchée sur mon épaule pour me chuchoter son secret.

— C'est-à-dire ? insista Jillian.

— Acheter de la pâte toute faite et surgelée.

Tous les convives explosèrent de rire, Santino n'hésitant pas à se joindre à eux.

— C'est promis, je recommencerai l'an prochain. Et cette fois, je ferai la pâte moi-même.

— Tu as quand même fait le glaçage, dit Nita. Et tu t'es donné la peine de décorer tes gâteaux.

Elle opta pour un cookie en forme de sapin de Noël, recouvert de sucre vert foncé.

— J'ai pris du glaçage Duncan Hines, mais c'est moi qui ai découpé la pâte avant de la couvrir de sucre et de paillettes.

— C'est délicieux, grand-père, affirma Luca qui mâchait un bonhomme de neige.

— Absolument, dit Enteng en hochant la tête. Si tu t'ennuies, tu peux venir quand tu veux m'assister à la boutique.

— Non merci, mon pote. Vendre des glaces une fois par an, ça me suffit.

— Au fait, papa, demanda Grier, puis-je emprunter un camion à la fin de la semaine ?

— Pourquoi ?

— Nous allons déménager.

— Où ça ? demanda à savoir l'assemblée.

— Juste au coin de la rue, expliqua Grier. Lil nous a trouvé une jolie maison à quelques pas de l'école de Luca.

— C'est parfait, s'exclama Santino. Dans ce cas, il n'aura plus à rester à l'étude après ses cours.

— Je n'ai Luca que trois après-midis par semaine, aussi il reste deux autres jours, répondit Grier avant de se tourner vers Jillian. Si tu veux, nous pouvons aussi le garder le mardi et jeudi, comme ça tu n'auras pas à te dépêcher pour le récupérer. Je sais que l'école te facture la moindre seconde de retard.

— C'est vrai, admit-elle en levant les yeux au ciel. Je ne te raconte pas le nombre de disputes que j'ai eu ces dernières années concernant mes retards. Je n'arrive pas à croire à quel point ces gens sont grippe-sous. C'est quand même une école paroissiale, on pourrait espérer les voir plus charitables.

— D'après l'église catholique, charité bien ordonnée commence par soi-même, ricana Lil. Jillian, je vous assure que ça ne nous poserait aucun problème si Luca rentre tous les soirs à la maison après l'école. Il y a des avantages à travailler chez soi : je serai toujours disponible, même si Grier ne l'est pas.

— J'y réfléchirai, répondit-elle en hésitant.

— Je ne vous le proposerais pas si ce n'était pas de bon cœur, insista Lil.

Elle resta cependant évasive.

— Merci, Lil. Nous en reparlerons.

— Comme vous voulez, dit Lil avant de se tourner vers Grier. Il faut que nous y allions, amour. Jody et Clark vont nous attendre.

— J'avais oublié !

— Mais vous ne pouvez pas partir sans ouvrir vos cadeaux, protesta Santino. Luca, viens voir ce qu'il y a sous l'arbre. Je te charge de distribuer les paquets.

XVI

IL N'ÉTAIT pas loin de 17 heures quand Grier, Lil et Luca arrivèrent enfin chez Jody et Clark. Luca somnolait sur le siège arrière, épuisé par l'agitation de la journée et son plantureux repas. Le soleil était presque couché lorsque la voiture quitta Barrington Road, aussi les phares transformaient le paysage enneigé en carte postale illuminée de paillettes. Dans ce quartier bourgeois, la plupart des résidents avaient largement dépensé pour leurs décorations de Noël. Ignorant le vieil adage 'le mieux est parfois l'ennemi du bien', chacun s'était efforcé de surpasser le voisin, dans une exhibition flagrante de moyens et d'ostentation. Il y avait plusieurs scènes de Nativité, des Pères Noël avec traîneau, rennes et elfes, des bonshommes de neige. Les décorations plus originales présentaient des personnages de *Casse-Noisettes* ou *Toy Story*. Même Harry Potter et sa bande de sorciers apparaissaient de-ci de-là. Certaines scènes étaient animées, d'autres pas, mais toutes paraissaient superbes sous la vive illumination de guirlandes qui rivalisaient avec les néons de Las Vegas.

Grier ne résista pas à son envie de réveiller Luca ; il le secoua.

— Bonhomme, il faut que tu voies tout ça.

— Quoi, papa ? demanda l'enfant d'une voix endormie.

— Regarde un peu par la fenêtre.

— Oh… Waouh ! haleta Luca dès qu'il repéra ce qui l'entourait. Je me demande ce que Tito Jody et *Tito* Clark auront installé sur leur pelouse.

— Je crois qu'ils ont opté pour un village esquimau, remarqua Lil.

Au même moment, le 4x4 Silverado tournait dans l'allée. Le trio aperçut aux abords de la propriété deux igloos qui étincelaient comme des diamants sous le ciel étoilé. Autour, il y avait un petit groupe de faux pingouins et, près d'une des huttes en glace, ce qui paraissait être un véritable traîneau à chiens inuit.

La porte d'entrée s'ouvrit avec fracas, Clark en émergea, suivi de ses deux huskies surexcités qui arrivèrent en bondissant pour les accueillir.

— Ce n'est pas trop tôt !

Lil s'excusa aussitôt.

— Désolé, nous nous sommes attardés chez Santino.

Jody suivait la star de football.

— Depuis qu'il s'est réveillé ce matin, Clark meurt d'envie de montrer sa surprise à Luca, expliqua-t-il. Je suis déjà à moitié mort de toute cette attente.

— Vraiment ? C'est la seule raison de ta lassitude ? demanda Grier avec un sourire moqueur.

Jody lui renvoya son sourire.

— Tu as une déplorable influence sur mon partenaire. Qu'as-tu fait du Clark Stephen que je connaissais et aimais ?

— Je l'ai fait reluire.

— Espèce d'andouille… il m'épuise complètement.

— Tu préfèrerais retrouver l'ancien modèle ?

— Non, je veux garder ce nouveau, avoua Jody. Ces derniers temps, il est plein de surprises.

— C'est parce qu'il apprend vite.

— C'est aussi mon avis.

Grier s'approcha du médecin pour lui chuchoter à l'oreille :

— Il t'a déjà montré sa danse du pilier ?

Les yeux de Jody étincelèrent.

— Ah-ah, voilà pourquoi des gars sont venus nous installer ce pilier dans le gymnase. Moi qui croyais qu'il s'agissait d'un nouvel équipement sportif.

— Tu es vraiment incurable, déclara Grier en secouant la tête.

Clark aidait Luca à sortir de la voiture.

— Viens vite voir ma surprise !

Soulevant l'enfant dans ses bras, il galopa à travers la neige jusqu'au monticule où était posé le traîneau à chiens – une sorte de toboggan, en chêne, d'aspect artisanal. Clark y installa Luca et le recouvrit d'épaisses couvertures pour le garder au chaud, puis il lui mit sur la tête un cache-oreilles et aux mains, des moufles assorties.

— Tu n'as pas froid, bonhomme ?

— Non.

Luca leva sur Clark un regard étonné.

— On va faire quoi ?

— Une balade.

Clark installa ses deux harnais de cuir autour d'Etoile et de Lune en s'assurant de ne pas coincer leur épais pelage dans les boucles métalliques. La tâche s'avérait difficile parce que les deux chiens aboyaient et se dandinaient, tout excités à l'idée de courir avec le vent. Il y avait plusieurs jours que Clark s'entraînait avec eux afin d'habituer son attelage au harnais. Il finit par prendre position au bout du traîneau, derrière Luca ; il attrapa les rênes et les poignées avant de crier l'appel ancestral :

— Mush !

Dès que sa voix résonna haut et clair, le traîneau démarra avec la force d'un boulet de canon. Le hurlement perçant de Luca porta jusqu'aux trois hommes qui observaient le spectacle, appuyés contre la voiture.

— Est-ce qu'il sait ce qu'il fait au moins ? demanda Grier avec anxiété.

Inquiet concernant la sécurité de son fils, il surveillait le traîneau qui filait sur la neige. Clark aboyait des ordres, Luca hurlait, enchanté par cette nouvelle expérience. Les chiens étaient aux anges, tirant sans effort leur charge, oubliant le froid ou la glace qui craquait sous leurs pattes. Des nuages de brume blanche émanaient de leurs naseaux tandis qu'ils couraient d'un bout à l'autre de la propriété. Ils avaient été élevés pour accomplir cette tâche et manifestement, ils l'adoraient.

— Ça paraît plutôt marrant, dit Grier.

— En tous cas, Clark adore ça, indiqua Jody. Il veut se lancer dans la course de traîneau.

— Localement ?

— Pour le moment, mais il aimerait bien monter un jour en Alaska et voir comment ses chiens s'en sortent.

— C'est sérieux ? s'étonna Grier.

— Tu sais, il n'y a pas grand-chose à faire en hiver pour un joueur de football professionnel. Pendant que je suis à l'hôpital, Clark devient fou. Il ne peut quand même pas s'exercer toute la journée. Ceci lui donne un nouvel objectif.

— Il va vraiment voyager d'une course de traîneau à l'autre ? s'enquit Lil.

— Oui, répondit Jody avec un hochement de tête. Il y a un terrain destiné aux traîneaux dans la réserve Forest, à Lake Country, près de Waukegan. Les gens peuvent y amener leurs chiens et les entraîner autant qu'ils le désirent. Clark aura besoin d'acquérir deux autres chiens s'il pense sérieusement à la course, ce qui veut dire davantage de soins. Nous en avons déjà discuté *ad nauseam*, en envisageant les pour et les contre. Je lui ai dit qu'il était libre d'agir à sa guise, mais je refuse de passer tout mon temps libre à nettoyer des crottes de chien.

— Je n'arrive pas à y croire, remarqua Lil. Clark est un Californien, qu'est-ce qu'il connaît à l'Iditarod, à la course et aux chiens de traîneau ? Quand je lui en ai parlé, il y a quelques mois, c'était en guise de plaisanterie.

— Eh bien, il a retenu ta réflexion et l'a prise à cœur, répliqua Jody. Clark adore les animaux, il a toujours été très proche d'eux. Il a lu tout ce qu'il a trouvé sur les courses de traîneau, et chaque jour, il en apprend davantage. Ce n'est pas une idée si absurde.

— Luca va devenir fou quand il le saura.

Grier tourna ses yeux noirs en direction des deux autres.

— Vous savez bien qu'il adore les livres de Jack London.

— Effectivement, dit Jody.

— Et toi, Jodes ? s'enquit Lil avec curiosité. Je ne te vois pas du tout sur un traîneau paumé au milieu de nulle part en plein Grand Nord.

— J'accompagnerai mon homme n'importe où.

— Beurk, cracha Lil, dégoûté.

Jody se mit à rire.

— Voilà un commentaire plein de bon sens.

— J'en ai assez de toutes ces folies, dit Lil qui avança vers la porte d'entrée. Pouvons-nous au moins nous mettre au chaud avant que je me gèle les couilles ? J'ai besoin d'alcool en quantité létale pour me réchauffer les entrailles.

Jody le prit par la main

— Viens. Et toi, Grier, tu rentres aussi ?

— Non, je vais attendre ici au cas où ils auraient besoin de moi.

— Ne t'inquiète pas concernant Luca, déclara Jody d'un ton rassurant. Clark ne fera jamais rien qui mette Luca en danger.

— Clark est un néophyte dans cette activité, signala Grier. Je préfère ne pas lui faire trop confiance. Pas question que je reste à l'intérieur en les laissant seuls. Et si le traîneau se renverse ? Et s'il heurte un rocher ? Que se passerait-il ?

— Je suis médecin et urgentiste, je peux gérer ce genre de problème.

— Tu ne peux pas à réparer un cou brisé, aboya Grier. Je refuse de bouger.

— Comme tu veux.

— Alors, à tout de suite.

— Nous vous avons préparé un buffet et beaucoup d'alcool.

— Je vous rejoins dans une minute, déclara Grier fermement.

Au bout d'un moment, l'intrépide Clark et l'équipage de course de Luca finirent par se fatiguer. Grier aida le footballeur à détacher ses chiens, puis il porta à son fils jusqu'au bas de la colline en direction de la maison. Le trio utilisa l'entrée de derrière, côté cuisine, afin de laisser dans la petite pièce de déshabillage leurs vêtements couverts de neige détrempée.

Clark s'occupa ensuite de sécher les pattes et la fourrure de ses chiens. Grier le regarda faire un moment avant de déclarer :

— J'ai lu quelque part que les chiens de traîneau professionnels portaient des sortes de bottes en cuir durant les courses.

— Certains le font, d'autres n'en ont pas besoin.

— Rien qu'à envisager de courir sans protection dans la neige, j'ai mal aux pieds.

— Si ces bêtes vivaient toute l'année dans un tel environnement, leurs pattes s'adapteraient au froid.

— Pourtant…

— Je sais. C'est difficile à imaginer, pas vrai ? Si j'ai un jour la chance de participer à une course Iditarod, je veillerai à ce qu'ils portent des protections.

— Dans ce cas, tu devrais les habituer dès maintenant, avant d'y être obligé. Qui a envie de se lancer dans une course avec des chaussures neuves ?

— C'est vrai, dit Clark en réfléchissant. Je n'y avais pas pensé.

— Tu as sans doute besoin d'un coach.

— Pourquoi, tu te proposes pour ce poste ?

— Je suis certain que Luca aimerait te donner un coup de main avec tes chiens.

— Et toi ?

— Clark, il faut que je termine mes cours et que j'obtienne mon diplôme, mais je serai plus qu'heureux d'être éventuellement ton remplaçant.

— Merci, mais j'en ai déjà un, déclara Clark qui pensait à Jody. J'ai plutôt besoin d'un mec qui fasse pour moi des recherches. Je ne veux pas me tromper.

— Ça, je peux m'en charger, dit Grier.

— Alors, commence à lire tout ce que tu peux sur le sujet, d'accord ?

— En échange, serais-tu prêt à aider pour mes entraînements ?

— Quels entraînements ?

— Je prévois d'inscrire Luca au Pop Warner Football. J'aimerais être l'entraîneur de son équipe.

— C'est une idée géniale.

— Tu approuves la fédération Pop Warner Football ?

— C'est là que j'ai commencé.

— C'est bon à savoir.

Sur ce, Grier entraîna Luca au chaud dans la maison.

ILS S'INSTALLÈRENT tous au salon, savourant la flambée qui réchauffait l'atmosphère tout en donnant à la pièce une bonne ambiance. L'arbre de Noël qui y avait tant troublé Jody était maintenant décoré dans toutes les teintes de bleu. Tout comme Clark l'avait prévu, il était absolument magnifique.

Jody admira son travail en sirotant son brandy.

— Je suis vraiment heureux que tu m'aies convaincu de prendre un arbre aussi grand.

— Je t'avais dit qu'il serait parfait, répondit Clark.

— Il est superbe, approuva Lil. L'an prochain, nous prendrons aussi un arbre immense. D'accord, chaton ?

Luca était assis sur le plancher, appuyé à la jambe de son père, les yeux lourds de sommeil ; il hocha la tête d'un geste las. La journée avait été longue et animée, l'enfant n'avait plus la moindre énergie. Il était temps de le mettre au lit.

— Nous devrions rentrer, suggéra Lil.

Grier récupéra l'enfant avachi qu'il installa sur ses genoux. La tête posée sur l'épaule de son père, Luca s'endormit instantanément.

— Nous avons une autre chambre d'amis, leur rappela Jody. Si vous voulez passer la nuit avec nous, vous êtes les bienvenus.

— Grier ?

— Je ne veux pas que Luca s'affole en se réveillant dans une chambre qu'il ne reconnaît pas.

— Il sera dans la pièce juste à côté de la vôtre, vous l'entendrez dès qu'il bougera.

— Voilà qui me paraît parfait.

Grier se leva et suivi Jody en direction des escaliers.

XVII

GRIER MIT Luca au lit après l'avoir déshabillé, ne lui laissant que son tricot de corps et son caleçon. La couette épaisse le garderait bien au chaud. Sinon, les deux chiens, Étoile et Lune, serviraient de bouillotte. Ils avaient tous les deux sauté dans le grand lit pour se blottir contre l'enfant endormi. Manifestement, Clark et Jody laissaient les chiens pénétrer dans leur chambre, aussi les deux bêtes s'étaient invitées dans celle de Luca. Grier fut rassuré à l'idée que son fils ne serait pas tout seul s'il se réveillait au milieu de la nuit en oubliant ne pas se trouver chez lui.

Il était quasiment certain que très bientôt, Croc-Blanc passerait également ses nuits avec Luca.

Grier et Jody rejoignirent Lil et Clark au salon

— Il n'a même pas ouvert les yeux ! déclara le jeune homme.

Il se laissa tomber sur le canapé et avoua :

— J'ai été très tenté de me coucher à ses côtés.

Quand Lil leva le bras, Grier se pelotonna contre lui, la tête posée contre la chaude épaule qui lui paraissait plus accueillante que les oreillers de la chambre, à l'étage. Les quatre hommes s'attardèrent au salon, vidant leurs verres et picorant dans le buffet que Jody leur avait préparé. C'était agréable de savourer un peu de calme après l'excitation, mais cris et cadeaux faisaient partie de la fête.

Lil effleura des lèvres les cheveux noirs de son amant.

— Fatigué, amour ?

— Je crois que je pourrais dormir des jours durant. Je suis vraiment content que Noël soit terminé.

— Tu n'apprécies pas l'ambiance festive ? se moqua Clark.

— Tu as une idée en tête, Santa ?

— Ne recommence pas avec que cette connerie !

Lil hulula de joie.

— J'aimerais vraiment te voir dans ce costume.

— Quel costume ? s'étonna Jody qui paraissait ne rien savoir.

— Tu n'es pas au courant de leurs mésaventures de l'autre jour ?

Jody se tourna vers Clark.

— De quoi parle-t-il ?

Dans la vive lumière émanant de la cheminée, le footballeur s'empourpra visiblement. Il jeta à Lil un regard féroce.

— Je n'ai pas eu l'occasion de lui en parler.

— Me parler de quoi ? insista le médecin. Est-ce que tu me caches quelque chose, Kit ?

— Non. Grier m'a juste emmené dans un bar du centre-ville pour un strip-tease. D'après lui, je pouvais y apprendre quelques mouvements en regardant. J'avais simplement peur d'être reconnu.

— Et alors ?

— Et alors, il m'a fait porter à costume de père Noël.

Clark se renfrogna.

— Voilà, c'est tout. Pas de quoi en faire un plat.

— Ah-ah, c'est là que tu as appris ce déhanchement dément ?

— Il t'a déjà montré ses nouveaux talents ? demanda Grier.

Jody ne quittait pas Clark des yeux.

— Oh oui !

— C'était bon à ce point ?

— Mieux encore.

— Je réserve mon jugement tant que je les aurai vus tous les deux en action, déclara Lil avec un sourire. Grier est un excellent danseur.

— Tu nous suggères une compétition ? s'enquit Grier sans cacher son amusement.

— Pourquoi pas ?

— Parce que je n'ai rien d'un strip-teaseur ! protesta Clark avec colère. Je refuse de m'exhiber en duo. De plus, je préfère réserver tout ça à Jody.

— Allez… Clark, insista Lil. C'est toi qui parlais d'humeur festive. Ce serait marrant.

— Il faudrait d'abord que je sois bourré.

— Jodes, sers-lui un autre verre.

— Cette idée me plaît beaucoup, déclara Grier. Mais pas ce soir.

— Pourquoi, amour ?

— Parce que Luca dort sous ce toit. Je ne pourrais pas me lâcher en sachant qu'il risque de débarquer par accident.

— Exactement, s'empressa d'approuver Clark, très soulagé.

— La semaine prochaine, dit Grier, ce sera la Saint-Sylvestre et nous n'aurons pas Luca. Clark, tu auras une excellente excuse pour t'imbiber de champagne, ce qui te donnera de l'énergie. Nous verrons alors lequel de nous deux est le meilleur strip-teaseur.

— Je n'aime pas perdre.

Il y avait une lueur déterminée dans les yeux turquoise du footballeur.

— Dans ce cas, je te défie, jeta Grier. Tous les coups seront permis.

— D'accord.

Lil et Jody surveillaient l'échange avec amusement. Eux seraient gagnants, quelle que soit l'issue de la rencontre. Voir Clark et Grier tenter de surpasser l'autre niveau séduction, ondulations, mouvements, ce serait un plaisir en soi.

— Quand je ne suis pas d'astreinte, déclara Jody, je m'endors le 31 décembre malgré les pétards du feu d'artifice. Cette année au moins, j'aurais une bonne raison de rester éveillé.

— Moi, c'est pareil, dit Lil. Dis-moi, Jodes, tu crois que c'est un signe de vieillissement ?

— Je n'en suis pas encore à l'âge du Viagra !

— Lil non plus, précisa Grier.

— Et si nous changions de sujet ? proposa l'architecte. Clark, parle-nous un peu de la Pop Warner. Crois-tu qu'un enfant de l'âge de Luca peut se lancer dans le football sans danger ?

— Rien n'est jamais certain à 100 %, Lil, mais la Pop Warner prend très à cœur la sécurité des gamins. C'est le seul organisme qui veille à créer de jeunes équipes par poids et non par âge – ce qui réduit les risques de blessures. Luca n'affrontera jamais un garçon deux fois plus lourd que lui, même s'il a le même âge. Chaque gosse est dans une équipe adaptée à son gabarit. De plus, le poids qu'il prendra sera surveillé durant toute la saison.

— Comment ça ? demanda Grier.

— Les gosses sont pesés régulièrement. Si je me souviens bien, il est conseillé de ne prendre que 400 grammes par semaine, avec un bilan tous les quatre ou cinq kilos.

Clark eut un sourire contrit.

— Pour moi, ça fait un bail. Il faudrait que je vérifie le règlement actuel.

— Je n'ai jamais joué au football étant enfant, admit Grier. La première fois que j'ai pénétré sur un terrain, je venais d'entrer au lycée. Ils m'ont intégré dans l'équipe sans trop se soucier de mon entraînement. J'ai survécu parce que j'étais costaud et très déterminé. J'aimerais que Luca ait le temps d'acquérir de bonnes bases avant le lycée.

— Dans ce cas, tu as choisi la bonne fédération, déclara Clark. Et si tu deviens entraîneur chez eux, tu verras à quel point ils sont stricts.

— Il faudrait juste que les horaires n'empiètent pas sur ceux de mes cours, mais j'aimerais vraiment jouer un rôle actif dans l'entraînement sportif de mon fils.

— Tu sais, la plupart des pères travaillent, aussi les entraînements sont à partir de 17 heures. Je me souviens que mon père devait faire attention pour que j'arrive à l'heure sur le terrain. Ils ne sont pas tendres avec les retardataires : en guise de punition, ils leur font parcourir je ne sais combien de tours de terrain. Tu as intérêt à ne pas infliger ça à ton gamin.

— Je peux l'accompagner, proposa Lil. Grier, tu nous retrouveras sur le terrain à la sortie de tes cours, sans perdre une minute.

— Ça me paraît une bonne idée.

— Je crois que tu peux télécharger le règlement depuis leur site Internet, ajouta Clark. Ça t'indiquera aussi comment t'inscrire et ce dont tu auras besoin en guise d'équipement.

— Ils ne donnent pas aux gosses leurs uniformes et rembourrages ?

— Si, bien sûr, mais c'est à toi d'acheter les chaussures, la coquille et le protège-dents.

— Bien sûr. Bon sang, il y a longtemps que je n'ai pas eu à me préoccuper de ce genre de choses.

— Ce sera une excellente expérience pour Luca. C'est un gamin solide, je pense qu'il réussira très bien.

— J'espère aussi, dit Grier. Du moins si je peux convaincre sa Seigneurie d'accepter.

— C'est quoi, son problème ?

— Elle préférerait le soccer.

Clark éclata de rire.

— Laisse-moi deviner, elle pense que c'est plus sûr ?

— Ouaip.

— Foutaises. Ils ont bien plus d'accidents sur le terrain que nous autres.

— Mais les cas sont moins graves. Je n'ai jamais entendu parler d'un joueur qui restait paralysé.

— Ce n'est pas forcément vrai, rétorqua Clark. Tu penses bien que les responsables du soccer ne se vantent pas d'une fracture de la colonne vertébrale, du moins s'ils ont l'option de cacher la vérité au public. Il y a des accidents, comme au hockey, au ski, au patinage, en équitation. Merde, même danser dans une putain de salle de bal peut provoquer une chute. Comptes-tu priver Luca d'une opportunité de s'amuser parce que tu as peur ?

— Si je m'inquiétais, je n'insisterais pas pour qu'il joue au football.

— Sa mère m'écouterait peut-être, proposa Clark.

— Je t'en reparlerai si nous nous retrouvons dans une impasse, mais j'espère qu'elle entendra raison. Tu sais, elle est infirmière, elle affronte régulièrement des cas de fractures, sinon pire. Il lui est facile d'imaginer son propre fils sur une civière. Elle écoute davantage ses frayeurs que son bon sens.

— Personne ne veut voir un gosse souffrir. Un entraîneur de football est particulièrement conscient des risques. Les gosses s'exercent régulièrement pour se renforcer le cou et les muscles du dos. On leur apprend à tomber, à tacler, à jouer de façon honnête et sécurisée. L'entraînement est vraiment intense, surtout pour des gosses qui n'ont jamais joué. Tu sais, la première semaine n'est pas appelée le 'passage en enfer' pour rien.

— Le passage en enfer ?

— C'est une semaine où les gosses sont entraînés jusqu'au point de rupture, afin de voir si oui ou non, ils ont en eux ce qu'il faut pour entrer dans l'équipe. À ce niveau, l'exclusion est aussi traumatisante que plus tard, au lycée.

— Waouh… Tu veux dire que Luca peut se faire jeter au bout d'une semaine ?

— Oui, s'il n'a pas l'étoffe d'un joueur.

— Même si c'est moi qui l'entraîne ?

— Ce ne sera pas une garantie qu'il fasse partie de l'équipe.

— Quelle connerie ! s'exclama Grier en colère. Si j'offre mon temps comme bénévole, la moindre des choses serait d'accepter mon fils.

— Tu voudrais vraiment qu'il en coure le risque s'il est nul ?

— Il ne sera pas nul, affirma Grier, sûr de lui.

— Je ne le pense pas, mais on ne peut jamais en être certain.

— Bien que j'adore le football, déclara Lil sans cacher ses bâillements, assez de cette conversation.

Il ferma les yeux et renversa la tête sur le canapé avant de murmurer :

— Je suis en ce moment bien trop épuisé pour défendre une cause ou une autre.

Grier se redressa et aida Lil à le faire aussi.

— Désolé. Et si nous allions-nous coucher ?

Lil adressa un regard vitreux à l'autre couple vautré sur le second canapé.

— Ça ne vous dérange pas, les mecs ?

— Pas du tout, répondit Jody. Je suis également prêt à monter.

Grier prit Lil par la main et l'entraîna vers l'escalier.

— Allez viens. Tu parais vanné.

— Après quelques heures de sommeil, j'aurais retrouvé toute mon énergie, déclara l'architecte. C'est promis.

Grier éclata de rire.

— Je n'en doute pas.

XVIII

LA SEMAINE entre Noël et le jour de l'an fut bien occupée, entre déménagement et emménagement. Les deux hommes ne firent que manger des plats tout préparés, faisant l'amour chaque fois qu'ils en avaient envie. Luca était à Disneyworld, à Orlando, avec Jillian, Ali, et ses trois grands-parents, aussi Lil et Grier avaient toute liberté pour s'aimer. Ils devaient tenir compte de la petite montagne de cartons qui encombrait encore les lieux, mais c'était préférable à l'étroitesse de leur ancien appartement. De plus, la bonne humeur de Lil s'avérait contagieuse. Enchanté d'avoir plus d'espace, même si rien n'était encore rangé, l'architecte arborait en permanence un sourire satisfait. Il rassurait Grier qui émettait parfois une crainte de dernière minute concernant leur relocalisation.

Pour le moment, les deux hommes n'avaient aménagé que deux pièces : leur chambre et le bureau de Lil. À peine les ordinateurs connectés à Internet, fax et photocopieuses s'étaient mis à ronronner et les deux hommes poussèrent un soupir soulagé. Ils installèrent Sébastian et Bianca dans la pièce à vivre, et placèrent l'arbre à chats devant la fenêtre.

— De cette façon, déclara Lil d'un ton philosophe, ils pourront surveiller comment vit le monde.

— Comme si ça les intéressait ! se moqua Grier, les yeux au ciel.

— Mais c'est le cas, je t'assure, amour. Les félins sont les animaux les plus curieux qui soient. Ne dit-on pas 'la curiosité tue le chat' ? C'est parce qu'ils aiment tout espionner.

Grier secoua la tête, sans retenir son sourire devant la logique de l'architecte. Les deux amants décidèrent de mettre les deux litières dans la salle de bain du rez-de-chaussée. Cette idée n'enchantait pas Grier, mais le garage, séparé de la maison, nécessitait pour être accessible une intervention humaine. Impossible de laisser les chats dépendre de leur présence dans la maison. Lil lui assura qu'il demanderait au propriétaire son autorisation pour

110

installer une trappe d'accès, afin que les deux bêtes puissent entrer et sortir à leur guise. Ensuite, les litières seraient déplacées au garage. En attendant, il leur faudrait simplement se montrer particulièrement vigilants pour éviter que la salle de bain ne soit empuantie par les déjections félines.

— Et puis, remarqua Lil, cette salle de bain ne sert qu'aux invités. Nous en avons rarement. Ça m'étonnerait beaucoup qu'elle soit utilisée de sitôt.

— Ça changera dès que l'école recommencera, signala Grier. Luca peut avoir envie de ramener chez nous quelques amis.

— À ce moment-là, la trappe sera déjà installée. Les litières se trouveront au garage.

— Très bien.

— Qu'avons-nous prévu aujourd'hui ?

— J'aimerais décorer la chambre de Luca.

Tout en parlant, Grier avançait déjà dans le couloir. Une fois dans la petite pièce, il mit les mains sur ses hanches et poussa un gémissement.

— Je ne sais même pas par où commencer, déclara-t-il.

— Il te faut un thème.

— Tu crois ?

— Bien entendu. C'est comme ça que commence toute décoration. Que vas-tu choisir ? Préfères-tu quelque chose de jeune, à la Disney, ou un thème plus adolescent comme les Marvel Comics – ces bandes dessinées que tout le monde connaît. Mieux encore, puisque nous parlons football, nous pourrions opter pour le sportif.

— Oui, voilà qui me plaît.

— Préfères-tu peindre les murs ou y mettre du papier peint ?

— Allons voir le rayon papier peint, histoire d'avoir une idée de ce qu'ils proposent. J'aimerais aussi acheter à Luca un nouveau lit, un bureau et un ordinateur pour son travail scolaire.

Lil haussa les sourcils.

— Tu prévois de dépenser une petite fortune ou bien tu comptes utiliser la magie Ikea ?

Grier eut un sourire penaud.

— Ikea me paraît une excellente idée.

— Alors, mets tes chaussures les plus confortables. Chercher de bonnes affaires chez eux s'avère souvent tout à fait épuisant.

— Pourquoi payer hors de prix du mobilier qui ne sera plus adapté à Luca d'ici quelques années ?

— Effectivement, pourquoi ? ricana Lil. Grier, si tous mes clients raisonnaient comme toi, je serais à la rue.

111

— La ferme ! Je sais que tu voudrais offrir à Luca le meilleur, mais ne nous emballons pas. Quand il sera adolescent, je t'assure qu'il va nous coûter une fortune ! Il va demander une voiture et des vêtements, penser à l'université… Tu ferais mieux de commencer à économiser, papou.

Lil retint une réplique sarcastique à cette réflexion de Grier concernant un futur en commun que le jeune homme paraissait croire inéluctable. L'architecte sentit des larmes de joie lui monter aux paupières. Il eut à l'esprit le visage heureux d'un Luca plus âgé recevant les clés de sa première voiture… Il se vit entraîner le jeune garçon à la pharmacie pour lui acheter sa première boîte de préservatifs. Se trouver ainsi inclus dans l'éducation d'un enfant était un cadeau précieux. Jamais il ne pourrait le rembourser.

Grier s'affola devant ses yeux humides.

— Qu'est-ce que j'ai dit ?

Avec un reniflement, Lil se jeta dans les bras du jeune homme.

— Rien. Ou plutôt, tout.

— Bébé, tu me fiches la trouille, dit gentiment Grier. Tu n'auras rien à dépenser pour Luca si ça te pose un problème.

Lil frotta son visage contre le tee-shirt de son amant.

— Ce n'est pas du tout ça, idiot. As-tu la moindre idée de l'effet que ça me fait de t'entendre m'inclure dans l'avenir de Luca ?

— Cette fois, qui est un idiot ? Tu ne sais pas à quel point je t'aime. Et à quel point lui aussi t'adore ?

Ces mots provoquèrent une nouvelle crise émotionnelle et Lil s'écroula en larmes contre la poitrine de Grier. Il finit par se calmer et dire :

— Je sais que vous m'aimez, Luca et toi, je le ressens tout le temps. Mais le savoir et se l'entendre dire, ce n'est pas la même chose.

— Je ne dois pas te le dire assez souvent si ça te fait pleurer.

Lil renifla pour étouffer ses larmes. Ayant le nez engorgé, il lui était difficile de s'exprimer sans ressembler à un crapaud, mais il fit quand même un effort pour faire comprendre à Grier ce qui l'émouvait tant.

— Ce ne sont pas des larmes de chagrin, amour. Je suis juste un idiot sentimental. Je n'ai jamais pensé connaître un jour le bonheur d'avoir un fils, et maintenant c'est le cas. En plus, cet enfant m'aime. Tu ne trouves pas ça génial ?

— C'est normal qu'il t'aime, regarde-toi !

— Mais tous les pères ne s'entendent pas si bien avec leurs enfants.

— Tu n'es pas n'importe qui, Lil. Tu es un homme très spécial, Luca et moi avons bien de la chance. Nous remercions toutes les nuits le ciel de t'avoir rencontré.

— C'est vrai ?

— Oui. Quand Luca passe la nuit ici, il t'inclut dans ses prières. Quand il n'est pas là, il le fait au téléphone.

— Je l'ignorais.

Lil en fut si bouleversée qu'il se remit à pleurer.

— Ça suffit, bébé, dit Grier en l'embrassant sur la bouche. Tout a merveilleusement fonctionné, on dirait que c'était prévu par le destin.

— Oui, parfois j'ai aussi cette impression.

Grier hocha la tête.

— Franchement, quelle chance y avait-il pour qu'une rencontre au Festival du Goût devienne une relation sérieuse ? Je t'assure que le sort était avec nous.

Lil retrouva son sens de l'humour.

— Ce sont les glaces Vinita qui ont scellé notre avenir. Si je n'avais pas été aussi gourmand, je n'aurais pas posé les yeux sur ton cul délectable, et nous n'aurions pas fini ensemble.

— Grâce au ciel, tu as de bons yeux.

— En parlant de mes yeux, ils doivent être tous rouges. Est-ce que je ressemble à un crapaud ?

— Peut-être, un peu, admit Grier. Mais ce n'est pas grave, je t'aime quand même.

Il embrassa le visage rougi et humide, avant de pousser Lil en direction de la salle de bain.

— Va te rafraîchir et t'habiller. Nous vous avons de l'argent durement gagné à dépenser.

COMME LIL l'avait prévu, Ikea fut un cauchemar. Les deux hommes passèrent trois heures éprouvantes à errer péniblement d'un rayon à l'autre afin d'équiper la chambre de Luca. La bonne nouvelle, c'est que tout était en stock et qu'ils n'auraient pas à attendre leur commande. Il restait maintenant à choisir un ordinateur au Apple Store de la galerie commerçante, mais ils décidèrent de repousser cette corvée au lendemain. Après avoir déposé leurs cartons à l'arrière du 4x4, Grier rappela à Lil qu'il leur fallait rentrer à la maison et monter les meubles.

— Et si nous mangions d'abord ? J'ai tellement faim que dans mon état actuel, je ne pourrais même pas m'occuper d'un Lego.

— Tu as envie de quoi ?

— De quelque chose de roboratif plein de calories.

113

— Parfait, tu es l'endroit idéal pour ça. J'ai lu quelque part que Chicago a le plus grand nombre d'obèses de tout le pays.

Lil s'emmitoufla davantage dans la chaleur de sa doudoune.

— C'est à cause de cette saloperie de climat, se plaignit-il. Il faut de la graisse pour y survivre.

Grier se dirigea donc vers le Portillo, un de ces restaurants miteux où l'on mangeait super bien – et gras. Rien que leur gâteau au chocolat avait de quoi donner un arrêt cardiaque à un nutritionniste.

Les deux hommes restèrent dans la tradition en prenant des sandwiches de bœuf et saucisses grillés au charbon de bois, dégoulinants de fromage cheddar fondu et accompagnés d'une montagne de frites.

Une heure – et des centaines de calories – plus tard, Lil eut un rot satisfait.

— C'était délicieux.

— Et maintenant, tu penses avoir l'énergie nécessaire pour rassembler tous les meubles de la chambre ?

— Voui.

Lil agitait la tête au rythme de la musique qui jouait derrière eux. Grier l'observait.

— Parfois, tu es une véritable énigme.

— Tu crois ?

— En général, tu es calme, efficace, et même un peu manipulateur, et parfois, tu te transformes en adolescent. Un bel ado émotif.

— Moi ? s'étonna Lil.

Grier acquiesça.

— Tu pleures d'émotion, Lil. Tu fais des caprices quand tu as faim.

— Et alors, quel mal y a-t-il à ça ?

— Aucun. Je trouve ça adorable, si tu veux la vérité. J'aime les deux aspects de ta personnalité.

— Toi non plus, tu n'es pas toujours le même.

— Je sais. À mon avis, c'est la raison pour laquelle nous nous entendons si bien. Chacun de nos désirs répond à une différente facette de nos caractères.

— Quand tu parles comme ça, j'ai la sensation que nous sommes deux tarés bizarroïdes dans un show télévisé – tu sais, ceux qui traitent des troubles de la personnalité multiple.

Grier fronça les sourcils.

— Je n'irai pas jusque-là. Nous ne sommes pas tarés, Lil, juste complexes.

— En parlant de complexes et de personnalité modulable, reprit Lil l'air nonchalant. Tu es prêt pour demain ?

— Pourquoi ? Que se passe-t-il demain ?

— Tu participes à un sexdansathlon.

— À un... quoi ?

— Demain, c'est le Nouvel An. Clark et toi nous avez promis un spectacle.

— Oh merde... jeta Grier. J'avais oublié.

— Pas moi, roucoula Lil.

Il se mit à jouer avec la dernière frite qui restait dans son assiette, la mettant entre ses lèvres pour la sucer avec une mine suggestive. Grier lui saisit la main et secoua la tête.

— Arrête ! Tu es vraiment un allumeur !

— Ce n'est pas vrai, protesta Lil. Un allumeur ne va pas jusqu'au bout. Moi, si.

— C'est exactement ce qui m'inquiète. Nous avons du boulot en rentrant à la maison, alors ne commence pas à avoir d'autres idées. Garde-les pour demain.

— D'accord, mais tu oublies un des aspects de ma personnalité/ ma pute intérieure risque de passer toute la journée à bouder.

Grier ricana.

— Ça ne m'étonne pas.

XIX

LA NUIT était tombée depuis longtemps au moment où les deux hommes terminèrent leur tâche, mais quand ils s'écartèrent et examinèrent le résultat de leurs efforts depuis le seuil de la chambre, ils en furent très satisfaits. Grier avait choisi un lit en hauteur, ce qui fournissait le maximum de rangement tout en occupant le minimum d'espace. Luca adorerait la nouveauté de devoir grimper une échelle pour se coucher. En dessous, il y avait un bureau et un espace informatique, sorte d'étagère métallique mobile, à la fois pratique et utilitaire.

C'était la chambre d'un ado, aussi en grandissant, Luca la trouverait de plus en plus adaptée à son âge, ce qui était le but de son père.

Pour le moment, Lil et Grier avaient installé une rambarde de protection au bord du lit, histoire d'éviter tout risque de chute jusqu'à ce que l'enfant s'habitue à dormir en hauteur. Plus tard, le rail serait enlevé, quand Lil et Grier seraient certains que Luca ne tomberait pas de son lit, qui se trouvait quand même à plus d'un mètre soixante de haut.

Avant de rentrer chez eux, les deux hommes s'étaient arrêtés dans un magasin de papier peint. Après avoir discuté des avantages de poser une simple frise préencollée au lieu de peindre ou tapisser la totalité des quatre murs, ils avaient opté pour des motifs sportifs. Sur fond bleu marine, il y avait des dessins beige et marron : battes de base-ball, casques de football, cerceaux de basket. C'était discret, mais ça donnerait à la chambre une bonne atmosphère, chaleureuse et jeune. Et la touche finale, c'était deux posters des Chicago Bears, signés par Clark pour Luca.

— Luca va être fou de joie en voyant tout ça, remarqua Grier. Merci de m'avoir aidé à le monter.

— Notre premier chantier en commun, commenta Lil avec un sourire. C'était sympa, tu ne trouves pas ?

Grier acquiesça.

— Alors, c'est ce que nous réserve l'avenir une fois que je serai devenu un super décorateur ?

— Oui, mais sur une plus grande échelle.

— J'ai hâte d'y être.

— Tu as mis les bouchées doubles question emploi du temps, indiqua Lil. Tu devrais finir un an plus tôt que les autres les étudiants de ta classe.

— C'est bien mon intention.

— J'aimerais que tu acceptes aussi un stage de formation dans mes bureaux à San Francisco.

— Mais Lil, je ne peux pas quitter Luca.

— Nous pourrions l'emmener avec nous.

— Il nous faudra tenir compte de ses entraînements si nous le plongeons sérieusement dans le football, déclara Grier en réfléchissant.

Il se tourna vers Lil et demanda :

— Tu crois vraiment que Jillian nous le laisserait plusieurs semaines durant ?

— Je ne vois pas pourquoi elle refuserait. Elle est bien partie à Orlando avec lui, et tu n'en as pas fait une crise cardiaque.

— C'est vrai, admit Grier.

— Garde cette option à l'esprit, insista l'architecte. Passer trois ou quatre semaines en cabinet serait bien plus utile et formateur qu'un semestre de cours.

— J'en suis certain.

— Tu n'es pas obligé de le faire cet été, mais je pense que l'an prochain, ça pourrait marcher. À ce moment-là, elle sera plus détendue et nous verra enfin comme un vrai couple, tu ne crois pas ?

Lil ricana.

— Qui sait, peut-être aura-t-elle même un autre enfant… elle ne se montrerait plus aussi égoïste pour partager Luca.

— Quel coup de chance ce serait pour nous !

— Jusque-là, la chance a toujours été de notre côté, remarqua Lil.

— Silence ! Tu vas nous porter la poisse.

— J'ignorais que tu étais superstitieux.

— Je ne le suis pas… pas vraiment, mais pourquoi défier le destin en parlant de notre bonheur ? Maman disait toujours que se vanter de sa chance ne pouvait qu'amener un désastre.

— Dans ce cas, n'en parlons plus, d'accord.

— Allons-nous coucher, bébé.

Grier éteignit la lumière et se dirigea vers la chambre principale.

LE LENDEMAIN, les deux hommes affrontèrent la foule du Apple Store où Grier s'acheta un nouvel ordinateur portable afin de pouvoir donner à Luca son ancien. Il savait bien qu'il dépensait trop, mais c'était la période des étrennes après tout. Et puis, cet ordinateur était un investissement aussi bien pour son avenir que pour celui de son fils. Lil l'avait poussé à cet achat, lui conseillant de ne plus être aussi frileux quand il s'agissait de satisfaire ses propres besoins.

— Je me sens coupable chaque fois que je dépense de l'argent pour moi, avoua Grier.

— Pourquoi ?

— Ça vient du temps où je vivais avec papa en économisant le moindre sou pour le verser au compte épargne de Luca.

— Grier, question argent, tu es l'homme le plus responsable que je connaisse. Personne ne t'accusera jamais d'être frivole, dépensier ou impulsif, mais il faut que tu oublies tes scrupules quand il s'agit de toi. Tu as autant le droit d'investir pour toi-même que pour ton fils.

— Il m'est difficile de modifier des années de programmation.

— Mais les choses sont différentes à l'heure actuelle. Tu as un partenaire qui partage aussi bien ta vie que ton avenir. Je n'arrête pas de te le dire, cesse de t'inquiéter en ce qui concerne l'argent. Pourtant, tu persistes à agir comme si tu étais tout seul pour élever Luca.

— Je ne peux t'imposer le coût de son éducation et ses frais quotidiens.

— Pourquoi ? Parce que nous ne sommes pas légalement unis ?

Grier parut légèrement gêné ; il se contenta de hausser les épaules.

— Je ne sais pas trop.

— Tu penses que j'ai traversé tout le pays sur un caprice ?

Lil était plus que troublé, il commençait à s'énerver.

— Non.

— Alors, il faut que je te mette la bague au doigt pour te convaincre de mon sérieux à ton sujet ?

— Ça suffit, merde ! s'emporta Grier. Je n'ai pas besoin d'un putain d'anneau ou d'un papier officiel pour me convaincre que tu tiens à moi.

— Alors, cesse de me traiter en invité, cracha Lil. Appuie-toi un peu sur moi, d'accord ?

— Bon sang… Comment ça a pu dégénérer en dispute ?

— Chaque fois que nous parlons argent, ça tourne au vinaigre parce que tu es bien trop fier et que tu penses être le seul à devoir payer tout ce qui concerne Luca. Tu veux que je te dise ? Pour moi, ça ne fait aucune différence que nous soyons mariés ou pas. Dans mon cœur, nous le sommes ! Luca compte autant pour moi que pour toi, alors si je veux dépenser un putain de million de dollars pour lui – *ou pour toi* – je le ferai !

Grier le fixa, bouche bée.

— Pas besoin de le prendre comme ça. Tu exagères.

— Non, bordel, pas du tout !

Sur ce, Lil fila en direction du parking, abandonnant derrière lui un Grier sidéré.

Lorsque le jeune homme revint jusqu'à son 4x4, près de vingt minutes s'étaient écoulées. L'habitacle était torride, tant à cause de la pression artérielle de l'architecte que de l'air chaud qui émanait des aérateurs.

Grier déposa ses paquets sur le siège arrière.

— Une température pareille, ça tuerait même des fougères, remarqua-t-il.

— Les fougères ne poussent pas dans l'Arctique.

— Lil, allez…

— Quoi.

— Ne sois pas fâché contre moi.

— Tu es le mec le plus pénible que je connaisse.

— Je suis désolé, grommela Grier.

— Pourquoi as-tu si peur de baisser la garde une seconde ? Tu penses que je perdrais mon estime pour toi si tu me laissais t'aider ?

— Inconsciemment… oui, peut-être.

— D'accord, je veux bien admettre que ce n'est pas délibéré et que tu ne cherches pas à me blesser, mais mets-toi un peu à ma place. Chaque fois que je sors ma carte de crédit pour t'aider, tu me repousses. Hier à Ikea, tu n'as rien voulu me laisser payer alors que j'aurais été heureux de dépenser une fortune pour notre fils. Et je considère Luca comme mon fils, malgré ce qu'en dit la loi ou la génétique. Je veux pour lui le meilleur. Pourquoi ne le comprends-tu pas ? Pourquoi me priver de la joie de le gâter ? Pourquoi transformer ça en quelque chose de sordide ?

— Lil, ce n'est pas mon intention, je te le jure.

— Alors pourquoi réagis-tu comme ça, Grier ?

— Je ne veux pas que tu penses que je reste avec toi pour ton compte en banque.

— Tu as été très clair sur ce point-là depuis le premier jour.

— Tu sais bien que Jillian m'a toujours considéré comme un raté.

— Parce que tu l'as laissée faire, rétorqua Lil.

— Je ne veux pas discuter de Jillian ou de ma conscience coupable, je cherche juste à te faire comprendre pourquoi je tiens tellement à tout payer de ma poche.

— Je sais pourquoi tu l'as fait autrefois, admit Lil avec un hochement de tête. Durant sept ans, tu as laissé le remord et la culpabilité diriger ta vie. Mais aujourd'hui, c'est un nouveau départ, tu es libéré de ce fardeau. Un tribunal t'a officiellement jugé digne d'être un parent. Tu es un homme responsable, Grier, tu as prouvé à ta famille et à Jillian avoir l'argent et le désir d'être un bon père. Avoir un partenaire qui tient à partager les frais quotidiens ne te diminue en aucune façon. Personne ne te prendra pour mon boy-toy parce que j'achète à Luca un putain de lit.

— Je sais… J'ai des problèmes à accepter ton argent.

— Franchement, Grier, ton attitude devient insultante. J'ai eu de l'argent toute ma vie. Je suis capable de repérer quelqu'un de vénal à des kilomètres. Je sais que tu préférerais te couper la main plutôt que d'accepter la charité, mais je ne suis pas n'importe qui. Je suis ton amant. Je suis ton partenaire. Et chaque fois que tu refuses ce que je t'offre, ça me tue. J'ai toujours été certain que ce qui t'attirait chez moi, c'était mon cul osseux, pas ma Mercedes-Benz.

— Tu n'en as jamais douté ?

— Pas une seule seconde.

— Tu me pardonnes ?

— Je ne réussis jamais à rester longtemps en colère contre toi, mais j'aimerais bien recevoir ta promesse de faire des efforts concernant les restrictions.

— Je le ferai. Je te le jure.

— Pour commencer, j'aimerais acheter un anneau.

— Je te l'ai déjà dit, je n'ai pas besoin d'anneau. Je n'en veux pas.

— Moi si.

— Où veux-tu en venir, Lil ?

— Je veux 'venir', mais également 'aller' devant Monsieur le maire, un jour ou l'autre.

— Tu me demandes en mariage alors que tu me connais depuis seulement six mois ?

— Ça peut te paraître impulsif, mais pour te dire la vérité, je suis convaincu depuis longtemps que ça finira comme ça entre nous.

— Je suis sans voix

— Dis-moi 'oui', mon amour.

— Tu me laisses un peu de temps pour réfléchir ?

— Nous pourrions au moins nous fiancer, insista Lil.

Grier sourit, ce qui le transforma complètement. Sa physionomie perdit les rides d'anxiété qui lui marquait le front et sa posture se détendit de façon notable.

— Très bien, je vais te laisser m'acheter un anneau… à condition de pouvoir également t'en offrir un.

— Marché conclu.

— Où allons-nous ? demanda Grier.

— Chez Tiffany ? proposa Lil.

— Je préférerais chez Jared.

Lil lui adressa un sourire indulgent, puis il l'embrassa, s'attardant quelques minutes sur ses lèvres.

— Nous irons où tu voudras.

XX

LE RÉVEILLON du Nouvel An avait toujours été pour Clark et Jody une nuit plutôt calme qu'ils vivaient séparés l'un de l'autre. Responsable du Service des Urgences, Jody trouvait de son devoir d'être d'astreinte au cours de cette nuit, l'une des plus actives de l'année. Par chance, Clark l'avait toujours bien pris.

Mais cette année, le programme était différent. Jody étant en congé, le couple comptait fêter le réveillon ensemble, et même recevoir des amis. Très enthousiastes à cette idée, les deux hommes s'étaient lancés dans des préparations fébriles.

Grier fut très surpris d'entendre Lil lui demander de porter autre chose qu'un jean, un blouson de motards et des bottes.

— Pourquoi ?

— Nous ne serons pas les seuls invités.

— Je n'arrive pas à croire que Clark compte s'exhiber en public, remarqua Grier.

— Je ne pense pas qu'il le fera. En fait, je suis même certain que ce ne sera pas le cas.

— Alors, nous n'aurons pas droit à notre petit duel ?

— Les invités ne resteront pas toute la nuit.

— Mais nous si ? insista le jeune homme.

— Exactement.

— Je vois. En clair, Clark et moi serons votre petit encas après minuit ? Lil eut un sourire.

— Quelque chose comme ça. Tu y vois une objection ?

Grier empoigna Lil par le bras et le plaqua contre sa poitrine. Il suça la lèvre inférieure de son amant tout en se frottant contre lui.

— Absolument pas. Et Jody ? Tu crois qu'il va flipper ?

— Je ne le pense pas.

Lorsque les deux hommes arrivèrent à Barrington, le rond-point circulaire devant la maison – ainsi qu'une bonne partie de la rue – était encombré d'Escalades, de Lands Cruisers et autres gros 4x4. La plupart des membres des Chicago Bears avaient accepté l'invitation, accompagnés de leurs épouses, amants ou maîtresses. L'autre partie des invités était des amis médecins de Jody à l'hôpital. Grier eut la sensation d'être un intrus. Pour se remonter le moral, il saisit une coupe de champagne sur le plateau que tenait un serveur en smoking.

— Merde, chuchota le jeune homme à l'oreille de Lil, si j'avais su qu'il y avait une telle foule, je me serais fait porter pâle.

— Tu es superbe, amour. Toutes les têtes se sont tournées vers toi lorsque nous sommes arrivés. Ne laisse pas ces gens-là t'intimider. D'ailleurs, considère-les plutôt comme ton futur réseau. C'est un contexte idéal pour une prise de contact.

— Quoi ? Tu veux que je fasse leur connaissance ? s'enquit Grier, de plus en plus inquiet.

Lil l'embrassa légèrement sur les lèvres.

— Ils représentent ton avenir. Vas-y, fonce, et conquiers.

Grier ajusta sa cravate et fit une checklist mentale de son apparence. Tout était parfait – grâce à Lil dont le bon goût était légendaire en matière d'habillement. Grier portait une veste de soirée pourpre sur un gilet beurre frais, des teintes qui mettaient en valeur ses cheveux noirs, ses yeux foncés et sa peau brune. Sa tenue venait de chez Brioni, un couturier italien dont il n'avait jamais entendu parler avant que Lil lui offre cet ensemble au retour d'un déplacement professionnel. Lil avait prétendu que Grier en aurait besoin un jour ou l'autre. Le jeune homme avait eu la sagesse de ne pas s'enquérir du prix de son cadeau, sinon il n'aurait sans doute pas pu l'accepter. Il admit que, dans ces vêtements parfaitement coupés, il s'intégrait plus facilement aux invités.

Grier n'avait rien d'une groupie, mais il trouva enivrant d'être en compagnie d'un groupe d'athlètes qu'il admirait en général de loin. Si Lil était capable de le faire, lui aussi. Il prit son air le plus impassible et avança, noyant ses peurs dans le champagne. À la troisième coupe, il ressentait une euphorie montante et en oubliait ses inhibitions.

Il comptait obtenir l'avis d'un professionnel concernant le football pour un jeune. Il admirait et respectait Clark, un excellent joueur, mais d'autres avis l'aiderait à consolider sa décision. Il lui serait plus facile de convaincre Jillian et Ali avec des arguments bien étayés. Grier se présenta donc à plusieurs footballeurs comme un ami de Clark et un futur entraîneur, il exposa son cas et reçut différents conseils. Le plus intéressant émana de son troisième interlocuteur, qui avait joué au football étant enfant et considérait ses leçons d'alors comme extrêmement utiles.

— Ce qu'il y a de bien chez Pop Warner, c'est que tous les enfants ont l'opportunité de jouer, signala l'un des joueurs.

— C'est vrai ? Et qu'ils soient bons ou non, ça n'a pas d'importance ?

— Si, c'est essentiel une fois qu'ils sont intégrés à l'équipe, mais avant, chacun des candidats va sur le terrain, qu'il soit doué ou pas. Personne ne reste assis tout un match sur le banc de touche.

— C'est génial.

— De plus, ils n'offrent jamais de félicitations individuelles, aussi aucun enfant ne se voit déjà comme le futur Brett Favre[1]. Non, toutes les récompenses sont pour l'équipe et aucun gosse ne ramène chez lui un trophée. C'est une bonne idée, ça évite les crises de jalousie ou le stress. Certains adultes ne le comprennent jamais.

— J'imagine. Et auriez-vous entendu parler de graves blessures à ce niveau ?

— Il y a toujours un risque d'accident, à n'importe quel niveau et dans n'importe quel sport, mais j'ai joué quatre ans chez Pop Warner et le pire que nous ayons connu, ce sont des fractures.

Celui qui parlait au nom du groupe s'appelait Angelo, un *linebacker* bâti comme un camion Mack Truck. Il était quasiment impossible de l'imaginer enfant. Cependant, même un chêne commence par être un gland, aussi Angelo avait-il dû, un jour, avoir l'aspect d'un adolescent dégingandé.

Plutôt que se concentrer sur les larges épaules de son interlocuteur, Grier se força à revenir à la conversation.

— C'est plutôt rassurant.

— Quel âge a ton gosse ?

— Huit ans.

— C'est l'âge idéal pour commencer, déclara le reste du groupe. Tu devrais foncer.

— C'est ce que je vais faire. Merci, les mecs.

Le reste de la soirée passa dans un tourbillon brumeux d'alcool et d'amuse-gueule. De temps à autre, Lil et Grier se croisaient et échangeaient une brève caresse, mais en général, ils tentaient de se mêler aux invités. En hôtes parfaits, Jody et Clark agissaient de même. Ils auraient tout le temps, plus tard, d'échanger leurs impressions.

---

[1] Quaterback américain considéré comme l'un des plus grands de l'histoire grâce à son talent et sa longévité.

À l'approche de minuit, l'assemblée devint de plus en plus bruyante et agitée. Certains étaient dans la salle de télé, occupés à des jeux vidéo ou à des chansons en karaoké. Gays et hétéros se mélangeaient, chacun ayant bien accueilli Jody et Clark à leur arrivée dans le MidOuest. Ensemble, tous formaient un groupe harmonieux : des gens d'origines différentes, mais qui s'entendaient bien. Grier n'avait aucun mal à imaginer un avenir pour Lil et lui dans un tel environnement. Dès qu'il obtiendrait son diplôme, certains des invités de ce soir deviendraient même des clients potentiels. Cette fois, une ampoule s'alluma dans son cerveau, il comprit ce que Lil insinuait en lui parlant de 'réseau'. Son partenaire n'était pas seulement bel homme, il avait à son actif des années d'expérience pour renforcer la moindre de ses réflexions.

Grier baissa les yeux sur sa main gauche et fixa l'anneau de fiançailles que Lil lui avait passé au doigt à la nuit précédente. Une simple bande en argent avec des mains qui s'étreignaient, pas de quoi faire se retourner les foules, et pourtant le cœur du jeune homme s'emballait chaque fois qu'il le voyait. Savoir que Lil portait exactement le même rendait leur engagement plus authentique. Grier était fiancé. Il avait promis de se marier en juin prochain, pour l'anniversaire de leur rencontre au Festival du Goût de Chicago. Ce n'était pas son genre d'accepter un lien aussi permanent. En temps normal, il aurait reculé, mais au cours des six derniers mois, il avait réussi à repousser la plupart de ses anciennes terreurs. La confiance inconditionnelle que l'architecte avait en Grier le poussait à retrouver son estime de soi. Dans quelques années, il serait décorateur d'intérieur, son rêve deviendrait réalité. Une fois de plus, ce serait grâce au fidèle partenaire qui n'avait jamais douté de lui, même alors que Grier s'était comporté de façon débile durant leur première semaine ensemble.

Il eut envie de retrouver Lil. Après tout, l'heure fatidique n'allait pas tarder et il tenait à avoir l'architecte dans ses bras au moment où le gigantesque ballon marquant minuit tomberait sur Times Square – un quartier de New York, à Manhattan, qui abritait l'une des plus importantes célébrations au monde. Elle était suivie à la télévision par d'innombrables Américains. Au moment même où cette pensée lui venait à l'esprit, Grier vit Lil avancer vers lui, avec Jody et Clark sur les talons.

— Te voilà, amour.

Lil lui tendit une coupe pleine du breuvage doré et pétillant, ainsi que douze grains de raisin posés sur une serviette en papier.

— Du raisin, pourquoi ? s'étonna Grier.

— Tu n'en as jamais entendu parler ?

— Non.

— Je suis sorti un temps avec un Barcelonais qui m'a parlé de cette vieille coutume de son pays. Tu dois manger douze grains de raisin au moment où l'horloge sonne les douze coups de minuit. C'est censé t'apporter bonheur et prospérité pour les douze mois à venir. J'aime beaucoup les traditions, Grier. J'ai conservé celle-ci bien après avoir abandonné mon amant espagnol.

Grier se mit à glousser.

— Je me demande combien d'amants tu as eus.

— Bien trop pour pouvoir les compter. Aucun d'entre eux ne se comparait à toi.

— Tu dis toujours exactement ce qu'il faut.

— Bois, amour. Portons un toast à 2012 et à notre futur mariage.

Clark intervint dans la conversation :

— Un mariage ? Qui va se marier ?

— Nous, bien entendu, répondit Lil. Jody et toi serez nos témoins.

— Sans blague ? C'est pour quand ?

— L'été prochain.

Clark se tourna immédiatement vers l'assemblée.

— Écoutez-moi, tout le monde, tonna-t-il. Buvons à la nouvelle année et au futur mariage du couple le plus sexy de ce côté-là du Mississippi.

Une ovation éclata dans la pièce puis tous les yeux se fixèrent sur l'écran de télévision accroché au mur. Il représentait Times Square où la voix de l'animateur Ryan Seacrest comptait les dernières secondes de l'année.

Tous les invités criaient avec lui :

— … Neuf… Huit… Sept… Six… Cinq… Quatre… Trois… Deux… Un… Bonne Année !

Il y eut des cris, des vœux, des coupes vidées, des raisins avalés, des échanges de baisers. Lil serra Grier dans une étreinte passionnée avant que les lumières s'éteignent, *Auld Lang Syne* – la célèbre chanson écossaise plus connue sous le nom de *Ce n'est qu'un au revoir* – résonna bruyamment en arrière-fond.

— Je t'aime, bébé, chuchota Grier à l'oreille de son amant. Je t'aime plus que j'ai jamais aimé.

Lil renifla. Le nez plaqué contre la peau du jeune homme, il succomba une fois de plus à son émotivité et versa quelques larmes.

— Tu es tout pour moi, amour. Je ne pourrais plus vivre sans toi.

Grier s'écarta et écrasa de son pouce quelques larmes qui avaient roulé sur la joue de l'architecte.

— Tu n'auras pas à le faire. Je suis là. Je ne te quitterai jamais.

126

— C'est promis ?

— C'est juré.

— Allons danser, déclara Clark.

Prenant Grier par la main, il l'entraîna de l'autre côté de la pièce où il avait dégagé un espace destiné aux danseurs. Le joueur était saoul, manifestement. Il avait perdu toutes ses inhibitions. Quand Grier adressa à Lil un coup d'œil moqueur et amusé, l'architecte lui donna son accord d'un geste de la main. Jody secoua la tête et vida à sa coupe de champagne avec un sourire, tout en regardant Clark qui ondulait déjà contre Grier.

— Tu crois que je devrais être jaloux ? demanda le médecin à Lil.

— Ne gaspille pas ton énergie. Il s'échauffe simplement pour notre spectacle privé.

— Il arrivera quand ?

— Dès que tu te seras débarrassé de cette foule.

— Et si nous commencions à les pousser vers la porte d'entrée ? Avec un peu de chance, ça ne nous prendra qu'une demi-heure pour qu'ils partent.

— Dis-moi, tous ces gens ont-ils des chauffeurs ? Ils ont l'air méchamment éméchés.

— Oui, la plupart sont venus avec des renforts.

— Qui se trouvent où ?

— Ils dorment dans les voitures.

— Vive les privilèges de l'argent, commenta brièvement Lil. Allez, viens, Jodes. Plus vite ils partiront, plus vite nous pourrons mettre nos mecs à poil.

— Je meurs d'impatience, avoua son ami. Je n'ai pensé qu'à ça toute la semaine.

XXI

JE VEUX te faire hurler de désir...

La chanson d'Adam Lambert était à plein volume. Avec ses paroles explicites, c'était l'accompagnement parfait tandis que les deux hommes avançaient jusqu'à l'estrade rapidement installée. Manifestement, Grier et Clark avaient réfléchi à leur représentation, ce n'était pas un duel, plutôt un duo pour lequel ils s'étaient entraînés ensemble. Chacun d'eux portait un costume, des cheveux hérissés de gel et un maquillage excessif où le mascara n'avait pas été épargné. Chacun irradiait de sensualité. Si Grier était splendide en blanc, le côté nordique de Clark ressortait parfaitement dans le costume noir qu'il avait choisi.

Lil et Jody étaient vautrés dans le canapé de la pièce de télé et une bouteille de champagne ouverte se trouvait posée entre eux. À peine le dernier invité parti, tous deux avaient enlevé veste et cravate. Ils écarquillaient les yeux pour mieux apprécier la vision des hommes sur l'estrade. Dès que la musique commença, Lil se redressa, certain que le show serait davantage qu'un simple frottis frotta. Suite à leur conversation de l'autre nuit dans le bain bouillonnant, Grier avait vaguement évoqué quelques questions de Clark concernant la rock star, Tommy. Le footballeur avait dû être impressionné par le jeune chanteur et son style glamour s'il avait accepté la parodie de ce soir.

Lil ne parvenait pas à quitter Grier des yeux.

— Sais-tu ce qu'ils nous préparent ? demanda-t-il à son ami.

— Absolument pas, répondit Jody. Clark est si beau que j'ai envie de lui sauter dessus pour lui arracher ses vêtements. Je veux qu'il me fasse hurler comme...

— Non, attends un peu. J'aimerais d'abord assister à leur show.

Jody se saisit de la bouteille qu'il plaqua à ses lèvres, avant d'en ingurgiter une longue goulée.

— J'attends. Mais qui aurait pu croire que le mascara me ferait un tel effet ?

— C'est le mascara, les paillettes, la transpiration, et tous ces muscles qui gonflent... oh bon Dieu. Je trouve Grier bandant dans n'importe quel vêtement.

— Encore plus sans rien du tout...

— Tu as raison.

Le diable a quitté son antre, pouvons-nous aller plus vite ?

Les deux hommes se mirent à déambuler sur l'estrade en se déhanchant, réussissant parfaitement à illustrer les paroles d'Adam. Ils avaient décidé de mimer dans son entier cette chanson vulgaire qui avait provoqué une émeute deux ans plus tôt aux Awards – cérémonie des récompenses décernées chaque année par la *National Academy of Recording Arts and Sciences* aux meilleurs artistes et techniciens de la musique. Grier et Clark y avaient simplement ajouté un strip-tease, puisqu'ils enlevaient une partie de leurs vêtements au rythme des battements de tambour. Tous deux étaient ivres, ayant ingurgité une bonne quantité de champagne, aussi ils n'avaient ni inhibition ni hésitation.

Clark se concentra sur Jody, heureux de voir sur son partenaire un regard hypnotisé. Il commença à se déshabiller. Les doux yeux bruns du médecin dévoraient le moindre de ses mouvements, mais ils devinrent très vite aussi incandescents que du caramel, le désir anéantissant le calme habituel du praticien. Lorsque Clark ne porta plus qu'un string orné de sequins, Jody respirait avec difficulté, ensorcelé par l'aura sensuelle de son compagnon, d'ordinaire timide et réservé.

Quand Clark se mit à onduler sensuellement contre le pilier, Grier, juste derrière lui, se frotta à ses reins, mimant une copulation tout en caressant le torse luisant de sueur du joueur. Clark pivota alors de côté et Grier s'incrusta dans l'espace libéré. Comme deux pitons jumeaux, les deux hommes s'enroulèrent ensemble au poteau. Les muscles noueux de leurs bras gonflèrent sous l'effort lorsqu'ils se hissèrent en hauteur sur le support métallique dans un mouvement aussi sportif qu'esthétique. Tous deux bandaient, une réaction physiologique normale à la proximité physique de l'autre et à l'érotisme torride des paroles de la chanson. Leurs strings minimalistes ne cachaient rien de l'évidence, ce qui ajoutait à la tension sexuelle de leur public.

Jody passa les deux mains sur son bas-ventre. Lil vit avec amusement son meilleur ami perdre son calme.

— Je le veux, gémit le médecin éperdu. Quand cette chanson finira-t-elle ?

— Dans quelques secondes, Jodes.

— Tu crois qu'il sait qu'il me rend fou ?

— Je pense que c'était le but de cette petite exhibition.

Dans la pièce assombrie, l'odeur forte de l'excitation masculine s'alourdissait : les quatre hommes produisaient de plus en plus de phéromones et tout ça ne pouvait finir que d'une seule façon.

Alors que les deux danseurs se faisaient face et mimaient les paroles de la chanson, Clark empoigna Grier par les cheveux, lui renversa la tête en arrière et lui roula un patin – tout comme Adam l'avait fait jadis avec son guitariste.

Jody se releva d'un bond et se précipita sur l'estrade pour séparer les deux hommes. Il entraîna son partenaire jusqu'à un coin sombre de la pièce et l'embrassa si fort que Clark feula une protestation. Jody avait pris feu, le seul extincteur capable de l'apaiser s'épelait C-L-A-R-K.

Grier descendit les marches de l'estrade et se déhancha jusqu'à Lil, avec un sourire espiègle.

— Alors, as-tu autant apprécié le spectacle que Jody ?

— Je suis plus habitué que lui à me contrôler, répondit l'architecte, mais si tu ne fais que me souffler dessus, je risque d'exploser sur place.

Grier éclata de rire. Il s'agenouilla devant son amant et enfouit son visage contre son bas-ventre.

— Je te veux, baby.

— Je t'en prie, croassa Lil. N'hésite pas.

— Tu t'en fiches s'ils nous voient ?

— Ils ne nous regardent pas.

— C'est aussi mon avis.

Grier libéra le sexe de Lil qu'il se mit à caresser avec avidité.

— Mmm, c'est si bon, susurra-t-il.

Il se pencha et recueillit de la langue les quelques gouttes de sperme qui perlaient sur le gland engorgé. Puis il grignota l'organe sur toute sa longueur.

— Prends-moi, bébé.

Lil s'étendit davantage dans les coussins du canapé.

— Mets-toi sur mes genoux. Je te veux dans ma bouche.

— Oh ouais, souffla Grier.

Quand il fut en position, la tête de Lil se retrouva prise entre deux fortes cuisses et des mains brutales pressaient l'architecte dans les coussins. Côté sexe, Grier n'avait aucune timidité, jamais. Il agissait sans inhibition, prenait ce qu'il voulait, et hurlait son plaisir sans se soucier que le monde entier l'entende.

De leur côté, Jody et Clark, soumis à leur propre désir, avaient oublié tout ce qui les entourait. Jody léchait avec ferveur la sueur qui brillait sur le torse de son amant.

— Tu me rends fou, Kit, souffla-t-il. Merde, où as-tu appris à bouger comme ça ?

Clark le fit pivoter et lui arracha son pantalon.

— Grier est un bon professeur. Je te veux assis sur ma queue, Jo-Jo.

— Maintenant ?

— À la seconde même ! tonna Clark.

Il s'étendit sur le sol et releva les genoux pour que Jody puisse s'y adosser. Il trouva très satisfaisant de voir son partenaire, généralement discret et conservateur, arracher ses vêtements sans hésitation. Sa danse provocatrice avait accompli son but – et plutôt bien.

Il eut cependant la présence d'esprit de demander :

— Jo, où est le lubrifiant ?

— Merde, merde, merde…

— Regarde dans les tiroirs de la commode, près du canapé, suggéra Clark.

— C'est vrai. J'y vais.

Jody se redressa et traversa la pièce sans se soucier de sa nudité. Il ouvrit le premier tiroir, ignorant la session sauvage qui avait lieu juste à côté. Il ne pensait qu'à sa mission et laissait Lil et Grier s'activer dans leur coin.

Quand il revint, il trouva Clark occupé à se masturber. Il écarta la main de son amant d'une tape.

— Oh non, pas question, protesta-t-il. C'est à moi.

Clark cligna des yeux avant de lui sourire.

— Je ne faisais que m'échauffer, Jo.

— Tu t'échaufferas avec moi.

Jody enduisit le sexe érigé de lubrifiant, heureux de le voir gonfler sous ses doigts experts. Ensuite, il s'empala avec précaution, grimaçant lorsqu'il sentit ses muscles serrés chercher à se détendre et à s'ajuster à l'invasion. Le souffle court, il s'appuya aux cuisses solides dressées derrière lui.

— Laisse-moi une seconde pour m'y faire.

— Prends tout ton temps, Jo-Jo. Nous avons toute la nuit.

— Non, pas moi, malheureusement. Je ne pense pas durer plus que quelques minutes.

131

— Ce n'est pas grave, s'empressa de dire Clark. Après un temps de repos, nous recommencerons.

Jody prit entre ses mains le visage du footballeur et fixa les yeux turquoise soulignés de mascara noir.

— Tu es magnifique ainsi maquillé.

— Tu veux que je porte plus souvent du mascara ?

— Oui, c'est dément.

— Et mes cheveux ? insista Clark. Ça te plaît de les voir hérissés ?

— J'aime bien, mais pour le moment, ce ne sont pas tes cheveux qui m'intéressent.

— Qu'est-ce qui t'intéresse ?

— Je veux jouir et te couvrir la poitrine de mon sper… Ahhh.

Jody s'interrompit avec un cri étouffé quand Clark se mit à le marteler.

— C'est bon, Jo ?

Le médecin hocha la tête et ferma les yeux avant d'onduler avec un soin méticuleux sur l'énorme sexe de son amant. Ce n'était pas sa position préférée, mais ça lui donnait un certain contrôle sur la situation. À l'heure actuelle, il en avait besoin. En regardant cette danse et en succombant à l'érotisme des deux hommes sur l'estrade, il avait eu la sensation de retourner à l'époque de son adolescence. Oui, il s'était senti un peu jaloux en voyant les mains du jeune homme sur le corps de Clark. Il faudrait qu'il en parle à son amant. Plus tard… Pour le moment, ce qu'il voulait, c'était surfer sur la vague qui déferlait vers le rivage. Chacune de ses terminaisons nerveuses hurlait et réclamait l'assouvissement. Enfin, il trouva son orgasme, déclenché par les jets de semence brûlante qui le remplissait de l'intérieur lorsque Clark trembla en jouissant. Une seconde plus tard, Jody haleta et explosa à son tour, se répandant sur les durs contours du torse de l'homme étendu sous lui.

Le médecin se souleva, échappant au pieu planté en lui, puis s'étendit, repu et satisfait, sur la poitrine haletante. Clark, lessivé par son orgasme, avait encore de la difficulté à respirer.

— Je t'aime, chuchota Jody.

— Moi aussi, Jo.

Jody somnola un moment, bercé par le tambourinement régulier du cœur de Clark et la chaleur qui émanait de lui. Il eut la sensation de flotter sur un doux nuage, avec un ange blond à ses côtés.

— Tu étais magnifique sur cette estrade, déclara Jody.

— J'étais inspiré par l'expression de ton visage.

— Quelle expression ? demanda le médecin avec curiosité.

— Tu avais l'air amoureux.

— Oh Seigneur… Tu sais bien que c'est le cas.

— J'ai bien vu que ça te contrariait que Grier me touche le cul.

Jody grogna.

— D'accord, j'admets avoir été un peu jaloux de lui.

— Ce n'est pas la peine. Il ne m'inspire rien.

— Comment est-ce possible ? s'étonna Jody.

— Il est attirant, aucun doute, mais c'est un ami. J'apprécie sa compagnie, rien de plus.

— Franchement, tu prétends ne jamais avoir fantasmé à son sujet ?

— Personne ne m'intéresse depuis que je te connais.

— C'est vrai ?

— Mais enfin, Jo, pourquoi as-tu tellement de mal à me croire ?

— Tu ne t'es jamais demandé ce que tu éprouverais avec un autre homme ?

— Si, bien sûr, je suis humain, mais ça existe aussi les hommes qui ne ressentent pas le besoin d'aller chercher ailleurs. Je suis heureux, Jody. Vraiment heureux.

— Tu es sûr ? insista le médecin.

— Ne réfléchis pas trop, Jo. Tout va bien.

— Tu ne t'ennuies pas avec moi ?

— Mais qu'est-ce qui te prend ? Je n'ai jamais dit que je m'ennuyais.

— Je nous vois désormais sous un autre angle.

— Pourquoi ?

— Parce que les deux, là-bas, sont beaucoup plus imaginatifs que je ne le serai jamais.

— De temps à autre, quelques heures durant, c'est amusant de prétendre être quelqu'un d'autre, mais tu veux la vérité ? Je t'aime et j'adore notre routine, aussi monotone soit-elle. Alors, arrête de stresser pour rien, ordonna-t-il d'un ton ferme à son amant.

— D'accord.

Jody poussa un très long soupir soulagé.

XXII

LORSQUE LE mois de février arriva, la nuit de la Saint-Sylvestre n'était plus qu'un souvenir agréable. L'Illinois venant de connaître plusieurs tempêtes de neige, l'avantage de posséder un garage disparut. Lil fixa l'énorme quantité de neige qui s'entassait devant les portes coulissantes et bloquait complètement leur allée.

— Merde…

Il était debout devant la fenêtre du salon, une tasse de café fumant à la main, espérant que la caféine allait regonfler son énergie. Il se sentait terriblement coupable de voir Grier manier la pelle. D'un autre côté, il était aussi soulagé que son partenaire ne semble pas lui en vouloir de son manque de participation.

Un peu plus tôt, lorsque Grier avait commencé à enfiler de gros vêtements pour affronter le froid, Lil lui avait rappelé :

— Je te l'ai déjà dit, je suis tout à fait disposé à payer quelqu'un pour venir déneiger notre allée.

— Nous n'avons pas encore soixante ans, bébé, et même quand ce sera le cas, je me chargerai des tâches de ce genre. Tu sais, mon père déneige toujours, comme je l'ai vu le faire toute ma vie.

— Il finira un jour par y renoncer.

— J'en doute, déclara Grier sans ambages.

Lil savait que le jeune homme avait raison. Santino préférait courir un risque cardiaque plutôt qu'admettre être trop vieux pour dégager son allée. Du coup, lui-même se sentit encore plus paresseux, mais il préféra s'accrocher à son credo habituel – *il n'avait pas été élevé dans un tel climat*. Lil avait du mal à comprendre que la population locale vaque tranquillement à ses occupations, les gens roulant de chez eux à leur bureau sans tenir compte des chutes de neige et du risque de se retrouver coincés par le verglas en cours de route. Pour eux, c'était normal, la vie se déroulait ainsi en Illinois.

Un des premiers achats de Lil après le déménagement dans leur nouvelle maison fut des ampoules 'lumière naturelle'. Quelqu'un lui avait indiqué que les troubles affectifs saisonniers – une forme de dépression liée au manque d'ensoleillement – arrivaient fréquemment dans un État où les quatre saisons sont aussi marquées. De plus, le froid terrible et la faible luminosité d'un hiver interminable accentuaient les risques d'obésité. Dépenser une fortune pour de telles ampoules lui avait paru un investissement utile : Lil comptait bien émerger des longs mois d'hiver sans ressembler au bonhomme Marshmallow. Il n'appréciait l'abondance et le blanc que dans la couette molletonnée de son lit et n'avait pas la moindre intention de renforcer les statistiques.

Il entendit s'ouvrir la porte de derrière, puis Grier taper ses bottes pour en enlever la neige avant de pénétrer dans la chaleur de la cuisine. Le jeune homme se servait une tasse de café quand Lil le rejoignit. Il leva un sourcil surpris à sa vue.

— Tu as prévu de t'habiller ? Ou bien comptes-tu traîner en pyjama toute la journée ?

— Je ne vois pas l'intérêt de me presser si je ne sors pas, répondit l'architecte.

Grier prit quelques gorgées du liquide brûlant de sa tasse.

— La vie ne s'arrête pas avec la neige, je te signale.

— Si tu le dis, bougonna Lil.

— Si les gens d'ici restaient chez eux chaque fois qu'il tombe un peu de neige, il ne se passerait plus rien.

— Tu crois que je pourrais faire comme les ours et hiberner durant l'hiver ? offrit Lil.

— Tu le pourrais, si tu étais un petit vieillard tout frêle.

— Pardon ? Je n'ai même pas atteint la quarantaine.

— Alors, arrête de te comporter comme si tu avais déjà une carte senior !

Lil en resta bouche bée, une expression ulcérée au visage.

— Ce n'est pas le cas.

— Si, absolument.

— Non !

— Si.

L'architecte céda.

— D'accord, j'avoue que j'ai un peu de mal à m'adapter à l'hiver.

— Non, sans blague.

— La ferme ! riposta Lil avant de froncer les sourcils. Je vais essayer…
je vais progresser.

— Tu pourrais me prouver tes bonnes intentions en allant chercher Luca
à l'école. À pied.

Lil le fixa, horrifié, avant de désigner la fenêtre du doigt.

— À pied ? Je ne pourrai jamais faire un pas avec un temps pareil.
Pourquoi est-ce que je ne prendrais pas la voiture ?

Grier s'arma de patience.

— Parce que l'école n'est qu'à quelques rues et que tous les autres
parents prendront leur voiture. Tu finirais dans les embouteillages. Ce serait
bien plus facile pour toi d'y aller à pied plutôt que d'être coincé en voiture. De
plus, notre allée n'est pas suffisamment dégagée. Je vais rester là et m'en
occuper pour que nous puissions aller chez Clark et Jody à 17 heures.

— Aujourd'hui ?

— Oui. C'est aujourd'hui que nous récupérons Croc-Blanc. Tu as
oublié ?

— Effectivement.

— Ce n'est certainement pas le cas de Luca. Il me l'a rappelé hier soir
quand je lui ai téléphoné pour lui souhaiter bonne nuit.

— Tu es sûr que nous sommes obligés d'y aller aujourd'hui ?

La neige tombait toujours. D'accord, le spectacle était magnifique, mais
Lil trouvait l'idée de faire un aller-retour jusqu'à Barrington terrifiante.

— Tu es sûr que nous ne pouvons pas attendre quelques jours de plus ?
insista-t-il.

— Habille-toi chaudement et file, papou. Si tu es en retard, nous serons
pénalisés d'une amende.

— Que je payerai volontiers.

Grier prit un air sévère.

— S'il te plaît, bébé, il faut que tu oublies tes appréhensions.

Lil poussa un soupir et admit sa défaite.

— Très bien, j'y vais. Je vais mettre trois paires de chaussettes, des
sous-vêtements thermolactyl, et mon équipement d'Esquimau. Mais je n'ai
qu'une seule raison pour te céder.

— Laquelle ?

Grier posa sa question les lèvres plissées d'amusement tandis que des
images de Lil dans ses vêtements de ski, couleur citron vert, lui venait à
l'esprit.

— Parce que je t'aime.

Lil vibrait de sincérité.

136

— Je t'aime vraiment. Je vais faire de mon mieux pour oublier que je vais me geler les couilles. Je vois très bien ma queue frigorifiée finir par tomber, ce qui me rendrait totalement inutile comme amant et partenaire sexuel.

Grier étouffa un rire et embrassa brièvement l'architecte.

— Je t'aime aussi. Allez, maintenant, va-t'en, va-t'en.

Un quart d'heure après, Lil pataugeait dans la neige, dans sa tenue Patagonia qui apportait une vive tache de couleur dans la blancheur neigeuse de son environnement. Et même si l'architecte se sentait maladroit et engoncé dans ses nouveaux vêtements, il avait bien chaud. Ainsi, il était possible de sortir… à condition d'être bien équipé.

En arrivant à l'école, il pénétra au gymnase qu'il trouva encombré d'enfants et de parents venus les chercher. Luca le repéra instantanément et courut à sa rencontre.

— Prêt à rentrer, bonhomme ? demanda Lil.

— Nous allons chercher Croc-Blanc ?

— C'est ce que ton père m'a dit.

— Où est-il ?

— Il est resté à la maison pour déneiger notre allée. Donne-moi ton sac, attache ton blouson et allons-y.

Lil se pencha pour récupérer le sac à dos que Luca tenait à la main. Il prit le temps d'aider l'enfant avec sa fermeture éclair, qui s'était coincée.

Une voix profonde résonna dans son dos.

— Excusez-moi. Je peux vous aider ?

Lil se redressa et jeta un coup d'œil à un homme âgé qui le regardait d'un air soupçonneux, comme s'il craignait de voir en lui un pédophile. Il s'agissait manifestement d'un prêtre, bien qu'il porte un pantalon noir et non une soutane. Son col blanc immaculé révélait sa fonction, tout comme l'autorité qui émanait de lui.

— Bonjour, le salua Lil, aimablement. Je suis venu chercher Luca.

— Qui êtes-vous ?

— C'est mon papou, expliqua l'enfant. Il vit avec mon papa.

— Je ne pense pas vous avoir déjà rencontré. Je suis le père Edwards.

Lil lui tendit la main.

— Enchanté. Moi, c'est Lil Lampert.

— Je crains de ne pouvoir vous laisser emmener cet enfant sans vérifier au préalable si votre nom est inscrit sur la liste des personnes habilitées à le faire.

— Allez-y, vérifiez, je suis certain que mon nom y est.

— Quelle est votre relation avec Luca ?

— Je suis le compagnon de son père.

— Oh… Nous ignorions que M. Dilorio était gay.

Lil entendit les alarmes se déclencher dans sa tête. Il n'aimait pas du tout le tour que prenait cette conversation.

— Je ne vois pas en quoi ça compte.

— Ce qui compte, c'est que nous soyons informés du moindre changement de l'environnement familial d'un enfant. En acceptant Luca comme élève, nous avons pris la responsabilité de son éducation intellectuelle et religieuse. De ce fait, pour répondre à votre question, oui, cela compte. L'Église catholique a été très claire quant à sa position concernant les relations homosexuelles.

Le père Edwards baissa les yeux sur Luca, qui fixait les deux adultes avec curiosité. Puis il demanda à Lil et à l'enfant de le suivre dans son bureau. Lil soupira avant de ramasser le lourd sac à dos rempli de livres de classe, et d'emboîter le pas au prêtre le long du couloir. La petite main de Luca s'agrippait très fort à la sienne.

— Prenez un siège.

Le père Edwards désignait les chaises en bois d'aspect inconfortable plantées devant son bureau. Se détournant, il ouvrit une armoire ancienne et fouilla à l'intérieur parmi les dossiers. Quand il trouva celui de Luca, il s'assit derrière son bureau, l'ouvrit, y jeta un bref regard.

— C'est bien ce que je pensais, remarqua-t-il, très sérieux. Votre nom n'est pas sur la liste.

— Je suis certain qu'il s'agit d'un oubli, répliqua Lil, d'un ton poli. Pourquoi ne pas téléphoner à M. Dilorio ? Il pourra tout vous expliquer.

— Je vais le faire.

Le prêtre suivit du doigt une liste et hocha la tête quand il tomba sur le nom de Grier et son numéro de téléphone. Il décrocha son appareil et en tapota les touches. Quelques secondes plus tard, il fronça les sourcils et raccrocha.

— Je crains que M. Dilorio ne soit pas chez lui. Je tombe sur sa boîte vocale.

— Merde, jeta Lil sans réfléchir. Il est dehors, occupé à déneiger notre allée, il a dû oublier son portable sur le comptoir de la cuisine.

— Dans ce cas, je crains de ne pouvoir vous autoriser à emmener l'enfant.

— Luca peut-il attendre ici le temps que je retourne à la maison chercher Grier ?

— Combien de temps cela va-t-il vous prendre ? s'enquit le prêtre.

— Environ un quart d'heure pour l'aller-retour.

— Dans ce cas, c'est possible. Bien entendu, nous vous facturerons ce quart d'heure en sus.

Cette fois, Lil ne se soucia plus de politesse.

— Bien entendu, cracha-t-il froidement. Ça ne m'étonne pas de votre part.

— Je n'ai pas écrit le règlement, M. Lampert. Je me contente de l'appliquer.

— Ben voyons.

Lil courut jusqu'à chez lui, oubliant ses précautions pour éviter de déraper sur le verglas des trottoirs. Il ne pensait qu'à une chose : parler à Grier et lui demander pourquoi son nom n'était pas inscrit sur la liste. Cela faisait des mois que les deux hommes étaient tombés d'accord sur ce point.

Grier écouta avec stupéfaction le compte rendu que l'architecte lui fit de sa rencontre avec le prêtre.

— Merde ! J'ai demandé à Jillian de s'en charger le jour de la rentrée scolaire.

— Manifestement, elle a oublié.

— Génial. Maintenant, ils savent tous que je suis gay ! En plus, ils vont nous coller un sermon interminable sur nos responsabilités parentales.

— Tu ne vas pas te laisser intimider par ce sale con d'homophobe quand même ?

— Non, mais il va nous falloir le convaincre de se calmer si nous voulons que Luca reste dans cette école.

— Pourquoi est-il dans une école paroissiale ? Tu sais très bien la position qu'ils ont à notre sujet.

— Jillian trouve important que Luca reçoive une formation religieuse puisque nos deux familles sont catholiques. Je n'ai pas cru que ça provoquerait un problème.

— Ça n'était pas le cas avant que notre rencontre, avant que nous décidions de vivre ensemble. Maintenant, dis-moi un peu ce que tu ressentiras le jour où Luca rentrera à la maison pour te dire qu'aux yeux de Dieu, nous sommes des abominations.

— Ça n'arrivera jamais.

— Tu sais bien ce que c'est d'être un gosse différent des autres. Certains feraient n'importe quoi pour être acceptés, même s'il leur faut renier pour ça un de leurs parents.

— Je pense que tu n'as pas suffisamment confiance en Luca.

— Ce n'est pas lui qui m'inquiète, expliqua Lil. Ce sont les tentacules étouffants de l'Église catholique.

— Merde, cracha Grier.

Il décrocha son téléphone et appela Jillian, qui répondit presque instantanément.

— Pourquoi n'as-tu pas mis le nom de Lil sur la liste des personnes susceptibles de récupérer le Luca à l'école ?

Grier écouta les explications de la jeune femme, avec un visage de meurtrier.

— Je n'en ai rien à foutre que notre union ne soit pas encore légale. Je t'ai demandé de le faire il y a des mois, je pensais que c'était une affaire réglée. Maintenant, nous avons un problème.

Il écouta encore Jillian se justifier, puis aboya.

— Non, pas besoin que tu les appelles ou que tu passes les voir. Maintenant, c'est trop tard.

Il raccrocha et regarda Lil.

— Désolé, je n'aurais jamais dû lui faire confiance. Quoi que je lui demande, elle fait le contraire. C'est pour ça qu'elle n'a pas accepté ton offre de surveiller Luca tous les jours.

— Je te l'ai déjà dit, c'est une salope.

Grier secoua la tête.

— Viens, bébé. Allons chercher notre garçon.

XXIII

LE PÈRE Edwards fixa Grier d'un œil sévère, puis son regard s'attarda délibérément sur les mains jointes des deux hommes qui venaient de pénétrer dans son petit bureau.

— M. Dilorio, dit-il avec un signe de tête. Heureux de vous revoir.

— Moi de même, répondit Grier. D'après ce que j'ai cru comprendre, ma belle-sœur a omis d'ajouter le nom de mon compagnon à la liste des personnes autorisées à récupérer Luca.

— Votre belle-sœur ? Je pensais que la mère de Luca était votre ex-femme.

— Qui a pu vous donner une telle idée ?

— Elle porte le même nom que vous – Dilorio.

— Parce qu'elle a épousé mon frère.

Le prêtre parut horrifié.

— Et Luca est votre fils ? Pourriez-vous m'expliquer comment c'est possible ?

— C'est compliqué…

Grier s'assit. Lil resta debout derrière lui, la main posée sur son épaule.

— Où est mon fils ? demanda Grier.

— Avec les autres enfants, dans le gymnase, répondit le prêtre. J'ai pensé qu'il valait mieux que nous discutions sans lui.

— Écoutez, père Edwards, Luca sait que je suis gay et ça ne lui pose aucun problème. Je suis désolé de ne pas vous en avoir parlé, mais il n'y a rien dans votre demande d'inscription qui concerne l'orientation sexuelle des parents de vos élèves. Franchement, je ne vois pas en quoi savoir avec qui je couche vous concerne.

— Comme je le disais à votre… ami…

— Lil est mon partenaire, corrigea Grier avec force.

141

— … à votre *ami*, M. Lampert, reprit le prêtre d'une voix calme, refusant de prononcer le mot 'partenaire' comme si Dieu allait aussitôt le punir d'un tel péché par un éclair létal. La position de l'Église concernant les relations homosexuelles n'a pas changé, même si la société se montre plus laxiste.

— Je vous signale que le mariage gay est désormais légal en Illinois, intervint Lil.

— Le pape a été bouleversé de l'apprendre, rétorqua le prêtre d'une voix lourde d'émotion. L'Église comprend bien que vous n'avez pas choisi votre orientation, dans la plupart des cas. De ce fait, vous n'en portez pas automatiquement le blâme. Nous sommes de tout cœur avec vous dans l'épreuve, nous prônons bonté et tolérance, mais il n'est pas question que nous tolérions une activité sexuelle ne visant pas à la procréation. D'après notre foi, seul le mariage hétérosexuel est autorisé, aussi bien au niveau moral que logique. Quel genre de message donnez-vous à Luca en partageant le même lit ?

— Vous voulez mon avis, père Edwards ? demanda Lil.

— Bien entendu, M. Lampert, exprimez-vous librement.

— Luca est élevé par deux couples ; l'un, constitué par sa mère et le nouveau mari de celle-ci, est hétéro ; l'autre est formé par Grier, son père biologique, qui se trouve être gay, et moi…

Lil se heurta la poitrine du poing.

— …son très amoureux partenaire. Les deux couples vivant une relation très intense et sérieuse, notre fils voit plusieurs aspects de la sexualité humaine. Il n'y a rien de déplaisant ou de choquant dans notre mode de vie, vous pouvez être certain que Grier et moi verrouillons notre porte chaque nuit, comme le font tous les couples avec enfants.

— Je n'ai pas insinué que vous cherchiez à pervertir Luca, s'offusqua le père Edwards.

— Dans ce cas, que voulez-vous dire ?

— Que s'il accepte facilement votre relation, il peut être amené à la trouver normale.

— Mais elle *est* normale, s'écria Grier, retrouvant enfin la parole. Je tiens à ce que mon fils sache que l'amour ne souffre d'aucune discrimination avant que vous ne tentiez de lui laver le cerveau et de l'endoctriner.

— Dans ce cas, je suis au regret de vous dire qu'il vous faudra choisir une autre école pour votre enfant. S'il reste ici et apprend la doctrine catholique, Luca comprendra que toute union homosexuelle est immorale, sauf si elle demeure chaste. Nous réclamons également l'abstinence aux couples hétérosexuels avant le mariage. Bien entendu, un homme et une femme ensemble ont l'espoir d'un avenir comprenant mariage et procréation. Ce n'est pas votre cas avec M. Lampert, si vous décidez de suivre les voies catholiques.

— Je vais vous apprendre un scoop, père Edwards, déclara Lil. Le sexe n'est jamais la principale raison qui soude un couple gay. Bien entendu, quand tout se passe bien, c'est très agréable, mais la passion est éphémère. Je connais beaucoup d'hommes qui sont restés des années avec leurs partenaires en vivant dans une chasteté quasi absolue. Comme la vôtre.

Lil eut un ricanement moqueur.

— Du moins, si vous pratiquez l'abstinence. Après tout, je ne vous connais pas, vous pouvez être un vrai coureur.

— M. Lampert !

Grier se releva et se pencha sur le bureau.

— Vous pensez vraiment que les gays n'ont rien de mieux à faire que baiser comme des sauvages 24 heures sur 24 et sept jours sur sept ? Franchement, j'aimerais bien que ce mythe soit véridique, mais ce n'est pas le cas, dommage. Nous devons gagner notre vie, aller à l'école, et accomplir nos tâches quotidiennes comme n'importe qui. Et le plus souvent, quand nous rentrons à la maison le soir, nous sommes bien trop fatigués pour baiser.

Le père Edward se redressa, glacial.

— Je pense que cette conversation a assez duré. M. Dilorio, veuillez ajouter le nom de M. Lampert sur la liste des personnes autorisées à récupérer Luca et réfléchissez bien à votre décision.

— Pourquoi ? C'est un ultimatum ? Je dois rompre ou bien mettre mon fils ailleurs ?

— Vous pouvez interpréter cela comme il vous plaît, dit le prêtre.

Il récupéra le document qui comprenait désormais le nom de l'architecte et quitta son bureau sans un regard en arrière, confiant d'avoir l'appui de Dieu le Père et de tout le diocèse de Chicago si le différend était porté devant les tribunaux.

— Eh bien, ça s'est plutôt bien passé, déclara Lil, mais l'expression surprise qu'il portait sur son visage en disait long.

— Allons à Barrington, suggéra Grier. Pendant que Luca sera occupé avec Croc-Blanc, nous pourrons discuter de cette histoire avec Clark et Jody. Ils seront peut-être de bon conseil.

— Ça vaut le coup d'essayer.

En son for intérieur, l'architecte était quasiment certain qu'il n'y aurait aucun recours.

— Tout ceci n'aurait jamais eu lieu si Jillian avait fait ce que je lui demandais, s'écria Grier en colère. Quelle sale conne ! Une vraie salope !

— Je suis d'accord, amour, mais ça aurait fini par ressortir un jour ou l'autre. Tu ne penses pas qu'il vaut mieux gérer tout ça maintenant, quand Luca n'a que huit ans et qu'il est susceptible d'accepter un changement plutôt que plus tard, quand il sera un adolescent rebelle ?

Grier parut tout à coup effrayé.

— Tu penses qu'il nous détestera ?

— Nous pouvons éviter ce risque en prenant dès maintenant les bonnes décisions. Une fois qu'il aura des amis et qu'il se sera fait une place dans son école, il nous sera bien plus difficile de le déraciner. Il nous en voudra... et transformera notre vie en enfer.

— Génial, voici une perspective qui m'enchante ! ironisa Grier, amer. Bordel, mais qu'est-ce qu'on va faire ?

— Prendre chaque jour comme il vient et voir où ça nous mène.

EN ARRIVANT chez Jody et Clark, Luca fut rapidement entraîné au garage pour préparer Croc-Blanc à rentrer à la maison.

Clark tenait à la main une grosse boîte qu'il posa à terre. Il en sortit plusieurs éléments, l'un après l'autre, tout en expliquant leur utilisation :

— J'ai tout ce qu'il faut. Deux bols, un pour l'eau, l'autre pour la nourriture. Dans ce sac jaune, il y a les croquettes que tu devras mélanger à quelques doses de sa pâtée en boîte. Plus ton chien grandira, plus il te faudra en mettre. Un husky adulte mange une boîte de pâtée par jour plus quatre tasses de croquettes. Mais en une seule fois, d'accord ? Il ne faut pas le suralimenter.

— Je peux lui donner des bonbons ?

— Les bonbons, c'est de la *mal bouffe* ça ne lui apportera rien d'utile au niveau nutritionnel. Par contre, pour l'entraînement, c'est autre chose. Tu peux lui donner un bonbon comme récompense.

— Quel genre d'entraînement ?1

— Ton père t'expliquera tout ça, d'accord ? Je t'ai pris un abonnement d'un an chez PetSmart Bonne Santé, l'option optimum. En clair, si Croc-Blanc est malade ou qu'il a besoin d'un vaccin, tu peux le leur amener quand tu veux. Ça ne te coûtera rien pour les douze mois à venir, alors fais bien attention à ses visites réglementaires.

— Il peut dormir dans mon lit ?

— Ce n'est pas à moi d'en décider. Il faudra que tu vois ça avec tes deux paternels, mais je sais qu'il vaut mieux que Croc-Blanc ait aussi un lit bien à lui. Les chiens aiment avoir un endroit où ils peuvent se reposer et somnoler.

— Tu crois que sa maman va lui manquer ?

— Oui, les premiers jours, mais si tu le serres dans tes bras en lui faisant comprendre que désormais, sa nouvelle famille, c'est toi, il va vite s'habituer.

— Je peux te téléphoner si j'ai d'autres questions ?

— Quand tu veux, bonhomme.

Clark et l'enfant quittèrent la pièce et suivirent un délicieux fumet de chili qui émanait de la cuisine. Le petit Croc-Blanc, tout à fait joyeux, trottinait derrière Luca et Clark fermait la marche en portant le matériel.

Il déposa son carton sur le comptoir et avança vers la cuisinière.

— Ça sent drôlement bon, déclara-t-il.

Il jeta un coup d'œil dans la grosse cocotte et se lécha les lèvres. Puis il demanda à Jody, assis à table avec Lil et Grier :

— C'est bientôt prêt ?

Jody acquiesça.

— Absolument. Prends une assiette et sers-toi. Il y a tout ce qu'il faut sur le comptoir.

— Allez viens, Luca. Tu aimes le chili ?

— J'adore ça.

Clark versa plusieurs louches du mélange épais dans deux assiettes creuses et versa dessus du gruyère râpé et des oignions.

— Luca ? Mets sur la table la corbeille et le pain au maïs.

— Tout de suite, *Tito* Clark.

Le footballeur s'installa sur une chaise à côté de Jody, Luca prit place entre Grier et Lil. Les trois autres s'étaient déjà servis, mais avaient attendu pour commencer que tout le monde soit à table, aussi se mirent-ils tous à manger en même temps. Durant un long moment, on entendit plus dans la cuisine que le bruit des mâchoires qui s'activaient et des soupirs de satisfaction.

— Passe-moi le miel, s'il te plaît.

Luca pressa le flacon de plastique en forme d'ours que Jody venait de lui donner. Il en répandit une bonne quantité sur sa tranche de pain qu'il mordit voracement.

— Miam-miam, déclara-t-il ensuite. Je sais maintenant pourquoi Winnie l'Ourson aime autant le miel.

— Mange doucement, recommanda son père avec un sourire, sinon tu vas avoir le ventre qui gargouille, comme l'ours de ton dessin animé.

Luca se mit à rire.

— Tu crois qu'on peut être malade en mangeant trop de miel ?

— Tous les abus sont mauvais pour la santé, Luca.

Une fois le repas terminé, chacun reposa bruyamment ses couverts sur la table avec un concert de félicitations.

— C'était délicieux, déclara Lil en se tapotant l'estomac. Maintenant, pouvons-nous passer dans la pièce de télévision et comater sur le canapé ?

— Vas-y, Luca, déclara Grier. Papou et moi allons d'abord aider à ranger la cuisine.

L'enfant tout heureux partit en courant, le chiot lui jappant aux talons.

Quand Jody remarqua que les autres restaient assis, il demanda un peu surpris :

— Les mecs, auriez-vous quelque chose à nous dire ?

— Oui, répondit Lil. Nous avons un problème. Manifestement, une branche de l'Inquisition espagnole sévit dans l'école de Luca.

146

XXIV

— À MON avis, vous pourriez prendre un avocat, déclara Jody après avoir entendu le compte rendu de la conversation du couple avec le prêtre.

— Nous ne gagnerons jamais contre l'Eglise catholique, répondit Lil, réaliste. Ils sont enragés dans leur lutte contre le mariage homosexuel, jamais ils ne seront convaincus du contraire quel que soient l'argent dépensé et la persuasion répandue.

— Dans ce cas, il faut mettre Luca dans une autre école – une avec l'esprit plus ouvert qui accueille les gays sans arrière-pensée, intervint Clark. Il doit bien en exister, il vous suffit de chercher.

— Je sais, admit Grier. Mais il me faut d'abord convaincre Jillian.

— Comment pourrait-elle s'y opposer ? Tu ne crois pas qu'elle tient à voir son fils dans un environnement plus accueillant ?

— Je n'en suis pas certain, répondit Grier avec franchise. Le fait qu'elle n'ait pas ajouté le nom de Lil à la liste des personnes autorisées à récupérer Luca est bien plus éloquent qu'un discours. Elle peut bondir sur cette opportunité de réclamer une garde exclusive de Luca.

— Elle ne l'obtiendra pas alors que le tribunal a déjà tranché en ta faveur, déclara Lil d'un ton rassurant.

— C'était avant que toi et moi soyons fiancés et que nous envisagions une union légale.

— Mais un tribunal verrait ça comme un plus et non comme un handicap, tu ne crois pas ?

— Je ne sais plus quoi penser, avoua Grier. Je devrais peut-être recontacter le juge Sterling ?

— Combien de temps avons-nous pour prendre une décision ?

— L'école fermera début juin. Je suis sûr que jusque-là, ils laisseront Luca y suivre ses cours.

— Et ils le garderaient éternellement si tu promettais de ne plus jamais baiser, railla Clark. Plus de sexe pour les trois prochains mois.

— C'est ça, c'est ça, jeta sèchement Grier. Qu'est-ce qu'ils s'imaginent ? Que les Catholiques suivent leurs règles à la lettre ? Je me demande dans quel siècle vivent ces gens-là !

— Après tous les scandales qu'ils ont eu à gérer ces cinq dernières années, on pourrait croire qu'ils aient appris à mieux choisir leurs batailles, remarqua l'architecte.

— Manifestement, ils ne considèrent pas la pédophilie comme un péché aussi grave que l'homosexualité, dit Clark. Ce n'est pas aussi dégueulasse.

— Tout ceci est répugnant, bordel, cracha Grier, furieux. Comment osent-ils nous jeter la pierre alors que leurs propres prêtres se sont comportés de façon immonde envers les enfants durant des années ?

— Les mecs, vous transformez quelques cas individuels en une généralité, déclara Jody, la voix du bon sens. Tous les prêtres catholiques ne sont pas des pédophiles, aussi ce genre d'arguments ne vous mènera à rien. Cependant, ils ne reviendront pas sur leur position concernant le mariage gay, alors c'est à prendre ou à laisser.

— Luca va être renvoyé à cause de notre orientation, dit Grier. Ça me paraît tellement injuste.

— Je suis d'accord, mais tu as des solutions de rechange. Ce n'est quand même pas la seule école qui existe en ville.

— J'ai envie de retourner les voir et de casser quelque chose.

Grier vibrait de rage, Lil posa la main sur ses poings crispés.

— Même si tu anéantissais cette école, amour, ça ne changerait rien.

— D'accord, admit Grier. Mais je me sentirais quand même mieux. Je trouve tout ça si frustrant.

— Défoule-toi sur un terrain de football, proposa Clark. C'est ce que je faisais quand j'étais plus jeune et je t'assure que ça m'a évité de devenir fou.

— Malheureusement, la saison de football ne commencera pas avant l'automne prochain.

— Est-ce que les pré-inscriptions ne commencent pas le mois prochain ?

— Si.

— Alors va t'inscrire et demande à être entraîneur. Ça t'occupera l'esprit avec autre chose que ce merdier à l'école.

— Mais ça ne nous aidera pas à prendre une décision.

— Je ne pense pas que tu aies le choix, Grier, dit Jody. Tu es gay et tu vis une relation sérieuse. À moins que toi et Lil n'envisagiez de passer le reste de votre vie à lire la Bible au lieu de faire l'amour, il vous faut trouver un moyen de convaincre Jillian que Luca doit changer d'école.

Lil tourna ses yeux bleu pâle vers le jeune homme.

— Ça te plaît, les Écritures Saintes ?

— Va te faire foutre !

— Voilà une proposition qui me plaît, surtout si c'est avec toi…

Un éclat de rire brisa la tension qui étouffait Grier comme un nœud coulant autour de son cou. Il essuya les larmes de ses yeux, se pencha et embrassa son partenaire.

— Je t'aime, bébé.

— Suffisamment pour affronter les flammes de l'Enfer ?

— Pour toi, je plongerais directement dans ce putain de brasier.

LE TRAJET du retour à la maison fut très calme du côté des deux hommes, surtout parce que Luca parla sans arrêt. Sa petite voix aiguë émanait du siège arrière, détaillant le contenu de son carton et de son matériel canin, les futurs rendez-vous chez le vétérinaire, les avantages et inconvénients de sortir son chien au bout d'une laisse.

— Je peux amener Croc-Blanc à l'école pour le montrer aux autres ?

— Non, bonhomme, ce ne serait pas une bonne idée, répondit Grier. Le père Edwards ne serait pas content.

— Pourquoi ? Il n'aime pas les chiens ?

— C'est moi qu'il n'aime pas, Luca, affirma Lil. Moins il me verra, mieux ce sera. Ton père a des cours, aussi il ne pourrait passer chercher Croc-Blanc – et ce serait à moi de le faire.

— Pourquoi il ne t'aime pas, papou ?

Grier quitta une seconde la route des yeux pour jeter un coup d'œil à l'architecte. Cette conversation ne pouvait être évitée, Luca avait le droit de savoir, mais Grier ne savait comment lui expliquer l'inexplicable. Il espérait que Lil aurait les mots et la sagesse qui paraissaient lui manquer.

— Dès que nous arriverons à la maison et que Croc-Blanc sera installé, je te le dirai.

— D'accord.

Après avoir sorti le matériel que Clark avait mis dans le carton, Luca réalisa pouvoir utiliser ce même carton pour un lit improvisé. Voilà qui ferait l'affaire jusqu'à ce que Grier ait le temps d'acheter une litière définitive. Lil découpa un des côtés de la boîte pour que le chiot puisse y monter et en sortir sans difficulté. Il tapissa le fonds de quelques vieilles serviettes. Après avoir donné à Croc-Blanc un petit bol de lait chaud qu'il lapa avec enthousiasme, Luca le conduisit à l'extérieur pour qu'il fasse ses besoins.

— Grâce au ciel, Clark a déjà commencé à le rendre propre, remarqua Grier.

Il regardait, très amusé, les tentatives de Croc-Blanc pour lever la patte contre un buisson couvert de neige. Le chiot manquait de coordination et ne cessait de tomber. Il finit par abandonner et s'accroupit, laissant une large marque jaune sur la neige immaculée. Ensuite, il renifla les contours de son nouveau territoire, ignorant les sifflements et les ordres qui le rappelaient à la maison. Luca dut aller le récupérer. Après avoir essuyé les pattes mouillées d'un chiffon, il installa sa bête dans son nouveau nid.

Assis à la table de la cuisine, devant trois tasses de chocolat chaud couronné de marshmallows, Lil tenta d'expliquer à l'enfant ce qui se passait à l'école.

— Luca, tu te souviens quand ton papa t'a expliqué qu'il était gay ?

L'enfant acquiesça, ses yeux vifs et perçants braqués sur ses deux pères.

— C'est pour ça que père Edwards ne t'aime pas ? demanda-t-il.

— Malheureusement, ce prêtre est comme tous ceux de la religion catholique, il croit qu'il n'existe qu'une seule sorte de familles, celles avec un papa et une maman.

Luca parut choqué.

— Mais ce n'est pas vrai ! s'exclama-t-il. Toi et papa vous êtes aussi ma famille, non ?

— Oui, absolument. Nous nous aimons beaucoup tous les deux, tout comme ta maman aime *Tito* Ali. La différence, c'est que nous sommes des hommes et que beaucoup de gens croient que deux hommes – ou deux femmes – ne peuvent pas former une *vraie* famille comme un homme et une femme.

— Mais j'ai déjà une famille avec un homme et une femme, insista Luca. Tu n'as pas dit au père Edward que j'avais une maman et trois papas ?

— Si, chaton, mais il n'a pas voulu nous croire.

— Pourquoi ?

— Parce qu'il faut parfois des années et des années avant que les gens acceptent un changement. Le père Edwards croit sincèrement que ton papa et moi, puisque nous ne pouvons pas avoir de bébé, nous ne devrions pas nous embrasser, nous câliner, ou dormir dans le même lit.

— Pourquoi vous ne pouvez pas avoir de bébé ?

Oh bon Dieu de merde… Paniqué, Lil se tourna vers Grier. Il avait oublié que Luca ne connaissait pas encore toutes les spécificités de la procréation, son père ne lui ayant jamais parlé de questions sexuelles. Évoquer dans le contexte actuel le ballet compliqué des spermatozoïdes partant à l'assaut d'un ovule ne ferait qu'ajouter à la confusion.

Grier intervint.

— Hum… Il n'y a pas assez de place dans le ventre d'un homme pour mettre un bébé.

Il espérait que cette réponse suffirait pour le moment.

— Parce que ton ventre est dur et plat, c'est ça ? Pas tout mou comme celui de maman ?

Grier eut un sourire devant la logique de son fils. Il savait pourtant que Jillian serait ulcérée d'apprendre qu'elle avait le ventre 'tout mou'.

— Quelque chose comme ça, répondit-il.

Luca parut se satisfaire de l'explication de son père, mais il avait d'autres questions.

— Moi j'embrasse Croc-Blanc et je lui fais des câlins, papa. C'est pourtant un garçon chien. Est-ce que c'est mal ?

Pour l'enfant, baisers et câlins étaient très importants. Il tenait à savoir si le problème était d'ordre général.

— Absolument pas, affirma Grier. Le père Edwards ne condamne que les couples homosexuels.

— Homo… quoi ?

— C'est quand deux personnes sont du même sexe, par exemple papou et moi sommes tous les deux des hommes. Selon l'Église, nous ne devrions être que des amis, pas un couple, pas comme un papa et une maman. Pas des partenaires.

— Mais les amis sont les meilleurs partenaires, tu ne crois pas ?

— La vérité sort de la bouche des enfants, marmonna Lil.

Grier saisit son fils et le serra contre lui, assis sur ses genoux.

— Luca, quand tu seras grand, tu trouveras toi aussi une personne qui te sera très chère. Tu auras envie de la serrer dans tes bras, de l'embrasser, de passer le plus de temps possible avec elle. Que ce soit un homme ou une femme n'a aucune importance. Ce qui compte le plus, c'est que tu sois heureux. Personne n'a le droit de te dire qui tu peux aimer. C'est mal de condamner l'amour. Malgré ce que dit le père Edwards, ce n'est pas Dieu qui a établi cette règle, ce sont les hommes qui travaillent pour lui et s'imaginent parler en son nom.

— Je n'aime pas cette règle, papa. Le père Edwards est méchant. Il n'a pas le droit de vous empêcher de vous embrasser, papou et toi. Ça ne le regarde pas.

— Il ne fait que suivre les ordres de ses supérieurs, mais la situation n'est pas simple.

— Alors, qu'est-ce qui va se passer ? demanda Luca.

Ses grands yeux noirs étaient déjà pleins de larmes. L'une d'elles roula sur sa petite joue ronde. Grier l'essuya de son pouce.

— Est-ce que papou va s'en aller ? chuchota l'enfant.

Par-dessus la tête de son fils, Grier remarqua que l'architecte luttait aussi contre ses larmes. Il le vit se mordre la lèvre pour tenter de contrôler ses émotions.

— Écoute-moi bien, Luca, papou ne partira pas. En fait, lui et moi allons nous marier l'été prochain, et c'est toi que nous chargerons des alliances.

— C'est vrai ?

— C'est promis.

— Et l'école ? Je ne veux plus y aller.

— Nous allons en parler à ta maman et *Tito* Ali pour décider quoi faire.

Lil et Grier aidèrent Luca à mettre son pyjama et à se brosser les dents. L'enfant les embrassa en leur souhaitant bonne nuit avant de monter l'échelle de son nouveau lit. Croc-Blanc avait quitté sa litière, il leva les yeux sur son nouveau maître avec un gémissement plaintif.

— Il peut dormir dans mon lit, papa ?

— Si je le mets là-haut, il risque de tomber et de se faire mal.

— Je peux le cacher sous ma couverture, proposa Luca. Comme ça, il ne tombera pas.

Grier se tourna vers Lil qui hocha la tête et mima : *laisse le faire*.

— D'accord, nous pouvons essayer.

Grier empoigna le chiot qu'il déposa sur le lit, à côté de son fils.

— Rappelle-toi bien, insista-t-il, c'est juste pour quelques nuits, le temps qu'il s'habitue à cette maison et se remette de sa séparation avec sa mère.

— Merci. Papou ?

— Oui, chaton ?

— Ne laisse pas le père Edwards te rendre triste, d'accord ? Tu es le meilleur des meilleurs.

Lil s'agrippa férocement à la main de Grier et mit un moment à retrouver l'usage de la parole. Finalement, d'une voix enrouée par l'émotion, il fit la déclaration la plus importante de toute la soirée :

— Moi aussi, je t'aime, chaton. Toi et ton papa, vous êtes toute ma vie.

— Et Croc-Blanc ?

Lil eut un sourire.

— Croc-Blanc aussi.

XXIV

GRIER NE s'attendait pas à la foule et au bourdonnement d'excitation qui l'accueillirent lorsqu'il pénétra avec Luca dans le gymnase pour s'inscrire à la saison de football 2012 auprès de la fédération Pop Warner. Le tumulte augmenta encore quand les participants de l'année précédente saluèrent de vieux amis, et quand les entraîneurs échangèrent des poignées de main avec d'anciens joueurs et leurs parents.

Dans l'immense salle, les garçons se trouvaient d'un côté, les filles qui espéraient devenir pom-pom girl de l'équipe de l'autre.

— Tu reconnais quelqu'un ? demanda Grier à son fils.

Luca examinait le gymnase d'un bout à l'autre à la recherche d'un visage familier. Il secoua la tête. Grier avait été surpris de découvrir qu'il n'existait aucune antenne Pop Warner à Elk Grove Village. La plus proche se trouvait à Hoffman Estates, une bourgade entre Schaumburg et Barrington. Bien sûr, il y avait peu de chances dans ces conditions de tomber sur un autre gosse de l'école, mais l'enfant avait gardé espoir en acceptant d'accompagner aujourd'hui son père, afin de récolter des informations et de savoir si oui ou non, il aurait une possibilité de rejoindre l'équipe alors qu'il résidait dans une autre ville.

— Nous avons effectivement des contraintes territoriales, déclara un des animateurs qui géraient un des stands.

Il sortit une carte des environs. Grier fut soulagé de voir que, Luca correspondant à la zone géographique du club, il pourrait s'y inscrire sans problème.

— J'aimerais devenir entraîneur, expliqua Grier. À qui puis-je m'adresser à ce sujet ?

Le jeune homme désigna un autre stand derrière eux.

— Là-bas. Un de ces mecs vous donnera toutes les informations qu'il vous faut.

153

Après avoir rempli le dossier de Luca, Grier passa donc à la table d'à côté. Comme il voulait ces renseignements, il patienta dans la file d'attente. En observant la foule, il réalisa qu'un des hommes qui, près de là, distribuait des tracts, avait été autrefois dans la même équipe que lui. Jack Davidson avait été un bon joueur arrière. Bien que lui et Grier n'aient jamais été proches, ils avaient eu de bons rapports. Grier espérait donc obtenir de lui quelques informations sur les rouages intérieurs d'une fédération pour jeunes. Il se sentait complètement paumé et le moindre conseil lui ferait du bien.

Par chance, Jack le reconnut.

— Grier ! Hé ! Comment vas-tu, mon vieux ?

— Très bien. Voici mon fils, Luca.

Jack s'accroupit pour se trouver à hauteur de l'enfant à qui il tendit la main.

— Comment va, bonhomme ? Tu es venu t'inscrire ?

— Oui, répondit Luca avec un hochement de tête.

— Tu joues aussi bien au football que ton père ?

Luca haussa les épaules.

— Je ne sais pas. Je n'ai jamais joué.

— Eh bien, tu es au bon endroit pour apprendre.

Se relevant, Jack regarda Grier droit dans les yeux.

— Et toi ? Tu voudrais être entraîneur ?

Grier ricana.

— Comment as-tu deviné ?

— La plupart des entraîneurs que nous avons sont d'anciens joueurs.

— D'autres membres de notre ancienne équipe ?

— Oui. Sam et Mike Parsons.

— Je me souviens d'eux. Les jumeaux qui passaient leur temps à avoir des ennuis.

— Ils sont toujours pareils : fous, mais pleins d'enthousiasme et increvables. Les enfants les adorent.

— Et toi, tu as aussi un gosse ici ?

— Si ce n'était pas le cas, je ne serais pas là.

Jack scruta la foule à la recherche de son fils. Quand il le repéra, il mit deux doigts dans sa bouche et siffla. Un petit garçon aux cheveux blonds foncés et au visage constellé de taches de rousseur s'approcha du groupe en courant. Il ressemblait beaucoup à son père.

— Quoi, papa ?

— Je voulais te présenter à un vieil ami et à son fils. Ils viennent juste de s'inscrire.

— Cool.

Jack poussa le petit garçon en avant.

— Luca, dit-il. Voici Chase.

— Salut, répondit Luca avec un sourire.

Chase avait à peu près la même taille et le même âge que lui. Grier pensa qu'il y avait de bonnes chances pour qu'ils soient dans la même équipe.

— Depuis combien de temps joues-tu, Chase ? demanda-t-il.

— C'est ma seconde année.

— Et ça te plaît ?

— Oui, c'est marrant, répondit l'enfant. Viens, je vais te présenter mes potes, dit-il en se tournant vers Luca.

Grier vit son fils accepter, puis s'éloigner avec Chase. Il était heureux que Luca se fasse des amis dès la première minute. Dans un endroit pareil, il n'y avait rien de pire que de se sentir isolé, aussi cette rencontre pouvait-elle apaiser les appréhensions naturelles de l'enfant. Faire ses premiers pas sur un terrain de football en ignorant tout de ce sport et, pire encore, en n'ayant aucun ami, était une des plus dures épreuves au monde. Maintenant, Luca aurait un camarade durant sa première semaine.

— Allez viens, je vais te présenter quelques mecs parmi nos entraîneurs, suggéra Jack.

Grier le suivit. Il ne put retenir un grand sourire en retrouvant les jumeaux diaboliques qui avaient passé la moitié de leur temps, au lycée, assis dans le bureau du proviseur. Ce n'était pas de mauvais bougres, loin de là, juste d'incurables plaisantins. Comme ils ne savaient pas s'arrêter avant de dépasser les bornes, ils avaient eu du mal à faire la différence entre une blague acceptable ou pas. De ce fait, ils s'étaient bien amusés autrefois, mais en faisant couler de nombreuses larmes. Grier espérait que la maturité avait amélioré leur jugement.

— Oh bon sang, c'est Grier le Tombeur ! s'écria Sam.

Instantanément, il se mit à hululer en imitant le célèbre humoriste, Arsenio Hall.

— La ferme ! ricana Grier. Qu'est-ce que vous devenez, les mecs ?

— Je suis immergé jusqu'au cou dans les gosses, répondit Sam avec bonne humeur. Entre les trois miens et les quatre de Mike, nous avons de quoi ouvrir une garderie.

— Vous n'avez pas à la télé chez vous ?

— C'est bien le problème, chuchota Sam. Il y a du porno sur toutes les chaînes de nos jours. Tu te souviens quand nous étions au lycée. Il nous fallait des ruses de Sioux pour nous faufiler dans les rayons adultes des magasins vidéo et apercevoir un bout de sein ou un cul. Maintenant, merde, il suffit d'allumer HBO pour que des bonnes femmes à poil se tortillent sous ton nez. Moi, ça me fait bander et je saute sur ma femme. Neuf mois plus tard, boum, elle me pond un autre petit Sammy.

Grier rigolait, plié en deux par cet humour potache. Apparemment, rien n'avait changé. Quand il cessa de rire, il remarqua :

— Ce n'est pas mon truc.

— Qu'est-ce que tu racontes ? Toutes les pom-pom girls te couraient après.

— C'était autrefois.

— Et maintenant ?

Grier haussa les épaules. Inutile de lancer trop vite la rumeur, elle sortirait du puits bien assez tôt.

— Pourrais-tu m'indiquer comment devenir entraîneur ? J'aimerais aider l'équipe de mon gosse.

— Où est-il ?

— Il traîne par là… avec le fils de Jack, répondit Grier.

De la main, il désigna un groupe d'enfants non loin des gradins.

— Le petit Chinois ?

— Tu es aussi hilarant qu'autrefois, à ce que je vois, dit Grier renfrogné. Il n'est pas Chinois, il est à moitié Philippin.

— Non, sans blague ? Alors tu as épousé cette pom-pom girl, Jillian ?

— Tu t'en souviens ?

— Mec, elle me faisait fantasmer.

— C'est la mère de Luca, alors fais attention à ce que tu dis.

— Ouais, Sam, intervint son jumeau, Mike. Ferme ton clapet.

Regardant Grier, il leva les deux mains dans un geste classique – *désolé, ce mec est irrécupérable.*

— Il faut que tu lui pardonnes, Grier. Il est comme autrefois, un adolescent en rut, sauf qu'il vit maintenant dans le corps d'un homme de vingt-six ans.

— Laisse tomber, déclara Grier. Tu peux me filer la paperasserie, s'il te plaît ? Quand faut-il que je la retourne ?

— Aussi vite que possible. Nous commençons le tri dans trois semaines.

— Déjà ?

— Ça prend un temps fou d'examiner toutes les candidatures. Ce n'est pas parce que tu as joué étant jeune que tu fais un bon entraîneur, surtout à ce niveau.

— D'accord, acquiesça Grier. Et les réunions sont à quel rythme ?

— Une fois par semaine jusqu'au mois de juin, deux fois en juillet. Dès le mois d'août, nous commençons l'entraînement officiel, nous nous retrouvons dans ce cas sur le terrain.

— Très bien. Je vais lire tout ça et je vous le renverrai illico. Par fax, ça va ?

— Bien sûr. Notre numéro se trouve dans le dossier.

— C'était sympa de vous avoir revu, les mecs, dit Grier avec un signe de tête à l'attention des deux frères.

— Salut ta femme pour moi, ajouta Sam.

— Je ne suis pas marié.

— Déjà divorcé alors que ton gosse n'a pas encore dix ans !

— Ta gueule ! jeta Mike à son frère avec un regard noir.

— Désolé.

Grier secoua la tête.

— À plus tard, les mecs.

Il se dirigea vers la sortie et appela Luca d'un signe, ce qui le fit instantanément accourir vers lui. L'enfant mit sa main dans celle de son père et leva les yeux avec un large sourire au visage.

— J'aime bien Chase, papa.

— Il semble sympa.

— Il connaît tout sur le football. Il a dit qu'il allait m'apprendre.

— Moi aussi, je t'apprendrai. Et Clark également.

— Je leur ai dit que je connaissais *Tito* Clark.

— Ça les a impressionnés,

— Ils ne m'ont pas cru, avoua Luca. Tu crois qu'il pourrait venir un jour à l'entraînement avec moi ?

— Je suis certain que nous nous arrangerons. Maintenant, il faut que nous trouvions un cadeau pour l'anniversaire de papou.

— C'est quand ?

— Demain.

— Chouette. Ça tombe pendant mon week-end avec vous.

— Ouaip. Nous allons d'abord passer à la pâtisserie Deerfield acheter un gâteau, ensuite chez Nordstrom. Je sais que Lil a besoin d'un nouveau portefeuille.

— Et de quoi d'autre ?

— Que veux-tu dire ? s'étonna Grier.

— Ça ne fait qu'un seul cadeau. Papa, il en faut d'autres. Je veux lui acheter quelque chose. Et puis, il faut que nous trouvions un paquet de la part de Sébastian, Bianca et Croc-Blanc.

— Bon sang… quatre cadeaux de plus ?

— Papa, nous sommes cinq dans la famille.

— Tu as raison, admit Grier, un peu gêné. Tu as des idées ?

— Oui. Un massage.

— Quoi ?

— Papou disait l'autre jour qu'il connaissait quelqu'un à San Francisco qui faisait de très bons massages. Il faut que nous lui trouvions quelqu'un ici aussi, comme ça il n'aura pas envie de retourner chez lui.

— Il ne partira pas pour un massage, Luca.

— Si, s'il ne peut pas se détendre ici, répondit l'enfant en toute innocence. Papou dit que rien n'est aussi bon qu'un massage.

— Je n'ai jamais été massé par un professionnel, aussi je ne peux pas te donner mon avis.

— Ça le rendra heureux.

— Dans ce cas, allons-y, décida Grier.

— J'aimerais vraiment que le père Edwards et maman ne détestent pas papou.

Grier se raidit. Il cessa une minute de s'activer sur la ceinture de sécurité de son fils.

— Qu'est-ce qui te fait penser que c'est le cas ?

Il tentait de parler aussi nonchalamment que possible, mais cette réflexion de Luca l'avait pris de court. 'Détester' ? C'était un mot qu'il n'avait jamais entendu jusque-là dans la bouche de son fils, ni chez lui.

— Le père Edwards a téléphoné à maman l'autre jour. Ils se sont parlé pendant longtemps.

— Et tu sais l'objet de cette conversation ?

— Non, dit Luca en secouant la tête. Mais maman a dit qu'elle aimerait que papou s'en aille. Je l'ai entendue.

— Il faut que ta mère se calme.

— Elle a parlé de traiter le feu par le feu. Elle a parlé aussi de gros cailloux. Qu'est-ce que ça veut dire ?

Grier grogna.

— Aucune idée, bonhomme.

Le feu ? Des rochers ? Qu'est-ce que ces deux-là complotaient encore ?

— Je vais devoir discuter avec ta mère et ton oncle Ali, reprit Grier. Ils vont être très en colère en découvrant que je t'ai inscrit dans un club de football.

— Tu vas le lui dire demain ?

— Oui, quand je te ramènerai dans la soirée.

— Oh lala.

— Tout va bien se passer, répondit Grier, avec plus d'espoir que de réalisme.

XXV

DEBOUT DEPUIS dix minutes devant la multitude de gâteaux que présentait la vitrine du pâtissier, Grier et Luca finirent par se décider pour un Million Dollar Cake, trois étages de génoise au chocolat fourrée de crème Chantilly.

— Miam-miam, déclara Luca avec un soupir de satisfaction tout en léchant sa cuillère.

La vendeuse leur avait proposé d'y goûter ; le père et le fils avaient été convaincus dès la première bouchée.

— Pourriez-vous écrire dessus 'bon anniversaire' ? demanda Luca.

— Vous ne préférerez pas que nous y ajoutions un nom ?

— Alors *'bon anniversaire papou'* ! s'exclama instantanément l'enfant. C'est pour mon autre papa.

— Aucun problème.

La jeune femme emballa le gâteau dans une boîte rose, qu'elle tendit à Grier en échange de sa carte de crédit. Le père et le fils sortirent ensuite de la boutique.

— Et maintenant, passons chez Nordstrom.

Grier fronça les sourcils et ajouta :

— Je déteste faire les magasins.

— Moi, j'adore, déclara Luca. Laisse-moi faire, papa. C'est moi qui choisirai le portefeuille et les autres cadeaux. Mais d'abord, il faut un endroit avec un massage.

— Tu as des idées fixes, tu sais ça.

— Je sais que ça lui fera plaisir.

— Il y a un institut Mario Tricoci sur le chemin de la galerie commerciale. Nous pourrions nous arrêter et leur demander des renseignements.

— D'accord.

160

Une fois à l'institut, Grier faillit vomir quand il découvrit le prix réclamé pour un soin Spa.

— Et qu'est-ce que j'ai au juste pour cent cinquante dollars ?

— Un massage à la suédoise de cinquante minutes, plus manucure et pédicure.

— Papa, achète-le.

— Tu es sûr ?

Luca le regarda avec des yeux brillants.

— Certain.

Grier tendit sa carte en secouant la tête. En son for intérieur, il était ravi que Luca soit aussi décidé. Le petit garçon ne doutait de rien.

En remontant dans la voiture, Luca avait à nouveau le front plissé de concentration. À peine son père garé, l'enfant fonça dans la galerie. Peu après, il pénétrait d'un pas déterminé dans le magasin et fonçait droit vers le rayon des portefeuilles.

Une jeune vendeuse lui adressa un sourire rayonnant qui exhibait toutes ses dents.

— Je voudrais voir vos plus beaux portefeuilles, déclara l'enfant.

— J'aime un homme qui sait ce qu'il veut, dit-elle.

Grier leva les yeux au ciel.

— Oui, c'est le cas de mon fils, mais ne nous emballons pas.

— Papou dit toujours qu'il faut viser la qualité.

— Et à ton avis, qu'est-ce que ça veut dire ? s'enquit Grier sidéré.

— Mieux vaut acheter petit et beau que grand et bas de gamme.

— Oui, je vois que tu as bien compris ton papou, admit Grier en riant. Il t'a perverti.

— Je dirais plutôt le contraire, intervint la vendeuse en plaisantant. Manifestement, vous avez là un futur expert en marketing. Maintenant, mon chou, aurais-tu une marque préférée ?

— Non, je voudrais tous les voir.

— Attendez, Mademoiselle, je vais lui parler.

Grier se tourna vers son fils qui examinait déjà les rayons et supplia :

— Luca, s'il te plaît, choisis seulement une ou deux marques… et j'aimerais que ça ne me coûte pas plus de cent dollars.

— D'accord, je vais essayer.

La vendeuse, tout sourires, déposait déjà devant Luca divers portefeuilles afin qu'il fasse son choix.

L'enfant en saisit un, petit et brun, qu'il porta à son nez.

— Celui-là. Il sent bon. C'est du vrai cuir.

161

Grier écarquilla les yeux en le regardant.

— C'est papou qui t'a appris ça ?

— Et aussi maman.

— Je suis fichu, gémit Grier. Combien ?

— C'est un Burberry.

— Et alors ? s'inquiéta Grier.

— Deux cent soixante-quinze dollars.

Grier arracha le portefeuille des mains de son fils et le rendit à la vendeuse.

— Luca, choisis-en un autre. Je me contrefiche qu'il sente bon ou pas.

— Mais, papa…

— Non.

Avec un soupir, Luca prit un autre modèle qu'il tourna et retourna entre ses mains. Il le sentit, ouvrit chacune des poches intérieures avant de hocher la tête pour marquer son approbation.

— Celui-là.

— Ce Boconi est un excellent choix, jeune homme. Il est en cuir véritable, fait à la main, et en solde, déclara la vendeuse qui venait de vérifier l'étiquette. Il coûte deux cents dollars de moins que le Burberry. Pour cinquante dollars de plus, vous pouvez avoir un étui de Smartphone assorti.

— Papa, ça nous ferait deux cadeaux !

— À ton avis, l'argent, je le fabrique ? grogna son père.

— Tu as ta carte de crédit.

— Et qui paye les factures à la fin du mois ?

— Alors, fais un chèque.

Grier passa ses deux mains dans ses cheveux, frustré.

— Luca, avant de faire un chèque, il faut avoir de l'argent à la banque.

— Oh… On s'arrangera plus tard. S'il te plaît ? Papou mérite un beau cadeau.

Entendre la vérité dans la bouche de son fils poussa Grier à réfléchir à tout ce que Lil dépensait pour eux deux, sans jamais hésiter. Il se sentit grippe-sou. Grinçant des dents, il accepta de prendre les deux articles.

— Vous pourriez me les emballer ? demanda-t-il.

— Bien entendu.

— Choisissez du joli papier, insista Luca, avec plein de rubans.

Elle hocha la tête et sourit.

— Oui monsieur.

Tandis que le père et le fils quittaient le magasin, Luca déclara :

— Il nous faut encore deux autres cadeaux.

— Luca, nous allons acheter quelques bonbons. Je n'ai plus un sou.

— Je peux en avoir aussi ?

— Bien sûr.

Dans la voiture, Grier et Luca décidèrent de fêter l'anniversaire de Lil le soir même sans attendre le lendemain. Grier savait bien qu'il leur faudrait remonter le moral de l'architecte. L'approche de cette date ne l'inspirait pas du tout. En fait, Lil avait vu le 4 mars approcher comme s'il s'agissait du jour de son exécution. Bien qu'il soit encore jeune, l'architecte avait du mal à accepter que le temps passe. Bien sûr, trente-huit le rapprochaient dangereusement du cap inévitable de la quarantaine. Durant les trois mois à venir, jusqu'à l'anniversaire de Grier, en juin, il y aurait treize ans de différence entre les deux partenaires. Cette idée rendait Lil malade.

La nuit précédente, Grier s'était moqué de lui.

— Tu es idiot. Il est normal de vieillir. Ce ne sont que des chiffres. Tu es toujours l'homme le plus séduisant que je connaisse. Je ne pense jamais à notre différence d'âge.

— Eh bien, moi si, avait grommelé Lil. Je pense prendre un rendez-vous avec un obstétricien et me faire injecter du botox.

Grier s'était violemment opposé à cette idée.

— Bordel, pas question ! Je t'aime exactement comme tu es. En plus, tu as déjà vu des photos de gens massacrés par une chirurgie ratée ? Je préfère de beaucoup quelques rides à un masque figé sur une expression d'horreur. La plupart de ces gens paraissent inhumains. Si je voulais être marié à un mannequin, j'achèterais une poupée gonflable.

— D'accord, d'accord…

Lil avait fini par accepter ses objections, mais Grier se doutait bien que la discussion reviendrait, encore et encore. Son amant était un peu obsédé par la jeunesse, sinon le jeunisme. Il tenait tant à son image !

Grier et Luca pénétrèrent dans la maison comme des voleurs, traversant la cuisine à pas de loup en espérant que Lil ne remarquerait pas leur arrivée. Par chance, l'architecte était encore enfermé dans son bureau, derrière ses portes closes, exactement comme lorsqu'il l'avait quitté pour se rendre à Hoffman Estates. Les animaux, par contre, vinrent accueillir le père et le fils. Le petit Croc-Blanc se mit à japper et à tournoyer autour de Luca, si heureux de le voir qu'il s'oublia et urina quelques gouttes sur le sol de la cuisine.

— Emmène-le dehors, ordonna Grier. Je vais nettoyer tout ça. Ensuite, nous allumerons les bougies du gâteau avant d'aller chercher papou.

Luca disparut très vite dans le jardin dont il revint quelques secondes après.

163

— Il a fait ses besoins ? demanda Grier.

— Oui, tout de suite.

— Tu as pensé à ramasser ses crottes ?

— Non, j'ai oublié.

— Alors, vas-y. Tu sais que ça fait partie de ton travail.

Luca sortit du tiroir un sac en plastique et retourna vivement sur ses pas. Grier avait acheté ces sachets recommandés comme étant la meilleure façon de récupérer les déjections canines et de s'en débarrasser sans polluer l'environnement. Par contre, c'était difficile de faire suivre à l'enfant ce rituel.

Luca revint dans la maison et se lava soigneusement les mains comme son père l'exigeait, puis il aida Grier à allumer les bougies. Plutôt qu'en mettre trente-huit, ils avaient opté pour deux, une en forme de trois, l'autre de huit. Ça prenait moins de place et ce serait plus facile à souffler.

Grier souleva le gâteau et se dirigea vers le bureau, Luca sur ses talons. C'est l'enfant qui frappa à la porte.

— Entrez, cria Lil de l'intérieur.

— *Heu-reux an-ni-ver-sai-re* !

Le père et le fils chantaient en chœur, et juste. Tous les deux avaient une belle voix qui résonnait haut et clair dans la petite pièce. Lil, penché sur ses papiers, releva la tête, très surpris. Son sourire rayonnant était une belle récompense de tous ces efforts, en particulier ce que Grier avait souffert dans les magasins.

— *Heu-reux an-niver-sai-ai-ai-re.*

Ils posèrent le gâteau devant Lil et le regardèrent souffler ses bougies. Les yeux bleus de l'architecte étaient noyés de larmes, mais son sourire restait bien en place.

— Merci, merci à vous deux, bredouilla-t-il d'une voix étranglée.

Luca lui jeta les bras autour du cou et l'embrassa sur la joue, puis il s'écarta pour laisser la place à son père. Grier se pencha et posa un baiser sur les lèvres de son amant tout en murmurant :

— Je t'aime, bébé.

— Vous êtes adorables, tous les deux, soupira Lil.

Il s'essuya les yeux du dos de la main.

— Allez, papou, viens. Nous avons des cadeaux.

— Des cadeaux ? Waouh ! J'en ai de la chance.

Grier et Luca empoignèrent Lil chacun par une main et le tirèrent jusqu'au bout du couloir, dans la cuisine, où ils le firent s'asseoir pour ouvrir son premier paquet. Lil sourit en voyant l'enveloppe, puis il tapa des mains, enchanté, en réalisant qu'il s'agissait d'une carte cadeau pour un soin Spa.

— Oh Luca, tu t'en es souvenu !

L'enfant hocha la tête avec un grand sourire heureux.

— Ouvre les autres.

L'architecte admira dûment le portefeuille et l'étui de Smartphone. Il se pencha pour inhaler le cuir délicat qu'il apprécia à sa juste valeur. Grier ne put s'empêcher de lui narrer leurs mésaventures au magasin, Lil éclata de rire et adressa à Luca un clin d'œil complice.

— Luca est incroyablement décidé quand il s'agit de ses achats, plaisanta Grier. Tu l'as bien endoctriné.

Le sourire de l'architecte grandit encore.

— Dites-moi, après tous les achats, vous devez être affamés.

— Je suis mort de faim, admit Grier. Tu es d'accord pour sortir dîner ?

— Pourquoi pas dans une pizzeria ? proposa Lil.

XXVI

CE N'ÉTAIT pas le genre de dîner que Grier aurait aimé pour l'anniversaire de Lil. Après tout, son amant était fin connaisseur, il appréciait la grande cuisine et le raffinement, il aurait été préférable de bien s'habiller pour se rendre au centre-ville dans un 5 étoiles. Mais Lil avait trouvé plus simple de rester dans le quartier, puisque c'était un des week-ends de Luca avec eux. Et puis, la pizzeria Malnati avait une excellente réputation à Chicago.

Lil dégusta avec un plaisir manifeste la moindre bouchée de sa pizza, riche en graisses, bien garnie de poivrons, champignons, épinards et viande hautement calorique. L'architecte finit par poser ses couverts en étouffant un rot de plénitude.

— C'est la meilleure pizza de la ville ! déclara-t-il. Et de loin.

— En tout cas, c'est ce qu'ils prétendent, répondit Grier. Tu ne veux plus rien, bébé ?

— Je ne peux plus rien avaler. Par contre, j'aimerais du thé pour diluer tout ce gras.

— Pas de dessert ?

— Papa, intervint Luca, n'oublie pas que nous avons à la maison un gâteau Million Dollar.

— Tu as raison. Dans ce cas, nous nous contenterons d'une tasse de thé avant de partir.

Grier transmit la commande. En attendant d'être servi, Lil demanda comment s'était passé l'inscription au club de football

— J'ai rempli un dossier, répondit Grier. Mais rien ne sera définitif avant que j'obtienne l'approbation de Jillian et Ali.

— Tu crois qu'ils vont accepter ?

Luca secoua la tête avec force.

— Non. Maman ne veut pas que je joue au football.

— Ton père pourra peut-être la convaincre.

166

— J'espère, dit Luca. Je me suis déjà fait un ami.

— C'est vrai ? C'est un des garçons de sa classe ? demanda Lil à Grier.

— Non, c'est le fils d'un membre de mon ancienne équipe. D'ailleurs, j'ai retrouvé plusieurs copains de fac. Ils m'ont reconnu.

— Ils t'ont recommandé ce genre de formation ?

— Oh oui. Ils étaient tous très enthousiastes. J'ai toute la documentation nécessaire pour postuler en tant qu'entraîneur, mais je ne l'ai pas encore remplie. J'ai pensé qu'il valait mieux attendre le genre de bataille que j'aurais à mener contre Jillian et Ali.

— Ça, tu vas en entendre des vertes et des pas mures. C'est sûr.

— Je sais.

— Dans ce cas, pourquoi ne pas avoir d'ores et déjà inscrit Luca ?

— Rien ne peut être officiel avant d'avoir une autorisation signée par chacun de ses parents et un bilan médical.

— Je vois.

— Quoi ? s'étonna Grier.

— Tu aurais peut-être dû attendre leur accord.

— Si j'avais attendu l'accord de Jillian pour chacun des changements que j'ai décidés au cours des six derniers mois, tu serais encore à San Francisco et moi à sa botte, sacrément misérable.

Grier poussa en avant la tasse de Lil afin que la serveuse puisse plus facilement la remplir.

— Ne gâchons pas cette soirée, reprit-il. Bois ton thé, bébé, Luca a envie de goûter le gâteau.

Il se pencha et chuchota à l'oreille de l'architecte :

— Et moi, je veux t'offrir un dessert très spécial.

Lil leva un sourcil, ses yeux bleu pâle brillant d'une lueur intéressée.

— Quel genre de dessert ?

— Celui que tu m'as réclamé il y a quelques mois.

— Papa, je peux aller aux toilettes ?

L'intervention de Luca plomba l'ambiance entre les deux hommes. Grier se rassit dans son siège en clignant des yeux. Il était tellement pris dans sa conversation avec l'architecte qu'il avait failli en oublier la présence de son fils.

— Vas-y, dit-il, en désignant l'endroit du doigt. C'est au bout du couloir.

Une fois seuls, Lil déclara :

— Je pense que nous devrions attendre de l'avoir ramené chez lui demain.

— Tu es sûr ?

— Je n'ai pas envie d'être interrompu et il me faut du temps pour… me préparer.

— Te préparer, comment ça ?

Lil murmura sa réponse à l'oreille du jeune homme.

— Oui, je comprends mieux, répondit Grier. C'est logique.

— Tout ce que je fais est logique.

— Pas tout, plaisanta Grier. Quand il s'agit du froid et du climat, tu deviens irrationnel.

— C'est différent.

La soirée se termina dans leur cuisine, avec une autre version de 'heureux anniversaire' et d'épaisses tranches du délicieux gâteau. Quand les deux hommes accompagnèrent Luca au lit, l'enfant était dans un état quasi catatonique après son abus de sucre et de calories. Il venait de vivre une journée animée, riche en événements.

Un peu plus tard, Lil, appuyé contre ses oreillers, poussa un long soupir satisfait en contemplant son amant. Grier se tenait debout entre leur chambre et la salle de bain attenante, il se frottait d'une serviette pour essuyer l'eau qui dégoulinait le long des durs contours de son torse et se perdait dans le buisson de son bas-ventre. Les tatouages et piercings ne faisaient qu'accentuer la perfection de ce corps brun.

Lil, malgré ses affirmations précédentes comme quoi il tenait à attendre le départ de Luca le lendemain, sentit le désir s'enflammer au tréfonds de son être. Il était touché par la proposition de Grier de réaliser l'un de ses fantasmes, le fisting, mais il n'avait pas été pénétré ainsi depuis longtemps. C'était un acte qui exigeait de la patience, du talent, et une longue préparation. Il lui faudrait guider son amant pas à pas, tout le long du processus. Pour le moment, la seule chose dont il avait envie, c'était de faire l'amour. Le reste pourrait attendre le bon moment et le bon endroit.

L'architecte repoussa la couette.

— Viens ici, dit-il.

Le regard de Grier se concentra immédiatement sur son sexe érigé.

— Je croyais que tu voulais attendre.

— Pour le fisting, oui, répondit Lil d'une voix rauque. Je peux avoir un bon d'achat ?

— Tu me prends pour qui, pour un supermarché Walmart ?

Lil ricana.

— Si c'est le cas, tu es le plus merveilleux que j'ai jamais connu.

— D'accord, ne prétends pas que je ne t'ai rien proposé, plaisanta Grier.

Il s'agenouilla sur le lit et se rapprocha.

— Non, c'est noté, je m'en souviendrai, affirma Lil.

Bien plus tard, quand les deux amants se retrouvèrent collés l'un à l'autre, repus et somnolents, Grier marmonna :

— Tu sais, j'aime bien l'idée de te posséder de mon poing.

— Je sais, mais il y faut davantage que de l'amour et du talent, expliqua Lil. C'est quasiment un rituel.

— Pourquoi ?

— Parce qu'il faut beaucoup de temps pour préparer un corps à accepter un poing tout entier. Ça ne peut arriver par hasard, amour, il faut détendre l'anus, le dilater, l'ouvrir. Il te faudra des gants, un lubrifiant spécial et pas mal d'accessoires. Si tu vas trop vite, ça peut être dangereux.

— Quand veux-tu que nous le fassions ?

— Regarde-toi ! Dire que tu as été si choqué quand j'en ai parlé la première fois.

— Maintenant, j'aimerais bien savoir pourquoi tu en fais un tel plat.

— Tout le monde ne peut pas s'y soumettre, je n'en ai pas besoin de façon régulière, mais c'est très satisfaisant – même si c'est aussi rare que la lune bleue.

— Je ne l'ai jamais fait.

— Le fisting, c'est 80 % de confiance et 20 % de technique.

— Et tu es prêt à te soumettre à mes mains inexpérimentées ?

— Je te sais capable de suivre des instructions, répondit Lil, en se blottissant contre lui.

— Tu l'as fait dans les deux sens ? Côté actif et passif ?

— Oui.

— Lequel préfères-tu ?

— Le ressenti est complètement différent.

— Explique-moi un peu ça.

— J'adore me faire mettre.

Grier mordilla gentiment le menton de Lil avant de dire :

— Ce n'est pas un scoop. Dis-moi quelque chose que je ne sais pas déjà.

Lil eut un grand sourire.

— J'ai toujours aimé les préliminaires. Pour moi, il n'y a rien de comparable que le contact de la langue d'un homme me pénétrant… ou bien un énorme vibromasseur m'étirant au maximum. Le fisting, c'est l'étape ultime.

— Tu n'arrêtes pas de le prétendre, explique-moi plutôt ce que tu ressens.

169

— Tu sais que je peux te faire le hurler en martelant ton point G ?

— Oui.

— Eh bien, imagine que tu aies la même sensation, mais sans tâtonnements. Parce que ce n'est pas seulement le bout de tes doigts qui heurtent l'interrupteur, c'est toute une main, au sens littéral. Dans ce cas, ta prostate est cent fois plus enflammée.

— C'est le genre de plaisir qui atteint presque la douleur.

— C'est épuisant.

— Ça ne m'inspire pas tant que ça, avoua Grier.

— Dans ce cas, je m'explique mal, soupira Lil. J'ai toujours trouvé le fisting incroyablement érotique, mais plus que le plaisir physique, il y a cette connexion mentale avec ton partenaire. Tu peux presque comparer ça à un couple d'alpinistes reliés par une corde sur une paroi de montagne. Quand ils arrivent finalement au sommet, ils sont liés de façon presque viscérale.

— J'ai cherché des infos sur Internet, admit Grier. Pour te dire la vérité, j'ai trouvé ça tordu. Et si je te déchire ? Si tu le fais trop souvent, tu risques de te retrouver incontinent, incapable de contrôler tes boyaux. Tu te vois porter une couche jusqu'à la fin de tes jours ?

Lil éclata de rire et secoua la tête.

— D'accord, je présume qu'en cas de pratique quotidienne, les sphincters finiraient par se relâcher, mais une ou deux fois par an, franchement, ça ne risque rien. Je connais des mecs qui le font souvent et ne stockent pas pour autant des Pampers.

— Moi, je ne le supporterais pas.

— Tout le monde n'apprécie pas, et je ne m'attends certainement pas à ce que ce soit ton cas.

— À mon avis, c'est un peu comme le saut à l'élastique, déclara Grier, l'air pensif. La première fois, c'est terrifiant, mais c'est tellement marrant que ça vaut le coup d'avoir aussi peur.

— Oui, c'est une bonne description du fisting.

— Tu veux vraiment que je te pénètre de mon poing et que je l'enfonce bien profond comme s'il s'agissait de ma queue ?

— C'est peut-être ce que font les vrais durs, mais moi, je ne m'y suis jamais risqué. Tu devras commencer avec tes doigts, jusqu'à ce que tu puisses les mettre tous. L'important bien sûr, c'est d'utiliser du lubrifiant. Si tu en as assez mis, ta main devrait entrer sans problème.

— Quel lubrifiant utilises-tu ?

— Bon sang, du Crisco, tout simplement.

— C'est vrai ?

— Rien d'original, mais ça fonctionne.

— Et des gants ?

— Absolument.

— Quand penses-tu être prêt ?

Lil déposa un doux baiser sur le cou de Grier.

— Nous le ferons pendant notre lune de miel. Nous aurons tout le temps et l'intimité nécessaires.

— Tu as parlé de préparatifs, lesquels ?

— Eh bien, une semaine avant de partir, je commencerai à porter régulièrement un plug anal, en augmentant la taille petit à petit. Ensuite, le marathon sexuel que nous vivrons durant notre lune de miel me mettra dans l'état d'esprit approprié.

— Imagine la tête que tirera le douanier qui ouvrira ta valise et tombera sur une collection de vibromasseurs et de plugs.

— Ces gens-là ont dû en voir bien d'autres.

— Et question hygiène ? s'inquiéta Grier.

— Un petit jeûne et un lavement régleront le problème.

— Ah bon ?

En voyant la réaction du jeune homme, Lil s'empressa de dire :

— Tu n'es pas obligé de le faire, amour. Ce fantasme est à moi, ce n'est pas le tien.

— Je veux le faire pour toi.

— Je sais, mais nous pouvons y venir graduellement. Je ne tiens pas à te mettre mal à l'aise.

— Je ne suis pas mal à l'aise, je suis nerveux, bébé. Je ne veux pas te faire mal.

— Tu as encore un trimestre pour me poser d'autres questions. Ça devrait être suffisant pour que tu t'habitues à ce concept.

— J'espère, déclara Grier. Prépare ton cul pendant que je m'occupe de me mettre mentalement dans le bon état d'esprit. Je te le promets, tu connaîtras le fisting. Et je vais te faire hurler.

— Je n'en doute pas.

Lil se blottit dans les profondeurs douillettes de son lit. Il serra Grier contre lui et chuchota :

— Merci pour les cadeaux, merci pour le gâteau, merci pour cette merveilleuse perspective.

— Je suis heureux de te voir satisfait. Je t'aime infiniment.

— Moi aussi.

171

XXVII

LE DIMANCHE fut un jour superbe. Le trio sortit prendre un brunch au restaurant Rose Garden, puis regarda un dessin animé – *Le Chat Potté* – en se goinfrant de pop-corn et des restes du gâteau d'anniversaire. Ils s'amusèrent beaucoup jusqu'au moment de ramener Luca chez sa mère.

C'est alors que les ennuis commencèrent.

Dès que Grier mentionna le football, Jillian et Ali se déchaînèrent sur lui.

— Tu n'avais pas le droit de l'inscrire sans notre permission ! hurla Jillian.

— Je vous en prie, n'élevez pas à la voix, demanda Lil calmement. Il est inutile que tout le voisinage entende notre conversation. De plus, nous ne souhaitons pas que Luca assiste à une dispute entre nous.

Jillian lui jeta un regard furibond, avant de se tourner vers Grier. Le jeune homme avait noté aussi bien le bref échange que les yeux meurtriers. Il tenta de l'apaiser :

— Rien n'est définitif, Jillian. Nous pouvons tout annuler, mais pourquoi le faire ? Tu sais très bien que j'ai déjà pris des renseignements concernant Pop Warner. Tout comme toi, je ne le souhaite pas voir Luca courir le moindre risque.

— Tu savais parfaitement que nous voulions l'inscrire au soccer, intervint Ali.

Grier rembarra son frère d'un ton sec.

— Toi, tu ne connais rien au sport, et moi, je n'ai jamais joué au soccer. Comment pourrais-je entraîner mon fils dans un jeu dont je ne connais pas les règles ?

— Vous pourriez apprendre ensemble, déclara Jillian. Tout le monde joue au soccer.

— Arrête de déconner, cracha Grier. C'est faux, et tu le sais. Il n'y a jamais de nuit du soccer à la télé, mais le lundi, c'est la nuit du football.

— Si tu cherches bien, tu trouveras certainement sur les chaînes du monde entier un match de soccer, s'entêta-t-elle. C'est juste que tu es déterminé à n'en faire qu'à ta tête.

— Certainement pas au détriment de mon fils, répliqua Grier. J'aimerais participer à sa vie autant que possible et, puisque je connais le football, ainsi que des entraîneurs et des joueurs, j'ai pensé que ce serait une opportunité parfaite. Sans compter que Luca adore ce jeu. Il veut y jouer. Il ne s'intéresse pas au soccer.

— Fais-tu ça pour te venger parce que je n'ai pas mis le nom de Lil sur la liste à l'école ?

— Non, c'est un autre problème, mais puisque tu en parles, allons-y. Il faut que Luca change d'école.

— Quoi ? s'exclama Jillian. Pourquoi ?

— Parce que votre oubli nous a créé des problèmes, déclara Lil. Après avoir découvert que Grier et moi vivions ensemble, le prêtre ne nous a pas caché sa désapprobation.

— Je n'ai jamais vu l'utilité de donner à l'école de Luca le nom de tous les hommes qui vont et viennent dans la vie de Grier.

— De qui parles-tu, Jillian ? s'exclama Grier. Tu sais parfaitement qu'il n'y a jamais eu personne avant Lil.

Jillian haussa les épaules.

— Je n'ai pas vu la différence.

— Vous pensez réellement que vous allez me convaincre de m'en aller ? s'enquit Lil, éberlué. J'ai traversé tout le pays pour rejoindre Grier.

Ali se rua au secours de sa femme.

— Mais vous ne saviez pas à quoi vous attendre ! Après tout, nous n'avions jamais entendu parler de vous avant l'été dernier.

— Très bien, alors il me paraît utile de vous préciser ma position exacte. Je suis le partenaire de Grier. Dans trois mois, nous allons légaliser notre relation.

— Ah oui, et comment ? ricana Jillian.

— Manifestement, vous ne savez rien de ce qui se passe dans la communauté gay ! s'emporta Grier. La loi sur le mariage pour tous est passée en Illinois, nous aurons exactement les mêmes droits qu'un couple hétérosexuel.

— Non, ce n'est pas du tout pareil, rétorqua Jillian.

— Légalement, c'est quasiment la même chose, et ça nous suffira, jeta Grier.

Lil s'adressa au couple d'un ton calme.

— Je ne m'en irai pas, alors autant vous habituer à cette idée. Nous pourrions avoir une bonne relation, ce qui serait mieux pour Luca, ou bien nous disputer sans arrêt jusqu'à ce que ça finisse encore devant un juge. C'est à vous de choisir. Personnellement, je recommande les accords amiables. Je vous assure qu'il n'est jamais bon de faire intervenir les tribunaux dans sa vie privée.

— Vous vous prenez pour qui ? hurla Jillian. Comment osez-vous nous menacer du tribunal ?

— Ce n'est pas une menace, c'est un simple constat. D'après la loi, Grier a les mêmes droits que vous concernant Luca. Si l'État de l'Illinois a été suffisamment intelligent pour reconnaître le mariage pour tous, il acceptera notre relation et verra notre union comme un avantage et non un inconvénient. Pourquoi garder Luca dans un environnement aussi hostile aux homosexuels ? Ça n'a aucun sens. Cela prouve juste votre incompréhension du bien-être de votre fils. Le père Edwards, pour apaiser ses scrupules, compte exiger que Grier et moi mentons sur ce que nous vivons ensemble. C'est Luca qui en souffrirait au final. Et je suis certain qu'un tribunal serait d'accord avec nous. Par principe, je refuse que cet enfant soit obligé de mentir, surtout en ce qui concerne l'homosexualité de son père et la mienne.

Jillian le regardait fixement, la bouche ouverte. Elle avait tout d'une carpe. Elle paraissait avoir perdu l'usage de la parole.

— Et le point de vue religieux ? demanda-t-elle enfin.

— Oui, et alors ?

Lil se renfonça dans son siège et croisa les jambes. Ses yeux étaient d'un bleu glacial, mais Grier savait que son amant, aussi en colère qu'il soit, se contrôlait parfaitement.

— Je veux que Luca soit élevé dans la religion catholique, insista Jillian.

— A-t-il déjà fait sa première communion ?

— Oui.

— Dans ce cas, il n'a pas besoin de continuer sa scolarité dans une école paroissiale. Il a déjà de bonnes bases, le catholicisme est bien implanté en lui. Il apprendra tout le reste en grandissant. Dites-moi, vous l'emmenez à l'église tous les dimanches ?

— Oui, quand il est avec moi.

— Si Grier et moi promettons de l'emmener aussi lorsque nous l'avons, accepteriez-vous plus facilement un changement d'école ?

— Qu'est-ce que vous connaissez du catholicisme ?

— À peu près autant que vous du soccer, mais comme vous l'avez succinctement déclaré tout à l'heure, j'apprendrai.

Jillian se tourna vers son mari.

— Ali ? Qu'est-ce que tu en penses ?

— Nous nous apprêtons à faire beaucoup de concessions qui vont bouleverser la vie de Luca, et tout ça pour une nouvelle relation de Grier. Nous ne savons même pas si ça va durer entre ces deux-là !

— Non, tu ne sais rien du tout, c'est bien le problème ! s'écria Grier. Toi et Jillian avez bien juré devant Dieu de rester ensemble, pas vrai ? Ça ne prouve absolument pas que ce sera le cas.

— Ne compare pas à notre mariage à une union civile.

— Pourquoi ? Parce que vous ne la trouvez pas assez sacrée ? s'enquit Lil. Nous prononcerons notre engagement avec le même sérieux, espoir et amour que n'importe quel autre couple.

— De plus, jeta Grier, nous y mettrons davantage de cœur, parce que nous voulons que ça marche, non seulement pour nous, mais aussi pour Luca. Tu ne peux pas continuer à penser le pire, Ali. J'aime Lil. Je compte passer le reste de ma vie avec lui. Et Luca l'adore aussi, au cas où vous seriez tous les deux trop aveugles pour le remarquer.

— Je me demande comment nous pourrions en douter, grommela Ali. Il passe son temps à me comparer à son 'papou'.

— Ainsi, voilà le vrai motif de toutes ces discussions ? accusa Grier. Tu es jaloux.

— Va te faire foutre.

— Ali, tu n'as jamais été proche de Luca. Que tu aies épousé Jillian n'y change rien. L'amour n'a rien d'automatique. L'amour, ça se mérite, comme tout le reste. Je te croyais suffisamment intelligent pour le comprendre.

— Je ne suis pas jaloux de ton riche copain, nia Ali, mais je refuse de voir Luca devenir pédé.

Lil se releva d'un bond.

— Cette fois, ça suffit. Grier, nous partons.

— Non, nous n'avons pas terminé, s'offusqua Jillian.

Lil se pencha sur le couple d'une façon menaçante.

— Si. Je ne veux plus rien entendre. J'en ai assez et plus qu'assez.

— Mais rien n'a été décidé !

— Si, au moins une chose, décida Lil. J'avais pensé que nous avions dépassé le stade des mesquineries. En fait, j'avais même demandé à mon agent de change, à San Francisco, des renseignements pour transférer une bonne partie de mes avoirs dans le cabinet, mais vous ne voulez pas voir mon argent pédé vous souiller les mains.

Ali devint vert, comme s'il venait d'avaler un plein tonneau de jus de citron.

— Attendez… ne nous emballons pas… bredouilla-t-il. Je suis certain que nous allons trouver un arrangement.

— J'en doute.

Lil se tourna vers Grier, la main tendue.

— Tu es prêt, amour ?

— Oui.

— Mais qu'allons-nous faire concernant le football et l'école ? cria Jillian, très alarmée.

— Mon avocat prendra contact avec vous, répondit Grier.

Sa peau café au lait devenue livide, Jillian secoua la tête.

— S'il te plaît, ne fais pas ça…

— Tu as intérêt à trouver une sacrément bonne raison pour me convaincre de changer d'avis.

Une fois dans la voiture, Grier se tourna vers Lil pour lui demander :

— Tu parlais sérieusement concernant ce transfert d'argent ?

— J'y ai pensé sur le moment, comme à une arme secrète. Manifestement, ton frère a mordu à l'hameçon.

— Tu es encore plus manipulateur que je ne l'aurai cru.

Grier tempéra sa critique d'un sourire.

— Je me demande pourquoi j'ai tant de chance !

— Le monde est rempli de connards cupides, amour. Pour les enculer, il faut simplement leur tendre un vibromasseur à la bonne taille.

Grier éclata de rire, ce qui le libéra de son anxiété. Il avait l'étrange pressentiment que Jillian reprendrait très bientôt contact avec lui.

XXVIII

QUELQUES JOURS plus tard, le téléphone sonna. Un Ali très contrit informa Grier que lui et Jillian avaient changé d'avis concernant le football. La jeune femme était d'accord pour signer les différents documents autorisant Luca à jouer. Par contre, concernant l'école, elle ne s'était pas encore décidée…

Lil ne s'était pas trompé sur l'avidité de Jillian et Ali. En son for intérieur, Grier ne put s'empêcher de plastronner. Il admirait beaucoup le don qu'avait son amant pour frapper sous la ceinture sans même avoir besoin de lever le petit doigt. Adversaire astucieux et implacable, Lil enseignait à Grier quelques leçons vitales dans l'art de la persuasion amiable.

Lil et Grier décidèrent de fêter leur petite victoire par un dîner romantique.

— Tu penses qu'ils finiront par céder pour l'école aussi ? demanda Grier.

— Je ne vois pas comment ils pourraient faire autrement, répondit Lil. Ali doit commencer à réaliser que son intérêt n'est pas de voir en moi un ennemi. Ils vont retarder leur décision de quelques semaines, histoire de nous faire lanterner, mais je suis quasiment certain que tu finiras par obtenir ce que tu veux. Tu as déjà d'autres écoles en vue ?

— Luca peut aller finir sa primaire à Byrd ; il passera ensuite au collège Grove Junior. Nous y sommes tous les quatre allés.

— Quels quatre ?

— Les jumeaux Garcia, Ali et moi.

— Ah oui, c'est vrai. Je ne cesse d'oublier Jake. Au fait, où est-il ?

— Paumé quelque part dans ces putains de montagnes en Afghanistan.

— Je n'arrive pas à croire qu'il se soit engagé dans l'armée. Qu'est-ce qui lui a pris ? demanda Lil en secouant la tête.

— Qui sait ? Peut-être avait-il besoin de se retrouver seul et d'échapper à l'influence écrasante de sa sœur. J'ai du mal à comprendre cette façon de penser.

— Moi aussi, mais nous n'avons jamais vécu à sa place. En ce qui concerne l'influence de Jillian, aurais-tu un jour envisagé d'habiter à Barrington ?

— Pourquoi ?

— Parce que Jody parlait l'autre jour d'une propriété à vendre pas très loin de chez eux. J'aime bien ce quartier, nous ne pouvons pas passer toute notre vie en location.

— Bébé, nous venons juste de déménager. Pourrions-nous repousser cette décision après que j'aie terminé mon école ?

Lil lui adressa un sourire

— Eh bien, c'est une réponse plus encourageante qu'un refus absolu. Amour, je crois que tu commences à déployer tes ailes.

— C'est parce que j'ai eu un très bon professeur. Dis-moi, en parlant d'ailes, mon père a besoin d'un coup de main pour un déménagement, il m'a demandé si j'étais disponible.

— Combien de temps ?

— C'est en dehors de la ville, je serai absent environ quatre jours.

— Oh, soupira Lil. Bon, je crois que je réussirai à survivre sans toi, mais tu vas terriblement me manquer.

— Toi aussi, bébé, mais je ne me vois pas refuser un service à mon père. Pas après qu'il ait complètement changé d'attitude vis-à-vis de moi.

— Je suis d'accord.

— Tu pourras t'occuper de Luca quand il sortira de l'école ?

— Sans aucun problème.

— Il faudra aussi que tu ailles le chercher, ce qui te forcera à endurer les conneries du père Edwards.

— Mon nom est inscrit sur la liste des contacts, il ne devrait pas y avoir de difficultés.

— Je m'en assurerai.

— Tu pars quand ? demanda Lil.

— D'ici deux jours.

— Et pour tes cours, tu ne vas rien manquer d'important ?

— Non.

— Dans ce cas, c'est réglé.

Avant son départ, Grier établit pour Lil une liste de 'Ne Pas Oublier' d'un kilomètre de long. La plupart des entrées concernaient Luca. Lil ne cessait de secouer la tête en indiquant au jeune homme de ne pas autant s'inquiéter.

— Je ne peux m'en empêcher, avoua Grier. Je n'ai jamais été séparé de Luca, sauf ces quelques jours passés avec toi l'an dernier à San Francisco.

— Tout se passera très bien, amour. Tu peux lui téléphoner. Et en cas d'urgence, je préviendrai Jillian.

— Non, appelle-moi d'abord, réclama Grier.

— D'accord, M. le Maniaque du Contrôle, dit Lil en hochant la tête.

— Tu crois que c'est ce que je suis ?

— Quand il s'agit de ton fils, oui.

— Ce n'est pas que je manque de confiance en toi…

— Grier ! Assez.

Le jeune homme se pencha et serra très fort Lil dans ses bras.

— Désolé.

Ils décidèrent de ne pas modifier l'emploi du temps de Luca pendant l'absence de son père. Comme d'habitude, l'enfant passerait trois après-midi avec Lil – lundi, mercredi et vendredi. Comme d'habitude, Jillian le récupérerait vers 18 heures, aussi Lil était censé le nourrir auparavant. Grier ayant prévu de revenir le vendredi, les deux hommes convinrent de commander des pizzas ce soir-là et de voir un film, peut-être en le louant sur la chaîne Netflix.

Lil ne cessait de regarder sa montre afin de s'assurer d'avoir prévu suffisamment de temps pour se rendre à l'école de Luca. La distance n'était pas bien grande, mais il lui fallait prendre en compte le besoin qu'avait Croc-Blanc de marquer de son urine tous les buissons croisés en chemin. Le chiot avait déjà doublé de volume depuis que Luca l'avait ramené à la maison, il ne ressemblait plus à l'adorable petite boule de fourrure qu'il avait été, la première fois que l'architecte avait posé les yeux sur lui. C'était une bête curieuse et entêtée, qui adorait poursuivre les écureuils. Lil s'accrochait à la poignée de la laisse comme un l'alpiniste à sa corde. Il craignait de laisser du mou : le chien était bien capable de le renverser et l'architecte ne voulait pas se retrouver à plat ventre sur le trottoir.

La journée était superbe, la température dans les 10 °, assez chaude pour ne porter qu'un pull ou un veston léger au lieu de l'anorak Patagonia dont Lil ne s'était pas séparé durant tout l'hiver. Il avait opté pour un sweater Bordeaux à manches longues avec une veste en laine vert sombre et une écharpe l'arc-en-ciel autour du cou – à la Isadora Duncan. Il devait admettre qu'il y avait des avantages à vivre dans un État où les saisons étaient aussi marquées : il aimait les vêtements d'hiver. En acheter était pour lui une nouveauté dont il ne se lassait pas. Il couvrit ses cheveux d'un bonnet péruvien, noir et jaune-vert, avec de longues tresses pendant de chaque côté du visage. Lorsqu'il étudia son reflet dans le miroir en pied, il eut un sourire penaud. Il avait tout d'un poster pour crayons Crayola. Des couleurs très vives et heurtées… mais après tout, avril venait de commencer, jonquilles et tulipes fleurissaient déjà. Alors, pourquoi ne pas participer à l'éclosion du printemps par une tenue multicolore ?

Croc-Blanc tirait sur sa laisse comme s'il s'agissait d'un traîneau dans les plaines neigeuses de l'Alaska. Le chiot était férocement déterminé à n'en faire qu'à sa tête. Lil devait utiliser toute sa force pour empêcher le husky de se libérer et de risquer la mort au milieu des voitures qui circulaient dans les deux sens dans la rue encombrée devant l'école de Luca. Il lui faudrait demander à Clark un entraîneur capable d'enseigner au chien des manières : marcher tranquillement, s'asseoir, rester immobile. En bref, obéir. Dans le cas contraire, ils n'allaient pas tarder à perdre tout contrôle sur lui. Un dressage s'avérait nécessaire dans un futur très proche.

Luca l'attendait à l'entrée du gymnase. Son visage s'éclairant alors qu'il vit Croc-Blanc, il courut vers eux et se jeta sur Lil qu'il serra dans ses bras.

— Merci d'avoir ramené mon chien ! s'écria-t-il. Je peux le montrer à mes amis ?

— Si tu veux, gamin. Je patienterai ici, affirma Lil dans ton apaisant.

Un petit groupe s'agglutina autour de Luca. Lil les surveilla d'un œil attentif tandis que garçons et filles caressaient l'animal avec enthousiasme. L'architecte remarqua un enfant qui restait à l'écart, une expression maussade au visage. Que c'était étrange de voir ça sur un visage aussi jeune ! Lil en fut un moment troublé, puis il haussa les épaules et adressa un sourire à Luca qui revenait déjà avec Croc-Blanc vers lui. Lil lui fit signe de s'arrêter.

— Mets ta veste avant que nous sortions.

— Mais je n'ai pas froid, protesta l'enfant.

— Mon chou, il commença à faire meilleur, mais ce n'est pas encore l'été. Tu veux mon écharpe à la place ?

— D'accord.

Avec un hochement de tête et un sourire, Luca laissa Lil lui enrouler son écharpe plusieurs fois autour du cou. Elle était si longue qu'elle couvrait les épaules étroites comme un châle.

— Tu es prêt ? demanda Lil.

En entendant un éclat de rire moqueur, il releva vivement les yeux. C'était le garçon qu'il avait repéré plus tôt : ricanant avec un complice, il pointait du doigt le groupe formé par l'architecte et Luca. À nouveau, Lil se

180

sentit mal à l'aise. Il eut un flash-back de sa jeunesse, lorsqu'il n'était qu'un adolescent dégingandé qui cherchait à trouver sa place dans un monde hostile. Il avait déjà vu de tels regards, entendu de tels chuchotements, il s'en souvenait.

Il prit la main de Luca, ramassa la laisse de Croc-Blanc et quitta le bâtiment.

— Qui est ce garçon à l'écart du groupe ? demanda Lil.

Luca se retourna pour voir de qui parlait l'architecte, puis il déclara :

— C'est Timmy.

— Un ami à toi ?

— Non, il est en CM2, dit Luca en secouant la tête avec vigueur. Il ne m'aime pas.

— Qu'est-ce que tu veux dire ?

— Il s'en prend toujours à moi.

— Comment ça ?

Luca haussa les épaules.

— Je ne veux plus parler de lui. Est-ce qu'on peut aller au McDo ? *Ch'ai* très faim.

Lil s'affola en entendant l'enfant retomber dans son ancien défaut de prononciation.

— Bien sûr, chaton. Nous allons d'abord repasser à la maison pour prendre la voiture, d'accord ?

— On peut emmener Croc-Blanc ?

— Ce serait peut-être mieux de le laisser à la maison, suggéra Lil. Il n'a pas l'habitude de se trouver en public et il fait trop froid pour que nous mangions à l'extérieur. Même si nous le laissons dans la voiture, il va aboyer et déranger tout le monde.

— Quand il sera plus grand, est-ce qu'il pourra venir ?

— D'abord, il faudra qu'il aille dans une école pour chiens.

Plus tard, quand Luca eut avalé six nuggets de poulet et une petite montagne de frites arrosées de sauce barbecue, suivi d'un milk-shake au chocolat, Lil fit une nouvelle tentative :

— Je peux te poser une question concernant Timmy ?

Luca le regarda les yeux plissés, exactement comme l'aurait fait son père. C'était plutôt déconcertant de voir une expression de Grier sur le visage d'un enfant de huit ans. Luca finit par hocher la tête pour marquer son consentement.

— Que veux-tu dire en disant qu'il s'en prend toujours à toi ? demanda Lil.

181

— Il me tire les cheveux quand je passe à côté de lui. Il me traite des noms bizarres.

— Quels noms, Luca ?

— Dora.

— Je ne comprends pas.

— Il dit que je suis coiffé comme *Dora l'Exploratrice*, le dessin animé qui passe sur la chaîne Nick Jr.

Lil sentit son estomac se contracter.

— Sale petit merdeux !

Les yeux de Luca étaient brillants de larmes.

— Quand tout ça a-t-il commencé ? insista Lil.

— Tu te souviens quand tu es venu me chercher et que le père Edwards n'a pas voulu me laisser rentrer à la maison avec toi ?

— Oui.

— Timmy nous a suivis dans le bureau. Il a écouté derrière la porte. Il a entendu le père Edwards te parler. Après, il a dit à tout le monde que papa et toi, vous étiez des pécheurs.

Cette fois, Lil sentit la bile lui remonter dans la gorge, une vague acide qui faillit presque l'étouffer. Il aurait voulu se lever, retourner à l'école, et secouer ce garçon si fort que ses dents s'entrechoqueraient et lui échapperaient de la bouche. Au lieu de ça, il demanda :

— Tu sais ce que c'est, un pécheur ?

— Quelqu'un qui fait des choses mal, chuchota Luca. Mais papa et toi, vous ne faites rien de mal, vous vous embrassez juste.

— Il n'y a rien de mal à s'embrasser, Luca. C'est ainsi que les gens se démontrent leur affection.

— C'est ce que j'ai dit à Timmy, mais il ne veut pas me croire. Il dit que chaque fois que tu embrasses papa, c'est un péché.

— Oh putain…

— Papou ! s'écria Luca avec des yeux ronds comme des soucoupes. Tu as dit un gros mot.

— Désolé, chaton. Je ne sais pas ce qui m'a pris.

— *Che* n'est pas grave.

— Si, c'est grave. Je déteste savoir qu'on s'en prend à toi à cause de nous deux.

— Peut-être que Timmy arrêtera de m'embêter si je me bats avec lui ?

— Non, Luca, je ne veux pas que tu te battes. Et certainement pas à cause de nous.

Luca déchira sa serviette en papier qu'il transforma en confettis constellés de sauce barbecue, puis il repoussa ses plats vides et souffla sa paille dans le gobelet de son milk-shake, faisant d'horribles gargouillements écœurants.

— Luca, regarde-moi.

Des yeux noirs brillants de larmes se levèrent sur lui. L'enfant avait les joues rouges de colère. Il ressemblait encore plus à son père, Lil était quasiment certain de savoir quelle serait sa prochaine option. Décidé à être prôner la paix, il expliqua :

— Chaton, se battre ne résout jamais rien. Par contre, je veux que tu me préviennes la prochaine fois que Timmy sera désagréable avec toi.

— Tu vas le dire à papa ?

— C'est ce que tu veux ?

— Non. Je ne veux pas qu'il s'inquiète pour moi.

Lil secoua la tête. Il savait bien qu'il lui faudrait en parler à Grier, mais il ne tenait pas à perdre la confiance de Luca. Il décida d'une position intermédiaire.

— Très bien, je ne dirai rien, à moins qu'il y ait un autre incident. D'accord ?

— Je ne comprends pas.

— Promets-moi que tu m'en parleras si Timmy recommence. Qu'il fasse n'importe quoi, Luca, même s'il te regarde juste d'un sale œil, je veux le savoir.

— D'accord.

— C'est juré ?

— Juré craché, papou.

XXIX

LE SOIR, Grier téléphona pour faire le point. Lil eut la sensation d'être un traître en lui taisant le problème qu'avait Luca, mais il avait fait une promesse au garçon. Pour lui, c'était sacro-saint. Il n'avait pas très bien compris pourquoi Luca ne désirait pas impliquer son père, mais il avait le sentiment que ça avait un rapport avec Jillian et Ali. Il se sentait coincé entre le marteau et l'enclume.

La frustration le dévora lorsqu'il resta couché cette nuit-là, à ruminer dans son lit. Il savait ce qu'il voulait faire, mais à part être sur la liste des personnes autorisées à récupérer Luca, il n'avait aucun droit légal concernant cet enfant. Il ne pouvait prendre à son égard aucune décision. Il lui fallait donc être patient et espérer que Timmy oublie Luca et se choisisse très vite une autre victime. Ce genre de gosse était toujours à l'affût de quelqu'un à tourmenter. Malheureusement, ils avaient aussi une sorte de troisième sens qui leur indiquait le parfait candidat.

Pour oublier les deux personnes les plus importantes de sa vie, l'architecte se concentra dans son travail le lendemain. Grier lui manquait, même s'il n'était parti que depuis 48 heures. Quant à Luca, c'était une blessure permanente qu'il portait au cœur. Malade d'anxiété, il était aussi en colère à l'idée qu'un enfant innocent ait à souffrir parce qu'il faisait partie de sa famille. Même si les États d'Amérique, les uns après les autres, acceptaient le mariage pour tous, il y aurait toujours un père Edwards pour considérer ces unions comme des abominations. Luca devrait apprendre à endurer la bigoterie. C'était un enfant intelligent, Lil songea avec confiance qu'il ne laisserait jamais la haine ternir son amour envers son père et son papou. Malheureusement, Grier et lui avaient espéré pour Luca une vie comme un long fleuve tranquille, sans incidents capables de lui gâcher son enfance.

Lil attendit avec impatience le mercredi. Il voulait revoir Luca et s'assurer que rien ne lui était arrivé depuis leur dernière rencontre. Pour aller à l'école, il s'habilla cette fois de façon conservatrice en pensant à Timmy et ses semblables. Jamais l'architecte n'avait eu jusque-là à tenir compte de l'opinion d'autrui, mais aujourd'hui, s'il arborait une tenue trop 'gay' ou 'extravagante', son fils pouvait en souffrir. S'il avait suivi son impulsion, Lil aurait choisi d'apparaître en sweater rose agrémenté de perles… À la place, il enfila un blouson de cuir noir sur un pull bleu marine à col roulé.

Croc-Blanc était aussi turbulent que d'habitude. Lil décida de téléphoner à Clark dès qu'il ramènerait Luca à la maison. Il fallait commencer l'entraînement du puissant animal le plus rapidement possible, sinon tout le monde finirait par en souffrir. Le chien tira sur sa laisse en gémissant quand il vit Luca les attendre devant le gymnase. Il jaillit en avant, entraînant sans effort l'architecte derrière lui. Luca s'accroupit et serra les deux bras autour du cou de son chien, riant de plaisir lorsque l'animal lui bava dessus. Lil en profita pour surveiller les alentours en cherchant à repérer Timmy. Il ne le vit pas, et tant mieux. Il n'était pas certain de pouvoir retenir une réflexion désagréable en cas de provocation.

— Tu as faim, chaton ?

— Oui. Très faim.

— Tu as toujours faim. Est-ce qu'ils ne te nourrissent pas dans cette école ?

— Le déjeuner, c'était il y a très longtemps, répondit Luca. Je suis en pleine croissance.

— Tu crois ? répliqua Lil avec un sourire. Je n'avais pas remarqué.

— Papou…

— D'accord. Tu as le choix : tu préfères manger ma déplorable cuisine ou bien que nous passions chercher quelque chose.

— Je veux des Tacos Bell.

— Beurk, fit Lil avec une grimace. Comment peux-tu aimer ces cochonneries ?

— C'est super bon.

— Tu sais, ton père va m'assassiner quand il apprendra que je t'ai laissé manger une horreur pareille.

— Je ne lui dirai pas.

— Je n'aime pas cacher des choses à ton papa.

Lil espérait que Luca comprendrait qu'il parlait davantage de l'incident concernant Timmy que des *tacos*. Un nuage passa sur le visage innocent : Luca se souvenait de leur dernière conversation.

— Moi non plus, avoua-t-il.

— Est-ce Timmy a recommencé à t'embêter depuis la dernière fois ?

185

— Il m'a encore traité de noms bizarres.

— Comme Dora ?

— *Ch'est cha.*

Luca gardait une voix calme, mais son défaut de prononciation était révélateur.

— Ce matin, j'ai regardé le dessin animé de Dora, déclara Lil. Elle a la même coupe Beatles que toi, mais beaucoup d'enfants la portent également.

— Mais Dora, c'est une *fille !*

— Oui, sans aucun doute. Mais c'est aussi une exploratrice très courageuse. Ne te préoccupe pas de Timmy, chaton. Tu sais ce qu'on dit : *ce n'est que du vent.*

— Eh bien, ce n'est pas vrai, rétorqua Luca avec violence. Les mots, ça fait mal.

Seigneur, et il n'a que huit ans... pensa Lil.

— Ça ne fait mal que si tu leur accordes de l'importance, répondit-il très sérieusement.

Il ne voulait pas minimiser ce que ressentait Luca, mais il voulait aussi lui enseigner la meilleure façon de se protéger.

— Je sais que c'est dur à comprendre, reprit-il, mais les gens comme Timmy te laisseront tranquille s'ils réalisent que ce qu'ils disent tombent dans l'oreille d'un sourd. Si tu ne t'intéresses pas à eux, ils perdront tout intérêt à ton sujet.

— Tu crois ?

— Oui, j'en suis quasiment certain.

Ensemble, Lil et Luca traversèrent la rue et marchèrent jusqu'à la maison. Une fois arrivés, ils se rendirent directement au garage pour monter dans la voiture.

— Croc-Blanc peut venir ?

— Non.

— Pourquoi ?

— Parce qu'il va salir ma voiture.

— Non.

— Si. Laisse le courir dans la cour jusqu'à notre retour. Nous ne serons absents que vingt minutes.

— D'accord, grommela Luca.

Manifestement déçu, il ouvrit la porte latérale qui menait derrière de la maison et détacha la laisse de son chien.

— Va t'amuser à creuser la terre, Croc-Blanc. Nous reviendrons très bientôt.

Lil choisit un drive-in où il commanda suffisamment pour satisfaire la passion de Luca pour la nourriture mexicaine. Il ajouta quelques plats pour lui-même, puis prit le chemin du retour.

Luca réussit à attirer Croc-Blanc dans la cuisine en lui présentant un bol rempli de nourriture. Dès que le chien se jeta dessus, Lil et l'enfant se mirent également à manger.

Une fois le dernier *taco* mâché et avalé, Lil demanda :

— Alors, que s'est-il passé d'intéressant aujourd'hui à l'école ?

— J'ai embrassé un garçon, répondit Luca.

Lil se renfonça dans son siège, avec la sensation d'avoir perdu tout l'oxygène de ses poumons. Il n'était pas du genre à se choquer facilement, mais ça, c'était inattendu.

— Et ça t'a plu ?

Luca haussa les épaules.

— Il avait un goût de beurre de cacahouète.

— Je vois…

— Après, j'ai embrassé aussi une fille, pour voir si c'était mieux.

Lil eut un sourire.

— Et alors ?

— Julie avait mangé du thon au déjeuner. Je n'aime pas le thon.

— Alors, tu n'aimes pas les baisers au poisson ?

Luca secoua la tête avec une grimace.

— Tu crois que ça veut dire que je suis gay ?

— Non, ça veut juste dire que tu n'aimes pas embrasser les filles qui ont un drôle de goût.

— En fait, je n'ai pas aimé non plus embrasser Brian. Tu crois que je suis bizarre ?

Lil éclata de rire, un son bruyant qui retentit dans la petite pièce.

— Chaton, tu n'as que huit ans ! Ça m'inquiéterait beaucoup plus de te voir apprécier les baisers.

— Je voulais savoir si j'étais gay.

— Pourquoi ?

— Tu ne crois pas que c'est important ? s'étonna l'enfant.

— Tu finiras bien par découvrir qui tu es et ce que tu aimes.

— Tu avais quel âge quand tu l'as découvert ?

— Luca, pourquoi toutes ces questions ?

— Parce que le père Édouard m'a dit que les gays étaient des malades. Si je suis malade, il me faut un docteur.

— Tu trouves que j'ai l'air malade ? Tu trouves que ton père à l'air malade ?

— Non, mais le père Edwards a dit...

À nouveau, Lil sentit monter sa tension sanguine. Il lutta contre son envie de se ruer au téléphone et d'insulter Ali et Jillian pour avoir mis Luca dans un environnement aussi étroit d'esprit. Il lui devenait de plus en plus difficile de lutter. Il respira plusieurs fois, profondément, et tenta de contrebalancer l'influence du prêtre.

— Aimer les garçons plutôt que les filles n'est pas une maladie, chaton. C'est sa nature, tout simplement. Ton oncle Ali aime faire des câlins à ta maman, moi je préfère ton papa. C'est Dieu qui nous a fait comme ça. Personne n'en devient meilleur ou pire. C'est juste ce qu'il est.

— Tu crois que papa et toi irez en enfer ?

— C'est ce que t'a dit le père Edwards ?

— Il a dit que si je devenais gay en grandissant, je n'aurais pas de place au paradis.

— Le père Edwards n'est qu'un sale con !

— Papou...

— Je suis désolé. Ça m'énerve vraiment quand j'entends quelles imbécillités il est capable de sortir.

— Il se trompe, affirma Luca.

— Absolument.

Luca se passa la main dans les cheveux, dans un mouvement typique de Grier, puis il regarda Lil avec des yeux qui voyaient tout à coup ses deux pères sous une lumière différente.

— Est-ce que les autres se sont moqués de toi quand tu étais petit ?

Lil n'arrivait pas à en croire ses oreilles.

— Oui, répondit-il. Quelquefois. Mais j'ai survécu. Et ton père aussi.

— Il n'est pas facile d'être vert, pas vrai ?

Lil apprécia la référence astucieuse de Luca concernant la grenouille, Kermit. Il était si fier de l'enfant qu'il faillit fondre en larmes.

— C'est encore plus difficile de prétendre être quelqu'un que tu n'es pas.

— Oui, j'imagine.

— Luca, est-ce que ça te pose un problème que ton papa et moi soyons gays ?

— Non, répondit l'enfant en secouant la tête. Mais je n'arrive pas à comprendre pourquoi Timmy et le père Edwards pensent que c'est une maladie.

— Parce qu'ils s'accrochent à leurs préjugés et ne veulent pas changer d'avis.

— Peut-être que c'est *eux* qui devraient aller voir un docteur.

— J'en suis certain.

— Tu sais, je suis probablement gay, parce que je ne vois rien de mal chez papa et toi.

— Luca, tu es un enfant génial, tu deviendras un homme merveilleux et très spécial. Je ne peux pas te promettre que tout sera facile, tu auras probablement ce genre de choses à affronter, parce que tu es notre fils et que certains n'arrivent pas à comprendre pourquoi deux hommes s'aiment et veulent partager leur existence. Il faudra que tu apprennes à ignorer ceux qui cherchent à te provoquer. Il y aura toujours des gens qui préféreront se battre plutôt que d'accepter un mode de vie différent. Ils t'insulteront parce que tu as des parents gays, mais si dans ton cœur ça ne te pose pas de problème, c'est tout ce qui compte.

— Ne t'inquiète pas, papou. Je m'en sortirai.

— Je l'espère, chaton.

XXX

VENDREDI FINIT par arriver. *Pas trop tôt !!* pensa Lil. Malgré un appel téléphonique tous les soirs, la présence de Grier dans son lit lui avait terriblement manqué, la compagnie plus encore que le sexe. Il s'était habitué à avoir le jeune homme dans sa vie : tout son emploi du temps s'organisait autour de celui de Grier. Même un acte banal comme se laver les dents ne comptait pas autant si Grier n'était pas là pour l'embrasser et lui souhaiter une bonne nuit. Lil trouvait incroyable la vitesse à laquelle il s'était accoutumé à la vie de couple alors que toute sa vie adulte, il avait vécu seul la plupart du temps. Désormais, il se sentait incomplet sans Grier.

Il était aussi anxieux concernant le problème de Luca – et aurait nettement préféré partager ses tourments. Cependant, tant que l'enfant ne le libérait pas de sa promesse, Lil comptait bien la tenir et garder le silence.

Aujourd'hui, il allait récupérer Luca à l'école pour la dernière fois. Une fois Grier de retour, c'est lui qui reprendrait ce rôle, Lil n'intervenant que si le père était en retard ou qu'il avait un imprévu.

Alors que Lil s'apprêtait à traverser le passage clouté avec Croc-Blanc, il remarqua Luca qui quittait déjà le gymnase de l'école sans l'attendre à l'intérieur, comme de coutume. L'enfant avait le visage crispé, ce qui ne lui ressemblait pas. Lorsque Lil l'intercepta, au milieu de la rue, Luca le salua d'un sec hochement de tête. Il ne s'arrêta même pas pour caresser son chien.

Très inquiet, Lil étudia son comportement durant le trajet retour jusqu'à la maison. Luca avait les joues empourprées et son bonnet tellement enfoncé sur la tête que seuls quelques cheveux noirs en émergeaient. Pour un gosse qui n'avait jamais froid, ce bonnet paraissait excessif un jour aussi ensoleillé. Lil ne lui fit cependant aucune remarque, autre que :

— Pourquoi es-tu aussi pressé ?

— J'ai besoin d'aller aux toilettes, répondit Luca, sans cesser de courir.

Pour le rattraper, Lil dut accélérer le pas. Arrivé à la porte arrière de la maison, il s'activa pour la déverrouiller et demanda :

— Luca, quelque chose ne va pas ?

— Non ! s'écria l'enfant avec force. Il faut que j'y aille, papou. Ouvre vite.

Lil ouvrit le panneau avec un grand signe de la main.

— Vas-y.

Luca courut dans le couloir, mais au lieu de s'arrêter dans la salle de bain du rez-de-chaussée, il prit deux par deux les marches de l'escalier et fonça tout droit dans la chambre principale, à l'étage. Lil entendit une porte claquer. Maintenant, il ne s'agissait plus de simple curiosité, il était inquiet.

À son tour, il monta vivement l'escalier le cœur dans la gorge. Il ne savait pas à quoi s'attendre, mais il pressentait que quelque chose n'allait pas du tout. Il pénétra dans la chambre et la traversa jusqu'à la porte de la salle de bain, où il pressa son oreille. À l'intérieur, il entendit des tiroirs s'ouvrir et claquer tandis qu'une petite voix marmonnait des mots étrangers. Lil devina que Luca parlait en philippin. Même en ignorant ce que disait l'enfant, Lil comprit au ton de sa voix qu'il était en colère. Très en colère. Et quand il entendit le bourdonnement familier de la tondeuse que Grier et lui utilisaient parfois pour égaliser les pattes, entre deux coupes, il frappa à la porte. En même temps, il actionna la poignée. Dans sa hâte, Luca avait oublié de verrouiller. Quand Lil entra, il trouva l'enfant debout devant le lavabo, le dos tourné. Étudiant son reflet dans le miroir, l'architecte vit une expression déterminée sur le jeune visage furieux.

Luca s'était déjà passé la tondeuse du sommet de la tête à la nuque, se rasant une bande de trois centimètres de large, comme une crête iroquoise à l'envers. Le crâne rose paraissait presque obscène au milieu des cheveux d'ébène.

— Seigneur Dieu ! s'exclama doucement Lil. Mais qu'est-ce que tu as fait ?

— Je vais arranger ça, dit Luca.

Déplaçant la tondeuse, il commença une autre tranchée. Les cheveux tombèrent, recouvrant le lavabo, le comptoir, et finalement le sol. Tétanisé d'horreur, Lil resta un moment immobile avant d'arracher l'engin des mains de Luca.

L'enfant fondit en larmes.

— Laisse-moi tranquille, cria-t-il. Je veux tout raser avant que papa revienne à la maison.

— Je ne te laisserai pas faire avant de savoir pourquoi tu y tiens tant, déclara Lil fermement.

Dans un méli-mélo de phrases brèves, interrompues par des hoquets et des sanglots, Luca s'expliqua : Timmy avait fini par le coincer dans la salle de bain, pour lui couper une grosse mèche avec des ciseaux. Ce qui laissait à Luca une horrible marque en haut du front. Conscient qu'il ne pourrait pas camoufler ce désastre, il avait décidé qu'un rasage intégral serait la meilleure solution. De cette façon, expliqua-t-il, Timmy ne pourrait plus l'appeler Dora et Grier ignorerait tout de cette histoire.

Lil secoua la tête.

— Luca, cette fois, il n'est plus question de laisser Timmy s'en sortir.

— Je ne veux pas que papa aille faire un scandale à l'école ! Il aurait des ennuis.

— Ce sale gamin mérite une punition. Tu ne peux pas le laisser maltraiter ses camarades à sa guise. De plus, pourquoi diable imagines-tu que ton père aurait des ennuis s'il te défendait comme c'est son droit le plus strict ?

— Maman dit que papa s'emballe toujours trop vite, que si elle attend assez longtemps, papa fera une bêtise et qu'il aura des ennuis. Dans ce cas, elle veut retourner voir le juge et lui dire que ce n'est pas un bon père.

— Quand a-t-elle dit ça, Luca ?

Lil tentait de replacer les événements dans leur contexte. Jillian avait-elle parlé ainsi de Grier *avant* qu'il fasse ce transfert d'argent dans le cabinet d'Ali ? Dans ce cas, c'était excusable, puisque la trêve momentanée qu'il avait établie avec le couple datait de la semaine précédente. Par contre, si c'était récent… il tenait à le savoir.

Luca le regarda, avec de nouvelles larmes qui lui dégoulinaient sur les joues.

— Je ne m'en rappelle pas.

Lil eut le cœur brisé en voyant quel désastre le geste de Timmy avait causé aux magnifiques cheveux de l'enfant. Il prit dans ses bras Luca qui s'accrocha à lui et sanglota contre sa poitrine. Lil faillit craquer, mais il réalisa qu'il devait être fort. Luca avait besoin de son soutien, pas de ses larmes.

Lil récupéra une serviette accrochée au râtelier, il la mouilla et en essuya les larmes de l'enfant, époussetant aussi les cheveux coupés qui s'accrochaient encore à lui.

— Je vois au moins une bonne chose sortir de tout ça, déclara-t-il.

— Quoi ? renifla Luca.

— Tu ressembles désormais à un vrai joueur de football. *Tito* Clark se rase toujours les cheveux quand commencent les entraînements.

Luca perdit son expression renfrognée.

— C'est vrai ? Ils ne vont pas trouver que j'ai un crâne d'œuf ?

— Oh chaton, tu n'auras jamais un crâne d'œuf, tu es bien trop beau pour ça. En fait, il aurait été difficile de faire rentrer tous tes cheveux sous ton casque. Ce sera bien plus agréable pour toi d'avoir une coupe militaire.

Luca se mordilla la lèvre, puis il finit par esquisser un sourire et tendit à Lil la tondeuse.

— Tu peux m'arranger tout ça, papou ? Tu le feras mieux que moi.

Lil prit son courage à deux mains. Tenant la tondeuse de ses doigts tremblants, il se mit à l'ouvrage. Quand ce fut terminé, il sourit et caressa le crâne rasé.

— Voilà. Maintenant, enfile ton nouveau sweater et tu seras un vrai Chicago Bear. Ou bien un Marine.

Luca passa la main sur la tête avec un sourire.

— Ça me fait drôle.

— Tu vas t'y habituer. Vois le bon côté des choses : tu n'auras plus à te sécher les cheveux ou à te soucier d'avoir des nœuds.

— Tu vas raconter à papa ce qui s'est passé ?

— Nous ne pouvons plus garder le secret.

— Tu crois qu'il va aller à l'école et crier ?

— Nous irons tous les deux parler au père Edwards. C'est important, Luca. Il faut que Timmy soit puni pour sa brutalité.

— Que vont-ils lui faire ?

— Je pense qu'il mérite une réprimande et une exclusion temporaire, du moins s'il avoue. Je regrette que tu ne m'aies pas laissé le temps de prendre une photo avant de te raser.

— Tu crois que maman et *Tito* Ali vont me laisser aller dans une autre école maintenant ?

— Nous aurons une longue discussion avec ta maman, chaton. Je ne veux pas que tu t'inquiètes.

— Papou, j'ai faim.

— Voilà qui ne me surprend pas. Je vais te préparer quelque chose, d'accord ?

Après avoir englouti une assiettée de macaronis au gratin, Lukas s'endormit devant la télévision. L'enfant ne lui ayant quasiment rien laissé, Lil décida de préparer pour lui une autre portion. Il n'avait pas fait la cuisine depuis le départ de Grier.

Il recouvrit Luca d'un plaid et passa dans son bureau afin de réfléchir. Il savait que Grier serait furieux, le jeune homme s'emporterait probablement contre Lil qui ne lui avait pas rapporté les ennuis rencontrés par son fils. L'architecte espérait avoir le temps de s'expliquer avant l'explosion. L'homme frustré, amer et colérique qu'il avait rencontré six mois plus tôt s'était bien calmé, aussi Lil pensait pouvoir surmonter cette crise. Le pire à ses yeux était que tout avait eu lieu sous sa garde.

Lil aurait dû trouver rassurant le bruit du 4x4 qui se garait dans l'allée. Au contraire, il sentit son cœur accélérer. Se préparant à la confrontation, il alla dans la cuisine pour accueillir Grier. Il fallait qu'il soit au courant avant de poser les yeux sur son fils.

— Hé, toi, dit Grier en passant le seuil.

Avec un sourire, le jeune homme le prit par la taille, le serra très fort, et l'embrassa passionnément.

— Tu m'as terriblement manqué, ajouta-t-il.

Bien que ravi de cet accueil fervent, Lil restait anxieux.

— Grier…

Le jeune homme devina instantanément son état d'esprit.

— Qu'est-ce qui ne va pas ? demanda-t-il vivement. C'est Luca ?

— Luca va très bien, répondit très vite Lil. Mais il faut que je te dise quelque chose.

— Où est-il ?

Grier se dirigeait déjà vers le salon. Lil le prit par le bras pour le retenir.

— Attends, Grier.

Son amant parut à la fois troublé et inquiet.

— Pourquoi ? Qu'est-ce qui ne va pas ?

— Il faut que nous parlions, mais pas ici. Je ne veux pas qu'il se réveille.

— Je veux le voir d'abord.

Grier repoussa la main de Lil et passa au salon. Il s'arrêta net en voyant son fils, endormi, roulé en boule sous la couverture. Sa tête était clairement visible, surtout l'endroit où Timmy l'avait rasé. Il paraissait fragile, comme un petit oiseau tombé du nid avec ses cheveux courts – sans la touffe noire à laquelle Grier était accoutumé.

Le jeune homme avança jusqu'au canapé ; il se pencha et passa la main sur le crâne récemment tondu. Il ne cessait de secouer la tête. Puis il aperçut la marque rouge et tourna vers Lil, le visage figé de stupéfaction.

— Bordel, c'est quoi ?

D'un geste, Lil lui indiqua de le suivre. Il s'expliqua une fois de retour dans la cuisine.

Dès qu'il eut terminé son compte rendu, Grier laissa exploser sa colère.

— Le petit salopard ! Depuis combien de temps es-tu au courant concernant ce Timmy ?

— Je l'ai appris lundi.

— Et tu n'as pas cru devoir m'en faire part ?

— Luca m'a demandé de ne rien te dire.

— Je me fous de ce qu'il t'a demandé, cracha Grier, le visage ponceau. Je t'avais confié mon fils, j'attendais de toi la vérité.

— Tu pourrais te calmer, s'il te plaît, et me laisser tout expliquer ?

Sans l'écouter, Grier fonça vers le garage. Lil le suivit de près. Son amant envoya son poing dans le mur en béton, encore et encore, passant sa frustration sur le ciment plutôt que sur son partenaire.

Lil se laissa tomber sur un banc.

— Génial, marmonna-t-il.

— Quoi ? hurla Grier, le regard meurtrier.

— Voilà exactement pourquoi Luca ne voulait pas que je te parle.

XXXII

— BORDEL, C'EST quoi ces conneries ?

Tout en parlant, Grier frottait sa main droite sur son pantalon.

Il doit avoir terriblement mal, pensa vaguement Lil. Ses jointures à vif tournaient déjà à l'écarlate et ses mains étaient couvertes de débris de crépi.

— Luca craignait que tu te précipites à l'école pour faire un scandale, exactement ta réaction présente. Dans ce cas, tu aurais donné de nouvelles armes à Jillian. Parce qu'elle compte bien se précipiter au tribunal et leur parler de ta conduite. Comment laisser un enfant innocent à la garde d'un homme incapable de contrôler ces accès de rage ?

Grier le fixa d'un œil noir. Ses prunelles d'obsidienne cachaient mal la fureur qui ricochait en lui. Au bout d'un moment, le jeune homme laissa fuser un chapelet d'injures.

— Qu'elle aille se faire foutre ! Et toi aussi, pour m'avoir caché tout ça.

— Je suis désolé que tu le prennes comme ça. Malheureusement, j'avais fait une promesse à Luca. Pour moi, une parole donnée est sacrée.

— Et cette promesse que tu m'as faite à moi ? rétorqua Grier, sauvage. Tu m'as promis que nous ne nous cacherions jamais rien. Tu étais censé le protéger et t'assurer qu'il ne risque rien, Lil. Qu'en dis-tu ?

— J'en dis que trahir sa confiance m'aurait enlevé toutes mes chances de communiquer avec lui à l'avenir. Je n'ai jamais eu l'intention délibérée de te mentir. En fait, j'ai plusieurs fois demandé à Luca la permission de te parler. Il s'est entêté à vouloir te protéger.

Grier fixa Lil d'un regard sidéré.

— Me protéger ? Moi ? De quoi ?

— De ton mauvais caractère si prévisible, aboya Lil. Voilà de quoi.

Grier grimaça.

— Il a si peu confiance en moi ?

196

— C'est un enfant, Grier. Il entend sa mère se répandre en permanence sur ton tempérament volatile. Il pense que c'est la vérité.

— Bon Dieu, je ne peux plus supporter cette bonne femme !

— Personne ne te demande de l'aimer, mais pour Luca, il faut que tu joues bien tes cartes. Tu ne peux pas laisser tes émotions te diriger, sinon au final, c'est elle qui gagnera.

— Je veux juste protéger mon fils.

— Et tu ne crois pas que je le désire aussi ? Je l'aime tellement que parfois, ça me terrorise. Je donnerai n'importe quoi pour avoir été là quand Timmy s'en est pris à lui, mais nous ne pourrons jamais accompagner Luca 24 heures sur 24 et sept jours sur sept. Tout ce que nous pouvons faire pour lui, c'est le mettre dans un meilleur environnement, lui apprendre comment se protéger des brutes, et prier pour qu'il s'en sorte sans séquelles.

Grier se laissa tomber sur le banc aux côtés de Lil et se cacha le visage dans les mains.

— Eh merde. Je suis nul, tellement nul.

Lil se mit à son tour en colère

— Ne recommence pas avec ces conneries ! Je ne veux pas t'entendre retomber dans cette ornière ! s'emporta-t-il. On a déjà donné.

— Mais c'est vrai, je suis con, insista Grier. Ma première réaction, c'est de me foutre en rogne au lieu de réfléchir. Quand diable apprendrai-je à réagir davantage comme toi ?

En entendant ce cri de désespoir, Lil changea d'attitude. Il posa le bras sur les épaules de Grier qu'il attira contre lui, soutenant tout son poids.

— Oh, Grier... Il m'a fallu des années pour trouver cet équilibre. Et je t'assure que je n'ai pas encore toutes les réponses.

— Mais tu es un bien meilleur parent que moi.

— Ce n'est pas vrai et tu le sais. J'apprends au fur et à mesure, c'est tout. Je sais simplement que rompre une promesse faite à un enfant est la pire des erreurs. Après un coup pareil, impossible de regagner leur confiance. Et franchement, Luca est bien plus important pour moi que tous les Timmy du monde.

— Plus important que mon amour ?

— Tu vas vraiment prétendre avoir cessé de m'aimer parce que j'ai donné la priorité aux vœux de Luca par rapport aux tiens ?

— Non, répondit Grier en secouant la tête. Je t'aime plus que jamais, mais je me sens impuissant.

— Regarde-moi, ordonna Lil, doucement.

— J'ai tellement honte.

— S'il te plaît… insista Lil.

Il souleva le menton de Grier et plongea dans ses yeux hantés.

— Pour réussir, il faut apprendre à gérer les obstacles immuables ou les situations bloquées. Ce serait génial si nous pouvions tout contrôler dans notre vie, mais ce n'est pas possible, du moins pas avant de recevoir la charge de tout l'univers. Pour le moment, il faut que nous présentions un front uni et veillions que ce petit merdeux reçoive ce qu'il mérite. Ensuite, nous forcerons Ali et Jillian à accepter que Luca change d'école. Le reste est secondaire.

Grier acquiesça, rassuré par la voix de la raison et les bons conseils de l'architecte.

— Désolé d'avoir réagi comme un abruti. Je n'avais pas l'intention de tout faire retomber sur toi.

— Moi aussi, je suis désolé, j'aurais voulu empêcher tout ça.

— Comme tu l'as dit, nous ne pouvons pas surveiller Luca toutes les heures de sa vie, même si j'en ai très envie. Peut-être pourrions-nous dresser Croc-Blanc à être son garde du corps.

— D'après ce que Clark disait, les huskys sont des chiens très loyaux.

— C'est vrai ? Nous allons lui apprendre à attaquer tout connard qui s'approche de Luca.

— Papa, tu es rentré ?

Enveloppé dans son plaid, Luca était sur le seuil. Il paraissait beaucoup plus vieux avec sa nouvelle coupe. Grier cligna plusieurs fois des yeux, en essayant de s'y habituer. Une fois de plus, il sentit la colère monter en lui, mais cette fois, il la contrôla instantanément. Il fit le vœu d'être plus calme pour mieux aider son fils.

— Hé, bonhomme, dit-il gentiment tout en avançant vers l'enfant. Je n'ai pas voulu te réveiller.

— Ma nouvelle coupe te plait ?

— C'est génial, bébé. Tu ressembles à un vrai dur.

— C'est mieux pour le football, pas vrai ?

— C'est mieux pour tout.

— Qu'est-ce que tu as à la main ? demanda Luca en approchant de son visage les doigts de son père pour mieux les voir.

Baissant les yeux sur l'innocent visage, Grier décida de dire la vérité. Tout en sachant qu'il risquait de se trouver dans une position délicate.

— J'étais en colère, alors j'ai balancé des coups sur le mur.

— En colère contre moi ?

Grier s'agenouilla pour pouvoir regarder son fils dans les yeux.

— Non pas contre toi, bonhomme, je ne serai jamais en colère contre toi. J'étais en colère parce que quelqu'un s'en est pris à toi et que je n'étais pas là pour te protéger.

— Papou t'a tout raconté ?

— Il y était obligé quand j'ai remarqué ta coupe.

— J'ai poussé Timmy avant de sortir de la salle de bain.

— Moi, je l'aurais noyé dans les toilettes.

Luca eut un grand sourire, mais Lil leva les yeux au ciel avant de dire :

— Un homme sage sait quand il faut tourner les talons et se sauver. Je suis très content que tu ne te sois pas attardé pour te battre avec lui, chaton.

— Je vais quand même t'apprendre comment te défendre, déclara Grier fermement.

— Tu vas m'apprendre le kickboxing ?

— Je t'apprendrai ce qu'il faut, bonhomme. Pourquoi ne voulais-tu pas que papou m'explique ce qui se passait ?

Luca jeta un coup d'œil à Lil, puis il revint vers son père, le visage troublé.

— Je ne sais pas… Est-ce que tu es fâché contre papou parce qu'il a gardé mon secret ?

— Non, le rassura Grier. Je suis heureux que tu aies eu quelqu'un à qui parler pendant que j'étais absent.

— Moi aussi, affirma l'enfant. Et maintenant, qu'est-ce que tu vas faire ?

— Je vais aller prendre une douche et mettre du désinfectant sur ma main abîmée. Pendant ce temps, pourquoi ne pas commander une pizza pleine de poivrons et de fromage ? Nous pourrions la manger sur le canapé devant un film.

— Et Timmy ? insista Luca.

— Nous réglerons ce problème lundi. Il faut d'abord que j'en parle avec ta mère et *Tito* Ali.

— D'accord.

Après un festin de pizza, Luca s'endormit une fois de plus, rassuré par d'innombrables câlins et baisers d'avoir le plein soutien de ses deux pères. Grier l'emporta dans son lit laissant Lil veiller à la fermeture des portes et l'extinction des feux. Croc-Blanc se coucha sur le plancher, au pied du lit de Luca ; son ventre souple était gonflé de tous les morceaux de pâte à pizza dont l'enfant l'avait bourré devant la télévision.

Grier effleura du doigt le crâne rasé de son fils, puis dessina un cercle sur l'endroit encore rougi. Il regrettait de ne pouvoir tout guérir d'un baiser, comme autrefois, quand Luca était petit. Ça le rendait malade que l'enfant puisse souffrir à cause de l'orientation sexuelle de son père, mais Lil avait raison. Personne ne pouvait contrôler tous ceux que Luca rencontrerait sur le chemin de la vie. Tout comme personne ne pouvait prédire le temps à venir. Ce que Grier et Lil avaient de mieux à faire, c'était d'offrir à l'enfant de quoi traverser l'existence en risquant le moins possible. Grier pria pour que ce soit suffisant.

Dans la chambre principale, Lil attendait avec anxiété. Il craignait que leur connexion n'ait souffert de leur dispute. Il se rasséréna dès que Grier ouvrit la porte et sourit en le voyant déjà au lit.

— Tu me donnes une seconde ?

— Prends tout ton temps, amour.

Peu après, Grier émergea de la salle de bain. Il était nu et son érection démontrait que le différend n'allait pas gâcher la soirée.

— C'est pour moi ? demanda Lil avec un sourire.

Grier se laissait déjà tomber sur lui.

— Bon Dieu oui ! répondit-il avec feu. Je n'ai pensé qu'à ça depuis mardi passé.

— Tu m'as manqué, chuchota Lil.

Il espérait que l'amour guérirait la blessure de ce détestable incident. Il ouvrit son cœur et oublia tout le reste pendant que Grier lui exprimait physiquement ses regrets. C'était le meilleur sexe de réconciliation qui soit. Peu à peu, Lil se détendit complètement et laissa ses sentiments le guider. Son homme, avec ses qualités et ses défauts, était de retour. C'était tellement mieux que la solitude. Lil n'arrivait même plus à envisager un tel scénario.

Grier gémit en le pénétrant, puis il empoigna le visage de Lil entre ses deux paumes et savoura la délicieuse sensation de se retrouver à l'abri, en lui.

— Lil, soupira-t-il. Je suis désolé.

— Tout est oublié, amour.

Plus tard, quand leurs battements de cœur retrouvèrent enfin un rythme normal et que la réalité tenta de s'immiscer au milieu de leur stupeur post-orgasmique, Lil déclara :

— Luca a embrassé un garçon.

— Quoi... Qui ?

— Un nommé Brian.

— Sans blague ? Qu'est-ce qui lui a pris ? Qu'en a-t-il pensé ?

— Il n'a pas été enthousiasmé.

Grier se mit à rire.

— Dans ce cas, il est probablement hétéro.

200

— Il n'a pas davantage apprécié d'embrasser une fille.

Grier se redressa sur un coude et fixa son partenaire.

— Attends un peu… Je quitte la ville pendant quatre jours et mon gamin décide de jouer au Capitaine Jack ? Bon sang, mais qu'est-ce qui se passe ?

Lil se mit à rire.

— Si Luca était bi, ce serait génial, non ?

— Eh merde, je ne suis pas encore prêt pour ce genre de trucs.

— Quel âge avais-tu quand tu as réalisé être gay ?

— Je ne m'en souviens pas. Ça m'a traversé l'esprit quand j'ai réalisé que j'adorai les culottes à froufrou.

— Oui, c'était un indice assez flagrant, plaisanta Lil.

Il poussa un cri aigu parce que Grier lui pinçait le mamelon.

— Et toi ? s'enquit ensuite le jeune homme. Étais-tu un ado tourmenté ?

— Tu plaisantes ? J'ai rendu ma mère folle avec mes caprices et mes accès de colère à la Wagner. Elle espérait ardemment recevoir des réponses de mon psychiatre.

— Cette partie-là ne m'intéresse pas. Je veux savoir quand tu as découvert le sexe.

— J'avais douze ans, avoua Lil.

— C'est sacrément jeune.

— Juste une branlette qui n'a duré que trois minutes.

— Qui s'en est chargé ?

— Un jeune, à la piscine.

— Quel âge avait-il ? insista Grier.

— Je ne sais pas… Peut-être quinze ou seize ans.

— Sale petit pervers !

— J'étais grand pour mon âge, et plutôt précoce.

— C'est donc toi qui l'as séduit ? À douze ans ?

— Disons que c'était mutuel. Et toi, amour ?

— J'avais quinze ans.

— Avec un garçon ou une fille ?

— Je crois que je t'en ai déjà parlé. C'était avec un garçon de ma classe.

— Ah oui, cette fameuse pipe dans la douche… Et c'était la première fois ? Bon sang, Grier, tu as commencé en fanfare.

— J'avoue que ça n'a pas été mon heure de gloire. Je me demande quand Luca commencera à nous faire des crises hormonales.

— À mon avis, nous avons plusieurs années de tranquillité devant nous.

— J'espère bien. Il me faudra bien plus longtemps pour me préparer mentalement.

— Amour, tu t'en sortiras très bien, assura Lil.

— Comment peux-tu dire ça après mon exhibition ridicule au garage ?

— Considère-la comme un premier pas dans la bonne direction.

— Savoir que je suis colérique et réussir à me contrôler, ce sont deux points tout à fait différents.

— Nous avons déjà bien avancé pour régler cette histoire, assura Lil.

— Tu m'aimes toujours ?

— Absolument.

XXXI

EN VOYANT Luca, Jillian étouffa un cri avant de se mettre à pleurer de façon hystérique. Les brillants cheveux noirs de l'enfant avaient été l'une de ses plus belles caractéristiques, leur longueur ne faisant qu'accentuer leur abondance. Grier avait plusieurs fois suggéré une coupe, prétendant que Luca était trop âgé pour garder cette longueur enfantine, mais Jillian avait refusé. Elle adorait sécher les cheveux de son fils, c'était un rituel entre eux. De plus, cette épaisseur qui rappelait la sienne était la preuve indéniable que Luca portait ses gènes, même si le reste rappelait de plus en plus son père.

Luca serra les deux bras autour de la taille de sa mère.

— Ne pleure pas, maman. Ils repousseront.

Jillian fixa sur Grier des yeux horrifiés.

— Comment as-tu pu faire ça ? Sans même m'en parler ?

— C'est une longue histoire, répondit-il. Pouvons-nous entrer ?

— Tu as intérêt à avoir de bonnes raisons pour un tel geste, marmonna Ali avant de s'écarter pour leur laisser le passage.

Jillian reniflait sans cesser de jeter à la tête son fils des rapides coups d'œil.

— Je vais mettre Luca au lit, déclara-t-elle. Grier, ne t'avise pas de filer sans une explication.

— Nous ne bougerons pas d'ici, affirma-t-il.

Il se pencha pour embrasser son fils.

— Bonne nuit, bonhomme. Dors bien.

Luca lui rendit son étreinte puis se tourna vers Lil.

— Bonne nuit, papou.

— Bonne nuit, chaton, répondit gentiment l'architecte

Lui aussi se pencha et embrassa la joue offerte. Une fois de plus, il remarqua combien l'enfant ressemblait à Grier, surtout sans la frange soyeuse qui lui cachait jadis le front. La coupe sévère accentuait les grands yeux de biche, qui rendaient Luca si vulnérable. D'un geste impulsif, Lil le serra contre lui, déchiré entre son envie de protéger le petit garçon et la certitude qu'il valait mieux lui apprendre à gérer sa douleur.

— Je t'en prie, ne t'inquiète plus de rien, chuchota-t-il. Nous allons tout arranger.

— D'accord.

Tandis que les trois hommes attendaient le retour de Jillian, Lil décida d'orienter la conversation sur le sujet de prédilection d'Ali. L'argent.

— Alors, le transfert a bien eu lieu ? demanda-t-il l'air nonchalant.

— Quoi ? fit Ali avant de se reprendre. Oh, oui, merci. Voulez-vous que nous convenions d'un rendez-vous pour étudier votre portefeuille ?

Ce rappel implicite d'un gain important fut aussi efficace qu'un gilet pare-balles : Lil vit la colère d'Ali commencer à se calmer.

Il hocha la tête et proposa :

— Pourquoi pas la semaine prochaine ?

— Très bien, je vous téléphonerai donc mardi, répondit le frère de Grier.

Jillian revint d'un pas énergique. Elle se plaça devant Grier et Lil, les bras écartés, prête à se battre.

— Que diable est-il arrivé à Luca ?

— Il ne t'a rien dit ? rétorqua Grier.

— Non, simplement que tu allais tout me raconter.

Grier fit le compte rendu de tout ce qui s'était passé, en commençant par le jour où Lil était venu chercher Luca… et la confrontation qui avait suivi avec le père Edwards.

— Je me suis déjà excusée pour cet oubli, répondit Jillian. Inutile de revenir là-dessus.

— Le problème, intervint Lil, c'est que votre *oubli* a déclenché une chaîne d'événements irréversibles. Au final, Luca a été pris à partie par d'autres enfants parce que Grier et moi sommes gays. D'où la tonsure de ses cheveux.

— Ô mon Dieu ! souffla Jillian. Je l'ignorais. Luca ne m'en a jamais parlé.

— Si ça peut te consoler, Jillian. Il ne m'en a pas parlé non plus.

— Il a géré toute cette affaire tout seul ?

— Exactement, dit Lil. Je l'ai trouvé dans la salle de bain, la tondeuse à la main. C'est là que j'ai obtenu de lui qu'il me raconte ce qui s'était passé. Timmy lui ayant rasé une mèche au niveau du front, Luca tentait de camoufler le désastre. Bien sûr, c'était impossible.

— Alors, vous avez décidé de raser le reste ?

— C'était la seule solution, déclara Lil d'un ton sinistre. Je n'ai fait que terminer ce qu'il avait commencé.

— Il ressemble à un soldat des Forces Spéciales ! cracha Jillian.

— Génial, ricana Grier. Si tu réagis comme ça, tu vas vraiment lui remonter le moral.

— Je te signale que rien ne serait arrivé si vous n'étiez pas ensemble.

— C'est une remarque stupide, déclara Lil. Vous comptez aussi nous faire porter le blâme de la faim dans le monde et du réchauffement planétaire ?

— Je disais juste que si vous aviez été plus discrets, personne n'aurait su que Grier était gay. Et Luca n'aurait pas eu à en souffrir.

— Si vous aviez fait ce que vous étiez censée faire à la rentrée, le père Edwards n'aurait pas rien appris de tout ça, renvoya l'architecte.

— Ça aurait fini par se savoir.

Ali se tourna vers sa femme.

— Jillian, et si nous nous concentrions sur l'avenir plutôt que ressasser le passé ? Lil fait désormais partie de la famille. Je pense qu'il nous faut l'admettre et nous adapter à cette situation.

— Comment faire pour que Luca ne soit plus maltraité ?

— Il faut le changer d'école, affirma Ali.

Jillian regarda son mari comme s'il venait de la gifler.

— Pardon ? Qu'est-ce qui te donne le droit de décider où mon fils doit aller à l'école ?

— Je suis son beau-père, en plus d'être ton mari. Grier, ici présent, est son père biologique. D'ici quelques mois, Lil sera aussi légalement le beau-père de Luca. Il me semble que tu es seule contre trois.

Jillian en resta bouche bée de surprise. Jamais les deux frères Di[l]orio ne s'étaient unis contre elle et voilà qu'ils le faisaient aujourd'hui, alors que la situation était dramatique.

— C'est à cause de vous que tout a changé ! cria-t-elle à Lil, crachant ses mots comme une mitrailleuse. Pourquoi ne retournez-vous pas d'où vous venez ?

— Je crains que ce ne soit pas une option, déclara tranquillement Lil. Cependant, pourquoi ne pas garder l'esprit ouvert le temps d'écouter ma proposition ?

— Quelle proposition ?

— Barrington.

— C'est bien trop cher pour nous, admit-elle avec regret. Je sais que vos riches amis y vivent, mais nous n'en avons pas les moyens.

— Attendez un peu. Je suis toujours à la recherche d'un investissement intéressant et j'ai remarqué que les prix baissaient depuis que j'ai construit une maison pour Clark et Jody. En ce moment, les transactions ont atteint le prix plancher, je ne crains pas de me lancer. Je suis prêt à financer toute l'opération si vous envisagez de déménager et de trouver une meilleure école pour Luca dans le quartier.

— Et comment voyez-vous l'avenir ? demanda Ali sans cacher son intérêt.

— Je vais acheter un terrain et le lotir. Bien entendu, vous vous économiserez les frais d'architecte puisque je considérai mon travail comme un cadeau. Vous n'aurez qu'à payer le matériel et le terrain, plus 10 % de frais. La plus-value à gagner sera bien supérieure aux agios de votre prêt. Avec une telle garantie, n'importe quelle banque acceptera votre dossier.

— C'est très généreux de votre part, dit Ali en se tournant vers sa femme. Et si nous allions en discuter en tête-à-tête ?

— Maintenant ?

— Maintenant, insista son mari.

Quand le couple quitta la pièce, Grier se tourna vers Lil.

— Tu as perdu la tête ?

— Non, j'ai longuement réfléchi. Puisque nous ne pouvons pas nous débarrasser de cette femme, autant l'avoir à notre botte.

— Tu aurais dû être *consigliere*, déclara Grier plein d'admiration.

— J'aurais fait un bon mafioso, ricana Lil.

Grier secoua la tête.

— Je ne te reconnais plus.

Lil se pencha pour lui chuchoter à l'oreille :

— Je suis l'homme que tu aimes, bébé. Ne me résiste pas.

— Bon Dieu, fit Grier en frissonnant. Je te trouve bandant quand tu es aussi manipulateur.

— Tu pourras me démontrer ta gratitude quand nous rentrerons à la maison.

— Compte là-dessus.

Comme c'était prévisible, Jillian et Ali acceptèrent l'offre de l'architecte. Tous les quatre convinrent d'aller ensemble lundi à l'école de Luca pour rencontrer le père Edwards et l'informer du prochain transfert de l'enfant.

— Je pourrai choisir sa nouvelle école ? demanda Jillian.

— Tu pourras toujours faire des propositions. Lil et moi n'aurons aucune objection à condition qu'elle soit dirigée par des gens tolérants qui respectent notre orientation.

— Je vous tiendrai informés.

Quoi qu'Ali ait fait ou dit, il avait accompli un miracle : le changement d'attitude de Jillian était incroyable. Grier espérait que cette nouvelle version nettement améliorée de la jeune femme ne disparaîtrait pas pour revenir à celle qu'il avait appris à connaître.

— Je te remercie de le prendre comme ça, déclara-t-il.

— Contrairement à ce que tu peux penser, rétorqua-t-elle, j'aime Luca. Ça m'a ouvert les yeux de réaliser les dommages que la haine pouvait provoquer.

— Oui, c'est particulièrement choquant quand un enfant aussi jeune en souffre, admit Lil. Je pense réellement que nous avons pris la bonne décision en lui faisant quitter cette école. Même si Timmy n'est pas renvoyé, l'Église catholique n'évoluera pas. Demeurer dans une école paroissiale ne peut lui amener que d'autres ennuis.

— Vous avez raison, acquiesça Ali. Je n'ai jamais accordé d'importance à ces histoires de gays pris à partie parce que Grier n'a jamais été une cible facile, mais Luca est tellement innocent, tellement gentil. Une proie idéale.

— Tu crois qu'il sera gay ? demanda tout à coup Jillian.

— C'est bien trop tôt pour le dire, répondit Grier. Mais là n'est pas le problème. Ses pères le sont, et les brutes utiliseront ce prétexte pour justifier leur lamentable comportement. C'est notre travail de protéger Luca aussi longtemps que possible. Pourquoi le soumettre à de telles injustices quand nous avons d'autres options ?

Une fois de plus, Jillian se mit à pleurer. Lil sortit de sa poche un mouchoir brodé qu'il lui tendit. Elle s'en saisit avec gratitude et regarda le couple, les yeux noyés de larmes.

— Je suis désolée d'avoir été aussi pénible.

Lil haussa les épaules.

— Je présume qu'il n'est pas facile de devenir mère. Le besoin de défendre son enfant est tout à fait naturel.

— En fait, j'ai passé des années à considérer que Grier et Luca m'appartenaient. Je n'ai pas l'habitude de partager.

— Je comprends, dit Lil, mais il est illusoire de croire que les choses n'évolueront jamais. Même si je n'étais pas apparu dans le décor, Grier aurait trouvé un partenaire un jour ou l'autre. Vous auriez dû y penser.

— Je ne me suis jamais attardée sur sa vie amoureuse, admit la jeune femme. Grier a toujours été là quand j'avais besoin de lui.

— Mais ça n'a pas changé, Jill. Je serai toujours là pour toi et Luca. Maintenant, j'ai un compagnon, et toi aussi. Tu ne peux m'en vouloir d'être heureux.

— Non, mais j'ai été trop concentrée sur ce que je ressentais. Je ne pensais plus à toi.

— Ça, nous l'avions remarqué.

— Tu crois que nous pourrions recommencer à zéro et être à nouveau amis ? offrit-elle.

— Bien sûr.

Grier avança jusqu'à elle. Quand il ouvrit les bras, elle s'y jeta et recommença à pleurer.

— Ça va aller, Jill, chuchota-t-il. Ça finira bien par s'arranger.

XXXII

LE PÈRE Edwards fut choqué, mais un peu sceptique à l'idée qu'un enfant de neuf ans puisse se comporter aussi mal. Malgré le témoignage de Luca et la marque rouge qu'il portait au front, il n'y avait pas d'autres témoins à la dispute. En entendant parler d'une suspension, les parents de Timmy exprimèrent violemment leur outrage en exigeant que le prêtre accorde à leur fils le bénéfice du doute. Au final, le père Edwards n'eut pas d'autre choix : il punit les deux enfants en les renvoyant de l'école durant deux jours.

Devant une telle injustice, Grier fut au bord de l'implosion, mais la supplication silencieuse de Lil ainsi que la présence de son fils et des autres adultes lui rappelèrent que cette fois, il devait choisir le bon chemin. D'un ton très sec, il informa le prêtre que Luca ne reviendrait pas l'an prochain.

Le plus difficile fut d'expliquer cette sentence à un enfant ayant été victime d'une telle méchanceté. Les deux familles avaient emmené Luca au restaurant Sweet Tomatoes, qu'il appréciait tout particulièrement, dans l'espoir que le chariot de desserts ramènerait le sourire sur son visage. Depuis l'incident, Luca restait renfermé et silencieux. Grier lui offrit à deux mains un grand bol rempli de glace, saupoudré de paillettes en chocolat et de sauce onctueuse. Dès la première bouchée, le front plissé se détendit, Luca retrouvera sa bonne humeur ensoleillée.

— C'est bon ? demanda son père, soulagé de voir l'appétit de son fils.

L'enfant hocha la tête sans interrompre le vif mouvement de sa cuillère qui plongeait dans la glace. Quand il eut vidé sa coupe, Lil décida d'entamer le sujet :

— As-tu compris pourquoi le père Edwards a décidé de vous punir tous les deux ?

— Parce qu'il n'a rien compris, déclara Luca d'un ton sarcastique qui ressemblait beaucoup à celui de son père.

— Et surtout, expliqua Lil, parce qu'il n'a aucune preuve que Timmy se soit attaqué à toi.

— Et mes cheveux ? demanda Luca. Il pense vraiment que je les ai rasés pour ressembler au rappeur LL Cool J ?

Lil secoua la tête, tout en admirant secrètement l'attitude batailleuse de l'enfant.

— Il ne sait quoi penser, chaton. Sans témoin, c'est ta parole contre celle de Timmy.

— Mais je ne mens jamais, se plaignit Luca.

— C'est vrai, appuya sa mère.

— Nous le savons Luca, parce que nous te connaissons, mais pour le père Edwards, l'un de vous deux ne dit pas la vérité.

— Pourquoi est-ce qu'il ne me croit pas ?

— Parce que chacun est innocent tant que sa culpabilité n'a pas été prouvée, expliqua Lil. C'est une règle de loi qui régit le pays. S'il y avait eu une caméra cachée dans la salle de bain, tout aurait été différent, mais ce n'est pas le cas. Le père Edwards préfère prendre des précautions plutôt que d'accuser quelqu'un à tort.

— Je trouve ça débile, marmonna Luca en secouant la tête. Et si Timmy cherche encore à me coincer ?

— Le père Edwards gardera désormais un œil sur vous deux, intervint Grier. Timmy sait très bien qu'il sera surveillé.

— La prochaine fois, je lui flanque un coup de pied dans les bourses.

— Luca, le gronda Jillian. Une mauvaise action n'en répare pas une autre, ni ne se justifie d'aucune manière.

— Je veillerai à avoir un témoin, maman.

— Tu n'as pas compris ce que je voulais dire.

— Non. Mais je ne retournerai plus tout seul dans la salle de bain.

— J'abandonne, s'exclama Jillian exaspérée. Grier, dis quelque chose.

Le jeune homme se tourna vers l'enfant.

— Moi aussi, je me sens frustré, bonhomme. Il me paraît injuste que Timmy s'en sorte après ce qu'il t'a fait, mais il faut parfois du temps pour que la justice agisse.

— Si j'apprends le kickboxing, il aura peur de moi.

— Je pense que tu devrais apprendre à te défendre, mais nous ne voulons pas que tu te battes si tu as d'autres options.

— Je ne lui ai jamais rien fait, papa !

— Je sais, Luca. Il s'en est pris à toi à cause de ton papou et de moi.

— C'est nul.

210

— Je suis absolument d'accord, mais rappelle-toi ce que nous t'avons expliqué.

— Ils ne veulent pas voir deux hommes s'embrasser…

— C'est un peu plus compliqué que ça, chaton, intervint Lil. Nous avons déjà eu cette conversation, mais pourquoi ne pas y revenir. Tu auras probablement à affronter ce genre de situation dans l'avenir, il faut que tu apprennes à y répondre avec calme. Tu ne peux pas boxer tous les gens que tu rencontreras qui pensent que les gays sont une abomination.

— C'est quoi une *bomination* ?

— Quelque chose d'horrible, c'est un mot utilisé par ceux qui détestent les homosexuels. Une grande partie de la population considère un homme amoureux d'un autre comme un malade, jeta Lil amèrement.

Il avait depuis longtemps accepté cette réalité, mais devoir l'expliquer à un innocent le troublait terriblement.

— Moi, je trouve que c'est Timmy le *bominable* ! s'écria Luca avec feu. Ce n'est pas bien de couper les cheveux des gens pour rien.

— Mon chou, nous sommes tous d'accord avec toi, Timmy est un affreux petit garçon, mais en grandissant, tu en trouveras bien d'autres comme lui, déclara à Lil, toujours réaliste. Il faut que tu apprennes à gérer le mieux possible ces agressions sans recourir à la violence.

— Tu penses qu'il y aura un autre Timmy dans ma nouvelle école ?

— Nous veillerons à ce que ce ne soit pas le cas. Il y aura des professeurs à l'esprit plus ouvert et des enfants qui viendront de toutes sortes de famille.

— Certains auront des parents gays ?

— Oui.

— Tant mieux.

Ensuite, la conversation évolua sur l'avenir et le déménagement à Barrington. Le verdict du père Edwards n'avait fait que renforcer leur décision, le groupe s'était soudé dans une union parentale. Chacun se sentait responsable de la sécurité de Luca, aussi le placer dans un meilleur environnement était bien plus important que les ressentiments mesquins qui leur restaient les uns envers les autres. Même Jillian avait admis être déçue de l'étroitesse d'esprit dont avait fait montre le prêtre. Du coup, elle remettait en question certaines doctrines.

— J'ai été élevée dans la religion catholique, j'ai cru devoir faire la même chose avec Luca, mais certainement pas si cela doit le mettre en danger.

— Vous trouverez des fanatiques dans toutes les religions, déclara Lil. Le père Edwards est zélé et très dangereux. Ça ne m'étonnerait pas du tout qu'il ait transmis son homophobie à certains de ses élèves.

— Je n'arrive pas à croire avoir eu d'aussi longues conversations avec un homme pareil, dit Jillian en secouant la tête. J'aurais dû me méfier.

— Aucun d'entre nous n'a pensé que Luca pourrait souffrir de votre orientation, ajouta Ali.

— L'homophobie est comme la contamination passive du tabac. Les membres d'une famille en sont affectés, qu'ils le veuillent ou non.

— C'est tellement injuste ! s'écria Jillian.

— Oui, mais c'est pourtant commun, déclara Lil. Les enfants élevés par un couple gay subissent la même haine et la même discrimination que leurs parents. C'est pourquoi nous devons être très vigilants.

— Le prochain qui touche à mon gosse aura affaire à moi ! s'exclama Jillian dans un accès de colère.

— Espérons dans ce cas qu'il n'y aura pas d'autres incidents.

Ali se tourna vers Grier.

— J'ai une question à te poser. Comment vont réagir tes anciens copains de football en découvrant que tu vis avec Lil ? À mon avis, ils ne te savaient pas gay autrefois, au lycée. Crois-tu qu'ils vont mal le prendre et causer des ennuis à Luca ?

— J'ai un atout dans la manche, déclara Grier. Je ne pense pas qu'il y aura des problèmes.

— Oh, tu pourrais nous expliquer ça ? demanda Jillian.

— Clark Stevens.

— Et alors ?

— C'est une icône du football et il est gay. Il a accepté de nous aider, en fonction de son emploi du temps. S'il assiste parfois aux entraînements, je t'assure que ça donnera beaucoup d'importance à Luca.

— C'est une idée géniale, reconnue Lil. Tout le monde sait que Clark et Jody ont une relation très sérieuse, personne ne doute pour autant de la valeur de Clark sur le terrain. Le voir de près prouvera à tout le monde qu'être gay n'empêche pas un homme d'être un athlète.

— J'espère aussi qu'il fera suffisamment impression pour qu'on nous oublie Lil et moi, avoua Grier, en toute franchise.

— En tout cas, ça vaut le coup d'essayer, dit Jillian en hochant la tête. Maintenant que nous sommes enfin décidés, j'ai vraiment envie de voir Luca jouer. Autrefois, j'adorais être sur les gradins et regarder tes matchs.

— Tu penses que je serai aussi bon que papa ? demanda l'enfant. Maman, j'aimerais vraiment que tu viennes m'encourager.

— Tu ressembles beaucoup à ton père, répondit sa mère. Surtout maintenant, avec cette affreuse coupe de cheveux.

— Je vais me faire aussi un tatouage comme lui.

— Non ! crièrent tous les adultes à l'unisson.

— Même pas un faux ?

— Même pas, déclara Grier. Nous en reparlerons quand tu auras dix-huit ans.

— Qui va surveiller Luca pendant son exclusion ? s'enquit Jillian. Malheureusement, j'ai du travail, Ali aussi. Et toi, Grier, as-tu des cours ?

— Ne vous inquiétez pas, proposa Lil. Il peut rester avec moi.

— Vous en êtes sûr ?

— J'ai rendez-vous demain avec l'agent immobilier pour cet achat à Barrington. Luca peut venir et m'aider à choisir parmi les différents terrains.

— Je vous le déposerai demain matin, déclara Jillian.

— Voilà qui me paraît parfait.

CONFORMÉMENT À ses promesses, Lil négocia l'acquisition d'un terrain suffisamment grand pour y construire trois maisons, une pour Ali et Jillian, une autre pour Santino – qui avait accepté de déménager suite aux supplications de Luca – et finalement, une pour lui et Grier. Les familles ne seraient pas les unes sur les autres, mais se réunir leur serait facile.

Avant de rentrer, Lil et Luca s'arrêtèrent chez Clark et Jody. Ils furent déçus de voir qu'il n'y avait pas la voiture du médecin dans l'allée, sans doute était-il à l'hôpital. Par contre, Clark se trouvait chez lui. Dès qu'il aperçut le crâne nu de l'enfant, il sut qu'il y avait un problème.

— J'adore ta nouvelle coupe, petit mec.

Luca eut un grand sourire.

— Maman trouve que je ressemble à un hérisson.

— Moi, je trouve ça super chouette, déclara Clark avec un sourire. Tu ressembles encore plus à ton père.

— C'est ce que tout le monde me dit.

— Parce que c'est la vérité. Et c'est un complément, tu sais, ton père est un homme magnifique.

— Je peux sortir jouer avec les chiens ?

— Bien sûr, ils sont derrière la maison.

Dès que l'enfant partit en courant, Clark se tourna vers Lil :

— Que s'est-il passé ?

Lil lui expliqua les circonstances ayant poussé Luca à se raser les cheveux. Clark en resta littéralement bouche bée.

— Ce gamin n'a même pas encore l'âge d'être gay et il se fait déjà emmerder ?

— Ils lui sont tombés dessus à cause de nous.

— Je n'arrive pas à y croire.

— Après tout ce que tu as traversé, tu ne devrais pas être aussi choqué. Les gens sont vraiment dingues parfois.

— Mais moi, je n'étais pas un gamin innocent qui ne faisait que vivre avec des parents gays, déclara Clark. J'étais dans le déni, bien enfermé dans mon placard, en espérant survivre sans me faire prendre. C'était un scénario tout à fait différent.

— Oui, j'imagine. Peu importe, Luca est ravi à la perspective d'une nouvelle école et d'une maison pas très loin de chez vous. À l'automne prochain ou peut-être au début de l'hiver, nous serons voisins.

— C'est une excellente nouvelle. Et qu'en est-il du projet concernant la Pop Warner ?

— Grier a fini par obtenir l'accord de Jillian et Ali.

— Dis-lui de m'envoyer par mail le programme des réunions, je trouverais bien quelques dates qui correspondent à mes disponibilités, d'accord ?

— Aucun problème.

XXXIII

LA CAMPAGNE menée par Lil pour gagner les bonnes grâces de Jillian fit un bond en avant le jour où il la prit en tête-à-tête pour lui demander d'écrire ses vœux concernant la future maison. N'ayant jamais eu à le faire, elle passa des heures à envisager chacun des aspects de sa maison idéale. Elle finit par établir une liste sur laquelle Lil pouvait travailler. Comme tout ce que faisait la jeune femme, c'était pensé, détaillé, méticuleusement organisé, sauf pour la chambre principale. Elle avait du mal à se décider sur la meilleure penderie qui soit.

— Ça ne t'énerve pas qu'elle change sans arrêt d'avis ? demanda une nuit Grier, alors que les deux hommes étaient seuls, étendus dans le canapé de leur salon.

— Non, j'ai connu de nombreux clients comme elle.

— Et quand mets-tu le holà ?

— Quand j'ai fini de dessiner les plans définitifs. Dans ce cas-là, je n'en démords pas.

— Je trouve certaines de ses idées plutôt compliquées.

— Comme les tourniquets 'Lazy Susan' pour ses chaussures ?

— Qui a besoin de conneries pareilles ?

— Toutes les femmes ayant une vraie passion pour les chaussures, expliqua Lil. Ça n'a rien d'étonnant, je l'ai vu souvent.

— C'est vrai ?

— Oh oui. Tu serais surpris par l'argent que certains dépensent pour leur penderie.

— J'imagine que je le découvrirai très vite, pas vrai ?

— Bien sûr, amour, après tout, tu seras bientôt décorateur intérieur.

— Et moi, tu ne m'as pas demandé d'établir une liste ? Tu ne t'intéresses pas à ce que je veux ?

— Je pense savoir ce qui te plairait, mais au cas où j'aurais oublié un détail, pourquoi ne pas m'en parler ?

— Dessiner des maisons, c'est ton métier, Lil. Je préfère m'en remettre à tes mains capables.

— Dans ce cas, pourquoi me parles-tu d'une liste ?

— Je parlais de mes rêves pour l'avenir.

— Ahhh… Voilà qui m'intrigue davantage. Raconte-moi.

Grier passa les mains dans les cheveux de son amant.

— Je veux vieillir à tes côtés.

Il se pencha pour embrasser la bouche pulpeuse qui en frémit de surprise et continua :

— Je veux apprendre à rester calme dans la bataille, comme toi. Je veux devenir pour Luca un bon modèle. Je veux être pour toi un partenaire aimant et fiable dont tu serais fier.

— Oh, Grier…

Grier l'interrompit d'un autre baiser tendre

— Laisse-moi finir. Je veux exceller dans mon métier pour assurer un bon avenir à mon fils et contribuer à 50 % au mode de vie auquel tu es accoutumé.

— Grier, tu n'as pas à…

Cette fois, le jeune homme lui coupa la parole d'un doigt posé sur les lèvres.

— C'est *ma* liste de souhaits, bébé. Laisse-moi tout te dire, ensuite ce sera ton tour.

— D'accord, gémit Lil qui leva sur Grier des yeux brillants de larmes.

— Je veux m'endormir toutes les nuits avec toi dans mes bras et sentir ton érection matinale quand j'ouvre les yeux, pour quitter la maison avec un sourire aux lèvres, en sachant que je t'ai envoyé dans les étoiles.

— Oh bon sang… C'est le cas chaque fois que nous faisons l'amour.

— Je veux pouvoir répondre à tous tes désirs, que ce soit dans un lit ou ailleurs, même s'ils sont bizarroïdes.

— C'est déjà le cas, soupira Lil. Je n'ai jamais été aussi heureux.

Il referma les bras sur le corps solide de son amant et s'y accrocha très fort.

— Tu es sûr, bébé ? Je n'ai rien manqué ?

— Rien dans le domaine du sexe, cependant…

— Quoi ? demanda Grier, dérouté.

— J'aimerais que tu me tiennes la main pendant ma première intervention de chirurgie esthétique.

Lil parlait doucement. Il savait Grier tout à fait opposé à ce genre d'opération, mais il espérait que son jeune amant s'adoucirait en réalisant à quel point c'était important pour lui de se sentir bien dans sa peau. Les rides de ses commissures se creusaient, ce qui le consternait. Surtout en sachant qu'une petite aiguille remplie de produits les anéantirait très rapidement.

— Tu y tiens vraiment, pas vrai ? s'enquit Grier.

— Je veux rester beau pour toi, amour. C'est ce qu'il y a en premier sur ma liste.

Grier eut un soupir.

— Je te l'ai déjà dit, je te trouve parfait, même sans aide extérieure. Pour quelqu'un d'aussi pragmatique, tu es incroyablement narcissique.

— Quand j'aurai quarante-cinq ans, tu n'en auras que trente-trois – tu seras un homme dans la force de l'âge. Je ne veux jamais que tu me regardes en te demandant pourquoi tu es avec un vieux schnoque.

— Tu es obsédé par la jeunesse et la beauté, répliqua Grier, les sourcils froncés. Comment sais-tu qu'à ce moment, je n'aurais pas du ventre et des couilles racornies ?

— Je ne le permettrai jamais.

Grier se pencha et mordilla la peau douce sur la gorge de son amant, sous la mâchoire.

— Et si je dis oui pour cette fois, tu vas devenir un drogué du scalpel ?

— Non, c'est promis, juste des aiguilles et du botox. Pas de scalpel.

— Je ne veux pas que tu ressembles à un mannequin de cire, insista Grier.

— Je serai très prudent, promis. Juste une petite piqûre entre les deux sourcils. Tu verras, ça ne changera rien à mon apparence, ça ne fera que me donner un coup de jeune.

— Pas de masque Halloween.

— Allez, amour…

Une fois de plus, le jeune homme soupira.

— Franchement, tu as vu la tête que je tire quand je me regarde dans le miroir et que je me découvre une autre ride, insista l'architecte.

— Pourquoi refuses-tu de comprendre que je t'aimerais toujours malgré tes rides ?

— Même les Sharpeis commencent à perdre leur popularité. Ce sont des chiens très tristes, parce qu'ils voient le monde à travers des paupières qui tombent.

Grier gloussa devant cette logique déviée.

— Tu es vraiment absurde quand il s'agit du vieillissement.

217

— Je sais.

— Et malgré ça, tu insistes.

— Oui, s'il te plaît.

— Alors, une seule fois.

— C'est vrai ?

— Et je veux que tu sois conscient que j'agis contraint et forcé.

— J'en prends note.

— Tu as intérêt à choisir un bon docteur, insista Grier. Jillian pourrait peut-être nous recommander quelqu'un de compétent. Après tout, elle est infirmière. Elle doit savoir le médecin qui a le meilleur taux de succès.

— C'est une excellente idée, amour.

— Est-ce qu'ils te rembourseront s'ils te ratent ?

— Il ne s'agit pas d'une opération.

— D'accord. Au fait, pendant que tu y es, tu devrais leur demander de t'injecter du botox dans la queue. Tu banderais en permanence.

Lil le frappa violemment sur les fesses.

— Espèce d'enfoiré ! Je n'ai jamais eu le moindre problème de ce côté-là !

— Exactement. Si tu veux mon avis, c'est le seul endroit qui compte quand on vieillit.

— En clair, tu te fiches de baiser un vieillard ergotant à condition qu'il bande ?

— Dans le noir, tout est bon à prendre.

Cette fois, Lil enjamba Grier et lui bloqua les deux bras au-dessus de la tête d'une prise implacable.

— Tu devrais être dégoûté à l'idée de baiser un vieillard.

— Bébé, tu n'as rien d'un vieillard. Je te jure sur ma Harley que je ne pense jamais à ton âge.

— Tu dois dire la vérité, déclara Lil très étonné. Avant que j'arrive, tu n'aimais que ta moto. Après Luca, bien entendu.

— Maintenant, c'est toi que je place en premier.

— Après ton fils ?

— Je donnerais ma vie pour lui, mais toi, tu es mon partenaire. Luca deviendra un jour un homme qui partira vivre sa vie de son côté, mais toi, j'espère te garder toujours. Tu es ma priorité, bébé.

— Je crois que c'est la déclaration la plus adorable que tu m'aies jamais faite.

— C'est la vérité.

— Je peux changer ma liste ?

— Bien sûr.

— Promets-moi que rien ni personne n'interviendra jamais entre nous.

— D'accord.

— Quand il s'agit de Luca et de prendre des décisions à son sujet, nous nous concerterons, nous nous disputerons éventuellement, mais nous garderons tout ça entre nous : il faut que nous maintenions devant lui un front uni.

— C'est une bonne idée, admit Grier. Il ne faut surtout pas qu'il puisse utiliser l'un d'entre nous contre l'autre.

— Ce n'est pas son genre, mais il est important pour lui que ses parents soient sur la même longueur d'onde. Quand l'un d'entre nous dit non, l'autre doit s'y tenir.

— J'ai honte de l'avouer, mais quand j'étais enfant, je cherchais toujours à utiliser mon père contre ma mère ou l'inverse.

— C'est ce que font la plupart des gosses, indiqua Lil. Mais Luca a trois pères et une mère. Pense un peu au chaos que ça provoquerait si nous n'étions pas d'accord. Nous ne pouvons contrôler Ali et Jillian, alors autant maintenir l'ordre chez nous.

— Quand je serai grand, plaisanta Grier, je veux être aussi intelligent que toi.

— Idiot.

Lil se pencha et déposa un chemin de baisers sur le corps étendu sous lui, s'arrêtant plus longuement aux endroits intéressants. Sa magie était efficace. Quelques minutes plus tard, Grier se tordait sous lui, tout tremblant. Quand le jeune homme fut au bord de l'orgasme, Lil s'interrompit.

— Dis-le.

— Quoi ? Baise-moi ?

— Non.

— Alors quoi ? haleta Grier en se frottant contre la cuisse de son amant. Qu'est-ce que tu veux entendre, bébé ? Que tu es le meilleur des amants ? Que tu as la plus énorme des queues ? Que ta langue est comme celle d'une girafe ? Que tu suces comme un aspirateur Hoover ? Que tu baises comme un étalon ?

Il perdit son calme et se mit à hurler.

— Qu'est-ce que tu veux que je te dise ?

Lil tentait de réprimer le fou rire qui le secouait de l'intérieur, ses épaules tressautant sous l'effort. Il perdit la bataille et explosa, riant si fort que des larmes lui coulèrent sur le visage.

— Une girafe ? répéta-t-il en s'étouffant.

Grier ricana.

— Tu n'as jamais regardé la chaîne Discovery ? Ces bêtes-là sont réputées avoir les langues les plus efficaces du monde.

— Dans ce cas, je suis flatté.

— Mais si tu n'utilises pas très vite ce merveilleux appendice sur moi, je t'exile cette nuit dans le garage, déclara Grier d'un ton menaçant.

— Je ne ferai rien avant d'entendre ce que je veux entendre.

— J'ignore ce que c'est.

— Tu ne peux pas être aveugle à ce point.

Grier se concentra sur les prunelles bleu pâle qui le contemplaient avec un amour conditionnel, comme s'il espérait y trouver la réponse à cette énigme. À quoi jouait Lil ? Tout à coup, il comprit.

— Je ne te tromperai jamais, bébé.

— Bingo.

— Je te serai toujours fidèle et si un jour j'ai une tentation, je t'en parlerai au préalable. Je te le jure sur la tête de mon fils.

— N'oublie pas d'écrire d'abord ton testament, parce que le jour où tu m'annonces un truc pareil, je te flingue.

— Comme je te l'ai déjà dit, tu ferais un super mafioso.

— Tu as intérêt à t'en souvenir.

— Et maintenant, supplia Grier, pourrions-nous en revenir à notre petite affaire ?

— Tu es un obsédé sexuel.

— J'ai surtout un sexe douloureusement engorgé qui m'empêche de penser à autre chose.

Lil étouffa un rire et se remit à l'ouvrage.

XXXIV

LE RUGISSEMENT dans ses oreilles s'accordait au bruit des vagues qui s'écrasaient sur le sable blanc, juste devant leur villa sur la plage d'Emerald Bay. Grier était assis près de Lil dans leur immense lit à baldaquin. Au cours de la dernière semaine, après de longs jours passés à lézarder au soleil, sa peau avait déjà pris un hâle cuivré. Le jeune homme était illuminé en contre-jour par les rayons brillants qui traversaient les rideaux dont le voile léger n'atténuait en rien la vue magnifique.

Les deux hommes étaient nus et totalement concentrés l'un vis-à-vis de l'autre.

— Comment te sens-tu ? s'enquit Grier.

— Parfaitement bien, amour. Ne t'inquiète pas.

— Tu es certain ?

Grier avait l'air paniqué.

— Parce qu'en ce moment précis, j'ai les yeux fixés sur mon poignet. Je ne vois plus une bande de latex. Tout le reste de ma main est enfoui dans ton cul.

— Je sais.

— Je t'en supplie, dis-moi que je ne te fais pas mal.

— Non, pas du tout. Écarte les doigts. Doucement.

— Comme ça ? demanda Grier en surveillant attentivement le visage de son amant.

Dès que Lil gémit, le jeune homme se figea instantanément.

— Non, ne t'arrête pas, protesta Lil.

— Très bien.

Il reprit ses mouvements précautionneux.

— Grier, arrête d'être aussi inquiet. Si tu veux un baromètre, regarde plutôt ma queue.

— Elle me paraît tout à fait heureuse

221

Lil eut un sourire démoniaque.

— Alors, au lieu de considérer chacun de mes cris comme un signal d'arrêt, prends-les plutôt comme une permission de continuer.

— Compris.

— Va un peu plus loin, chuchota Lil.

Trouvant très érotique d'apprendre à un novice l'art du fisting, il s'y adonnait avec une patience infinie. Très lentement, Grier l'écartela, explorant des surfaces qu'il n'avait encore jamais découvertes. C'était chaud, serré, une sensation tout à fait nouvelle, mais pas désagréable. Il frotta du bout des doigts une petite excroissance et vit Lil cambrer le dos, tandis que son sexe avait un soubresaut. L'architecte haleta sous les vagues de plaisir qui lui traversaient le corps.

— Doucement, amour. Je ne veux pas encore jouir.

Sans jamais quitter des yeux le visage de son amant, Grier quitta donc de cette zone sensible. Lil était en pleine extase, perdu dans ce qu'il ressentait au tréfonds de son être. Le voir dans un tel état valait bien l'anxiété de Lil et tous ces préparatifs. Grier tenait à ce que cette expérience soit aussi parfaite que possible. Jusque-là, il réussissait.

— Maintenant. Bouge.

— D'accord, répondit Grier.

Une fois encore, il tendit les doigts et caressa la petite glande. Lil ouvrit brusquement les paupières.

— Quand je vais jouir, dit-il, tout mon corps va convulser et se resserrer sur ta main et ton poignet. Ne panique pas et n'essaye pas de te retirer. Reste en position, d'accord ?

Grier hocha la tête sans répondre. Il recommença à remuer, conscient que Lil tentait de se retenir pour prolonger son plaisir, mais c'était un effort futile.

— Ça te plaît, bébé ?

— Je suis en feu, amour. J'ai la sensation que des flammes me dévorent de tous les côtés.

— Laisse-moi te sucer pendant que j'y suis, supplia Grier.

Il tenait à offrir à Lil un plaisir ultime.

— Oh bon Dieu…

— Je considère que c'est un oui.

Grier se pencha et prit dans sa bouche le sexe turgescent. Ce qui suffit à faire basculer Lil. Il explosa instantanément. Grier sentit sur sa langue le goût brûlant et salé du sperme. En même temps, les muscles puissants de ses entrailles se contractaient sur sa main comme un étau. Il fut heureux que Lil l'ait prévenu d'un tel phénomène, sinon il s'en serait certainement un peu effrayé. Mais si les bruits rauques émanant de la gorge de son compagnon étaient une indication de son plaisir, Grier avait bien travaillé pour sa première tentative de fisting.

Il demeura en place, la tête posée sur la cuisse de Lil et attendit que les soubresauts s'apaisent après un tel tremblement de terre. Il sentit peu à peu la pression diminuer autour de son poignet tandis que le corps repu se détendait.

— Tu me diras quand je pourrais me retirer sans risque.

— Embrasse-moi, chuchota Lil. Je ne veux pas que tu t'en ailles.

— Je resterai aussi longtemps que tu voudras.

Grier planta un doux baiser sur les lèvres entrouvertes. Tout le corps de l'architecte était recouvert d'un voile de sueur comme s'il venait de courir un marathon.

— Alors, ça t'a plu ?

— Le meilleur des sauts à l'élastique, haleta Lil. Je t'aime tellement.

— Moi aussi, bébé.

— Sentir ta main en moi est la sensation la plus intime qui soit au monde.

— C'était sacrément intense, reconnut Grier. Je n'aurais jamais cru que ce soit comme ça.

Lil avait le regard vitreux d'un homme ayant connu une expérience extrasensorielle ou quelque chose d'aussi bouleversant. Ses yeux, d'ordinaire si pâles, s'étaient assombris d'émotion, ils en devenaient presque indigo. Et ils regardaient Grier avec un tel amour que le jeune homme en fut ému.

— Je pourrais m'y habituer, avoua Lil.

— Je suis là, bébé, chaque fois que tu auras besoin de moi.

— Merci.

— Et maintenant, je peux me retirer ?

— Oui.

Lil prit une grande inspiration et Grier retira sans difficulté sa main, avec une sorte de bruit mouillé.

— Je reviens tout de suite.

Il se redressa et passa dans la salle de bain. Il en revint en tenant à la main une serviette mouillée dont il se servit pour nettoyer Lil avec un soin méticuleux. Le drap de bain dont il avait protégé le lit était trempé de sueur et autres fluides. Grier l'enleva et le jeta dans un bac à linge sale avant de se glisser à nouveau dans le lit.

Il était trop excité pour dormir, aussi regarda-t-il fixement le tissu épais du baldaquin. Lil s'était déchaîné durant ce séjour, choisissant une villa plutôt que l'hôtel afin que Grier et lui bénéficient d'une totale intimité. Comme d'habitude, il y avait eu une bataille homérique : Grier refusait de dépenser une telle somme pour des vacances aux Bahamas, au Sandals Emerald Resort, à Great Exuma. Mais Lil avait utilisé tout son charme ; entre supplications, cajoleries et bouderies des jours durant, Grier avait fini par céder. Comme d'habitude. Il ne pouvait rien refuser à son amant, même quand il le voulait.

Et puis, c'était quand même leur lune de miel.

Leur union civile dans une des salles de la mairie n'avait rien du mariage romantique dont Lil avait toujours rêvé, mais il était prêt à abandonner ses rêves matrimoniaux en échange d'une parfaite lune de miel. Le couple avait opté pour un simple déjeuner de mariage avec toute la famille, plus Jody et Clark.

À peine sortis de l'avion, les deux hommes avaient été accueillis par le personnel chaleureux du complexe hôtelier. Une fois de plus – et à contrecœur – Grier avait dû admettre que Lil ne s'était pas trompé. Le paysage était à couper le souffle, les aménagements au-delà de ses rêves les plus fous. Se réveiller au son des vagues et aux cris des mouettes qui plongeaient dans les flots à la recherche de nourriture était pour lui une expérience nouvelle, qui valait le moindre cent dépensé. Et le luxe suprême, c'était de pouvoir rester nus sur leur terrasse privée pour profiter des rayons brûlants du soleil.

Ayant la ferme intention d'explorer tous les aspects de leur sexualité, les deux hommes voulaient la liberté de faire l'amour quand et où l'envie leur en prenait, d'où cette villa isolée. Ils avaient passé l'essentiel de la semaine à se faire plaisir, loin des horaires, des exigences familiales et du monde extérieur. Ils avaient abandonné leurs ordinateurs derrière eux et coupé leurs téléphones, qu'ils avaient enfouis au fond d'une valise. Ils avaient laissé à Luca à un numéro d'urgence pour les contacter. Le réceptionniste de l'hôtel avait la consigne de transmettre tout appel de l'enfant, à n'importe quelle heure du jour et de la nuit. Pour le moment, les deux amants bénéficiaient d'une parfaite tranquillité.

Lil s'étira et demanda d'une voix rauque :

— Tu dors ?

— Non. Comment te sens-tu ?

— J'ai quelques crampes

— Tu veux que j'aille chercher un docteur ? demanda Grier, inquiet.

— Non… C'est normal.

— Alors, qu'est-ce que je peux te donner ?

— De l'Advil, si nous en avons.

Grier se redressa d'un bond pour aller chercher les comprimés. Il revint en apportant aussi une grande bouteille d'eau minérale glacée. Il tendit à Lil deux ibuprofènes

— Tiens, dit-il en le secouant légèrement. Ouvre les yeux, bébé.

Lil se rassit avec prudence et s'adossa à la tête de lit pour mieux s'appuyer sur les oreillers que Grier lui avait préparé avec amour. Il avala les comprimés d'une lampée, puis but davantage d'eau.

— Bon sang, j'ai l'impression d'avoir participé à une rave.

— C'est quoi ?

Lil cligna des yeux comme une chouette. Il secoua la tête.

— J'oublie toujours que tu es trop jeune pour avoir connu ça.

— C'est quoi ?

— Les raves parties, c'était de folles soirées où les gens consommaient de la drogue au lieu de la nourriture.

— Tu as la sensation d'être drogué ?

— Je suis tellement ramolli que c'est n'est même pas drôle. J'ai la sensation d'avoir méchamment plané.

— Je suis jaloux.

— Pourquoi ? Tu te sens laissé à l'écart ?

— En quelque sorte. Ce n'est pas que je veuille aussi recevoir ton poing, mais te voir comme ça, c'est très… excitant.

Lil ricana.

— Excitant, hein ? Eh bien, tu ne peux pas me baiser, mais moi, si.

— Déjà ?

— Et si nous déjeunions d'abord ? Ensuite, je pourrai certainement m'occuper de toi.

— Je ne veux pas que tu t'occupes de moi. Je veux que tu me fasses l'amour, passionnément et sauvagement.

— Je suis partant, cria Lil.

— Tu es certain de ne pas avoir caché du Viagra dans ton flacon d'Advil ?

— En clair, tu insinues que je me vante ?

Grier lui fit un clin d'œil. Il trouvait le blond magnifique après une semaine passée au soleil. Grier détestait l'admettre, mais le passage dans un cabinet de chirurgie esthétique était une réussite. Lil avait gagné au moins cinq ans. Le contraste était éblouissant entre ses cheveux blond pâle et sa peau bronzée.

— Tu es superbe, et tu le sais.

Lil se pavana.

— Effectivement.

— Que veux-tu manger ?

— Quelque chose qu'on prend avec les doigts. Je veux lécher les tiens.

Grier sentit sa mâchoire se décrocher de stupéfaction.

— Tu es insatiable.

— Oh, question satiété, pour le moment, je vais très bien. Mais je veux partager mon bonheur.

— Et tu prévois de le faire comment ?

— J'envisage une petite session de sexe tantrique.

— Qu'est-ce que c'est ?

— En bref, c'est la version gourmet du sexe. Tout est ralenti pour être mieux savouré. Cela permet d'atteindre un état d'esprit où chacun de nous se concentre sur l'autre. Et ici, seuls, au milieu de nulle part, sans aucune distraction du monde intérieur, c'est l'endroit parfait pour ce genre d'expérience.

— Je ne me suis jamais senti aussi proche de toi.

Lil approuva d'un signe de tête.

— Il faut que nos âmes soient en harmonie complète.

— Tu ne penses pas que c'est déjà le cas ?

— Si. Mais commande des fruits de mer, des fruits frais et un pichet de mai tai.

— Je suis à tes ordres.

Les crevettes fraîchement péchées étaient roses et délicieuses. Quant aux pinces de crabe, leur carapace avait été cassée pour en sortir les morceaux juteux, présentés avec de petits ramequins de sauces exotiques. Les longues tranches de mangue et d'ananas dégoulinaient de sucs et Lil en lécha la moindre goutte sur les doigts de Grier. Le succulent repas ne fut qu'un long préliminaire ; une fois leurs assiettes vidées, les deux hommes bandaient douloureusement.

— Couche-toi sur le dos, ordonna Lil.

Il répandit de l'huile de massage sur le corps étendu qu'il frotta tendrement.

— Laisse chaque seconde devenir une expérience tout entière, reprit-il. Nous ne faisons pas la course pour être le premier à jouir. Je veux que tu m'accordes une attention totale. Concentre-toi sur mes gestes, sur chacune de tes respirations, sur l'énergie qui irradie de moi.

Il fixait les prunelles obsidienne qui brillaient comme des diamants noirs.

— D'accord.

Grier ferma les yeux et s'offrit tout entier à l'homme qui le guidait pour cette chevauchée magique. Au début, Lil lui offrit un massage relaxant, s'attardant sur chacun des muscles qui gonflaient à ses bras et jambes. Lil passa un très long moment sur la poitrine de Grier, puis ses épaules ; il en vint ensuite à son cou, détendant tous les nœuds en caressant les innombrables terminaisons nerveuses. Il passa ensuite les doigts dans les cheveux noirs hérissés, grattant le crâne de ses ongles et tirant doucement sur chacune des mèches.

Lil vit le corps de son amant se couvrir de chair de poule. La brune poitrine se soulevait lentement, indiquant que Grier savourait ce moment. Lil perdit la notion du temps, mais quand il leva les yeux, le ciel s'assombrissait. Le soleil n'allait pas tarder à se coucher ; il avait dû s'attarder très longtemps.

Reprenant la bouteille d'huile, il s'en aspergea les mains ainsi que le buisson de boucles au bas-ventre de Grier. Chacun des poils noirs et frisés, soigneusement taillés autour du sexe fier, se mit à briller. D'un genou, Lil écarta les jambes du jeune homme pour caresser la peau délicate entre ses fesses. Il fut satisfait de voir quelques gouttes de sperme apparaître sur le gland renflé.

— Lil…

— Détends-toi, amour.

— Pardon ?

— Savoure ce que je te fais.

Quand Lil le pénétra d'un doigt et se mit à lui masser la prostate, le jeune homme frissonna longuement.

— Je t'en prie…

Au bout d'un moment, l'architecte cessa ses caresses et aspergea son propre sexe d'huile. Puis il se positionna entre les jambes ouvertes, en passa une par-dessus son épaule gauche et poussa, forçant l'anneau de muscles serrés. Grier grogna sous le choc de la brutale invasion. Quand Lil l'eut empalé jusqu'à la garde, les paupières de Grier papillonnèrent et s'ouvrirent. Il fixa son amant d'un regard brûlant.

— Merci.

— Nous n'avons pas encore terminé.

— Je veux que tu me baises.

Tenant le visage de Grier entre ses paumes, Lil lui ordonna :

— Resserre tes muscles autour de moi.

— Comme ça ? demanda le jeune homme en s'exécutant.

— Tu es un très bon élève.

— J'ai le meilleur professeur du monde.

— Recommence.

Quand Grier obéit, ce fut Lil qui gémit.

— Merde, je suis déjà au bord de l'orgasme.

— S'il te plaît…

— D'accord, amour, accroche-toi bien.

Lil se remit en position et plaça l'autre jambe de Grier sur son autre épaule. Il souleva légèrement le corps étendu et se mit à le marteler, accélérant le rythme tandis que ses frissons devenaient un véritable désir devant être assouvi.

Grier resserra les doigts sur son sexe qu'il se mit à malaxer en cadence, au rythme des coups de reins de son partenaire. Au moment précis où il craignait de devenir fou, Lil éjacula. Son cri rauque fit basculer Grier par-dessus bord. Il hurla en se répandant sur l'estomac de son amant, sa poitrine et son cou, les recouvrant de sperme.

— Oh bon Dieu de bon Dieu. Je suis mort.

Pantelant, Lil s'écroula sur Grier comme un vieux chiffon humide.

— Moi aussi, j'en suis certain.

La chambre était éclairée du merveilleux coucher de soleil qui transformait le ciel en un kaléidoscope de couleurs flamboyantes. En relevant la tête, Lil aperçut le superbe spectacle ; il envoya à Grier un coup de coude.

— Debout, amour. Il faut que tu voies ça.

Le jeune homme s'agita, laissant Lil le faire asseoir face à l'horizon en feu. Il se sentait parfaitement à sa place dans le cercle des bras de Lil, la tête posée contre son épaule ferme. L'architecte eut un long soupir satisfait. Ensemble et en silence, les deux hommes regardèrent le soleil sombrer dans l'océan, emportant avec lui lumière et couleur. La brise des Caraïbes soufflait dans la chambre, apaisant leur peau échauffée. La nuit était remplie de petits bruits habituels de cette petite ile paradisiaque. Le cri des cigales et le rugissement des vagues ajoutaient au charme ambiant.

— Je viens de passer la plus merveilleuse semaine de ma vie, déclara Grier. Merci d'avoir tellement insisté pour que nous venions.

— C'est tranquille, pas vrai ?

— J'ai l'impression d'être dans un autre univers.

— Il nous reste encore deux jours, amour.

— Ensuite, nous retournons au bagne.

— Nous pourrions acheter une de ces machines qui reproduit le bruit des vagues et le cri des oiseaux, suggéra Lil. Ainsi, même quand nous serons à la maison, nous garderons nos souvenirs.

— Je n'ai pas besoin d'une machine pour m'en souvenir. Je n'oublierai jamais ce voyage.

— Nous en ferons d'autres.

— Tu m'avais promis le monde.

— C'est une promesse que j'ai l'intention de tenir.

— Luca aimerait beaucoup être là avec nous.

— La prochaine fois, nous l'emmènerons.

— Lil, je t'aime.

— Et moi, encore plus.

— Tu veux parier ?

— Tu crois que nous pouvons mesurer ce genre de choses ?

— Si je me souviens bien, tu m'avais parlé de deux choses que tu n'avais pas encore faites avec moi. Désormais, c'est le cas pour l'une d'entre elles.

La respiration de l'architecte s'altéra.

— Passons à ton deuxième fantasme… insista Grier.

Il se mit à chantonner un air. Lil le força à se retourner, tout haletant lorsqu'il l'entendit déclamer les paroles avec un sourire timide.

— Toi et moi, bébé, nous sommes des mammifères.

— Discovery Channel ? chuchota Lil, sidéré.

— Dans la baignoire ?

— Oh, bordel, Ouiiii…

— Alors, qui gagne de nous deux ?

— C'est toi, amour. Sans contestation possible.

MICKIE B. ASHLING écrit des romans d'amour sur des hommes entre eux depuis qu'elle a découvert *Queer as Folk* en 2002. Intriguée par les personnages de cette série télévisée, elle a aussi été inspirée par des auteurs révolutionnaires, comme Patricia Nell Warren. Elle s'est donc mise à écrire le genre de romans qu'elle aimait lire, poussée par une muse ayant pris goût aux aventures de beaux mecs gays.

Mickie a vécu aux Philippines, en Espagne, au Moyen-Orient et à San Francisco. Actuellement, elle vit près de Chicago, dans une banlieue résidentielle. Durant la journée, elle est cadre dans un bureau respectable. Ses quatre fils adultes n'arrivent pas à comprendre d'où vient à leur mère cette passion pour la romance gay. Après avoir secoué la tête et s'être gratté le menton, ils la laissent finalement tranquille. Ils savent bien qu'une fois que maman a pris sa décision, mieux vaut ne plus intervenir. Si l'écriture est la première passion de Mickie, les voyages suivent de près. Son rêve serait de prendre une retraite anticipée pour consacrer tout son temps et son énergie à ce qu'elle préfère.

Vous êtes les bienvenu(e)s sur le website de Mickie à :
http://mickieashling.com
ou sur son blog : http://mickieashling.livejournal.com/
Vous pouvez aussi la contacter directement par mail à :
mickie.ashling@gmail.com

La série commence dans :
NOUVEL HORIZON

MICKIE B. ASHLING

NOUVEL HORIZON

http://www.dreamspinnerpress.com

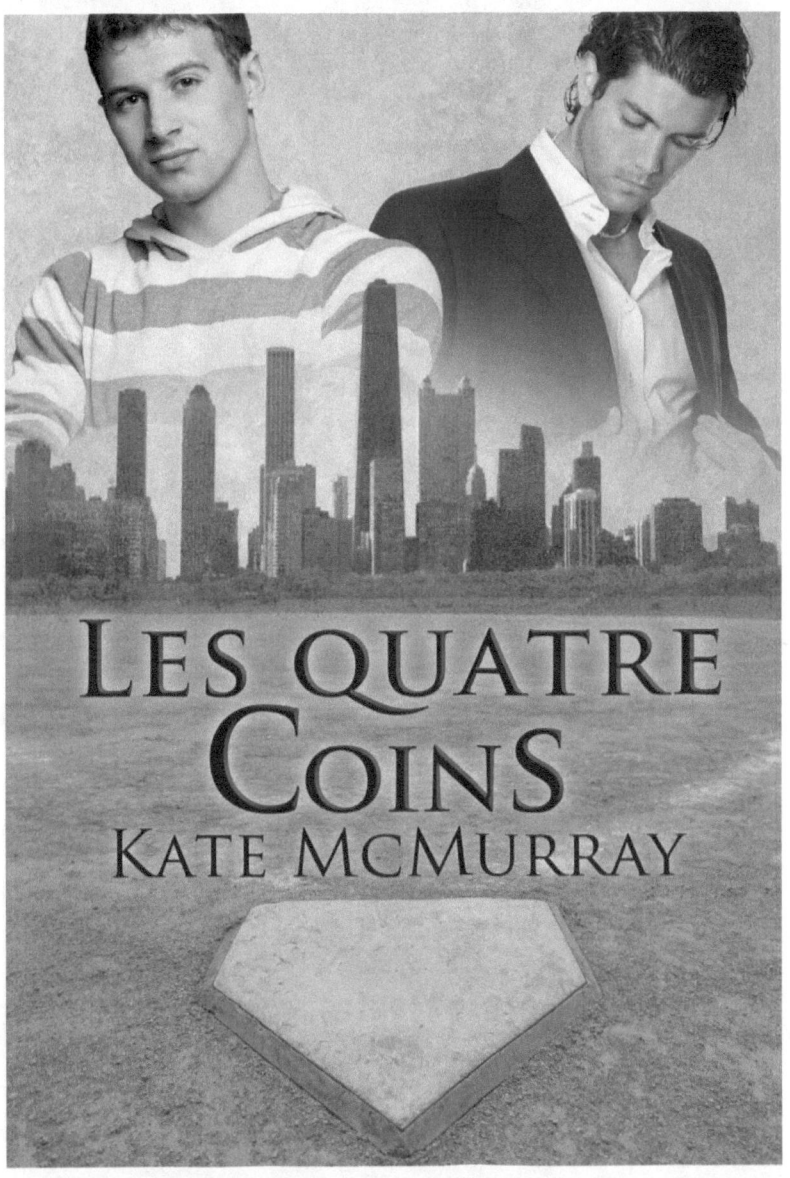